她和他,

以"火"为媒

MEMORY HOUSE
记忆坊文化

怅剑灵

炽热的我们

恬剑灵　著

江苏凤凰文艺出版社
JIANGSU PHOENIX LITERATURE AND
ART PUBLISHING

图书在版编目（CIP）数据

炽热的我们 / 恬剑灵著 . — 南京：江苏凤凰文艺
出版社，2024.1
ISBN 978-7-5594-7878-8

Ⅰ . ①炽… Ⅱ . ①恬… Ⅲ . ①长篇小说 – 中国 – 当代
Ⅳ . ① I247.5

中国国家版本馆 CIP 数据核字 (2023) 第 132065 号

炽热的我们

恬剑灵 著

选题策划	北京记忆坊文化
责任编辑	白　涵
特约策划	绪　花
特约编辑	绪　花
版式设计	天　缈
营销统筹	杨　迎　刘　洋　史志云
出版发行	江苏凤凰文艺出版社
	南京市中央路 165 号，邮编：210009
网　　址	http://www.jswenyi.com
印　　刷	三河市国新印装有限公司
开　　本	880 毫米 ×1230 毫米 1/32
印　　张	8
字　　数	241 千字
版　　次	2024 年 1 月第 1 版
印　　次	2024 年 1 月第 1 次印刷
书　　号	ISBN 978-7-5594-7878-8
定　　价	45.00 元

江苏凤凰文艺版图书凡印刷、装订错误，可向出版社调换，联系电话 025-83280257

目录 CONTENTS

第一章

她和他，以"火"为媒　　　001

第二章

表象与本质，废墟中被掩埋的真相　　　027

第三章

夜半火起，亡者的悲鸣　　　113

第四章

私欲作祟，隐藏的易燃易爆真凶　　　171

第五章

以他之死，换人间大爱　　　220

后记　　　248

第一章
她和他，以"火"为媒

景林大厦。

商场内，急促的警报铃声响在人耳边，尖锐刺耳，令人耳膜发疼。

羽姗逆着人流往前疾行，手边还抓着正通话中的手机。

"姗姗，你那边什么动静，怎么这么闹？唉，算了，这不重要。重要的是你今天相亲相得怎样了？我替你挑的这一个比你大三岁，事业单位，985学校硕士毕业，除了样貌普通了点，身高差了那么点，其他条件也可以勉强够得上言情小说男主角的标准了吧？"

羽沛廷是一家婚恋网站的红娘老师，给自家妹妹办理了会员之后，平时没少给她介绍优质的相亲对象。今儿个这场相亲的对象就是他从资料库里替她千挑万选出来的。

然而他这会儿打过来的这个电话直接就撞到了羽姗的枪口上。

她一时间也没留意她的这个相亲对象和她哥所说的有些出入，火气极大地开口："哥，你介绍的都是些什么男人！商场起火，他关键时刻就想着自己逃生，连句话都不说就立马跑了。以后这种素质的麻烦你直

001

接过滤掉，别浪费彼此时间。"

"什么？起火了？你现在怎么样？他丢下你就跑了？这人也太没品了吧！你……"

"不说了，我正赶过去查看火情。"

打断羽沛廷的喋喋不休，羽姗掐断了通话。

今天这场相亲，还真是够惊心动魄的。

不过也好在突发的起火事件让她一下子看清了相亲对象的人品，也省得后续再有纠缠了。果然这年头啊，相亲时不能只看脸。

不对，她哥刚刚说什么来着？

这男人样貌普通了点，身高差了那么点……

怎么总感觉有哪里对不上号。

羽姗很快就根据现场状况锁定了起火点。那是同一楼层的一家日料店，与她刚刚用餐的餐厅隔着一道"天桥"，大概相距两百米。

火势显然是变大了，每一层的防火卷帘门随之降下。整个商场的格局瞬间发生改变。逃生的人群对这一突发状况产生恐惧心理，下意识发出惊慌失措的尖叫。

"保持冷静，按照地上的安全出口指示标志走！"

羽姗拔高了嗓音提醒。

与此同时，也有商场工作人员进行安抚，现场指挥人员疏散。

逃生的人占大多数，可等到羽姗靠近起火点才发现，现场竟然还有一部分人没有第一时间疏散撤离，反倒是举着手机在拍着什么。

在商场火警系统被触发时，逃生不是本能吗？面对宁愿看热闹拍视频，也不愿意第一时间逃离的人群，羽姗突然觉得有些无力。社交软件的崛起，带给了短视频无限可能，也带给了普通人一个分享"大事"的"基地"。她可以很肯定，这一时刻跟景林大厦着火相关的视频已经满天飞。

"让开！全让开！"一声怒吼，让那些集结在一起的人乖觉地散出了一条通道。

羽姗循声望去，就看到了一个三十岁左右的男人手中持着水枪，一边铺设着水带，一边朝着正冒着浓烟的日料店冲了过去。等到差不多了，那男人冲着身后不远处的一人喊道："开阀门！"

那人当即照做，利落地配合。

两个男人，一人负责供水，一人则负责持着水枪灭火。

羽姗瞧着那个开水阀的男人，下意识睁大了眸。

这人……

这人不就是刚刚和她相亲的男人吗？一听说着火了他不是第一时间就跑路了吗？怎么竟然和别人一起配合着灭火了？

由不得羽姗多想，她的视线很快聚焦在前头那名举着水枪企图进入餐厅内的男人身上。

从他刚刚连接卡口、铺设水带等一系列操作来看，他显然是接受过专业训练。羽姗不禁猜想他是不是正休假，在商场用餐的消防人员。

水压很稳定，水枪发挥的威力极强，蔓延到日料店门口的明火一下子就被冲灭。男人浑身的肌肉紧绷，不敢有丝毫大意。他乘胜追击，一步一步举着水枪往内走。

"你没有穿戴任何防护用具，不能这么贸然进去灭火！"一旦吸入有毒气体，极有可能会致命。

羽姗在人群中，率先阻止他。

其他人听见，也纷纷规劝："对啊，里头太危险了！说不定还会爆炸呢。"

"我们已经报火警了，等消防人员过来灭火吧。"

"只要守住门口这一片，火势就不会扩散开去了吧。"

…………

"火势会大面积呈立体式燃烧，楼上那层将会率先受到波及。"男人一边举着水枪往前挺近，一边简明扼要地说明情况，"现在烟雾呈现白灰，尚在可控范围内。一旦变成黑色浓烟那就来不及了。"

"可太危险了，你没有穿戴防护装备……"羽姗不无担心，朝周围的人问道，"口罩，谁身上带口罩了？"戴个口罩总比什么都不戴强。

然而大家都集体摇头。

"来不及了，我必须去做！"男人直接将身上的T恤用水打湿，往上卷起蒙住了自己的口鼻。随即，他步入日料店的门廊，将水枪往里头的天花板冲去。霎时，顶上冒着的顽强火焰被压制了下去。

男人的头脸因烟灰而脏污了一片，可这样的他，让人由衷生敬。

"身为曾经的消防一员，退伍不褪色！"

这是男人踏入火场消失不见后传出的最后一道声音，刚劲有力，充斥着退伍消防员的血性，满是孤注一掷的魄力。

在场的人浑身一震，这一刻，那些举着手机的人竟有志一同停下了拍摄的动作，望向那被浓烟吞噬的火场，揪心地等待着他出来。

浓烟在水枪持续不断的冲击下明显散去了不少。但由于店内设计构造缘故，无法从外围的窗户瞧见内里情况，具体火情未明。

羽姗心急如焚，想起了什么，边四处查看边拨出去一个号码。

电话一接通，她飞快问道："刘浏，你们是不是随警出动了？还有多久能赶过来？"

对方一愣："姗姐，你今儿个不是轮休吗？怎么还……你也在景林大厦那边？"

"对，这边火势还未被压制，情况紧急。"

涉及正事，刘浏严肃起来："消防救援人员比我们早，应该还有五分钟就能抵达现场。李哥带着我们几个过来出现场。现在还堵在路上呢，估摸着也得需要十分钟吧。"

有这样一群人，他们会第一时间出现在火灾事故的废墟现场，于废墟中寻找火灾的蛛丝马迹，还原火灾的真相。

他们的身份，就是火灾事故调查员。

羽姗正是其中一员，学的是火灾调查专业，毕业后就干了这一行。她这一干，也有五年了，如今在南渝消防救援支队防火处火灾调查科任职。

结束通话，羽姗继续查找四周，终于被她找到了一个灭火器。

消防救援人员还在赶来的路上，五分钟，什么都可能发生。

若餐厅内发生煤气爆炸，好不容易被水枪压制的火势将会迅速蔓延，挤在这儿的人群将会第一时间受伤。而冲入日料店的退伍消防员，极有可能会丧命。

她必须尽一切可能帮忙！

羽姗提起灭火器边跑向日料店边拔掉灭火器保险销，没有犹豫，直接便循着刚刚退伍消防员进入的方向跑了进去。

身后，是人群的惊呼声。

"小姑娘别进去啊！"

"危险啊！"

"快出来！"

一进入火场，灼热的气息就迎面扑来，空气中的烟雾和粉尘让她难受得反胃，她死死憋着，却还是忍不住咳嗽出声。

她能做的，只是在自己的能力范围内，尽最大可能地帮助减少火势的蔓延。

等到一瓶灭火器空了，她望了一眼依旧紧握着水枪的那个被浓烟吞噬的身影，狠狠心，让自己退了出去。那水带太短，男人灭火时受到很大影响。他不能前进，只能在四周筑起水墙，阻止火势扩大，一切也不过是拖延火势蔓延的时间等待消防救援力量罢了。

一退到店外，羽姗就是一阵铺天盖地的干哕。可她却没心思顾到自己，眼见还有人迟迟没有离开，不得不冷着声音冲着他们吼道："这是火灾，不是拍电影！不想死的就全部离开！拍视频上传到朋友圈难道比自己的命还重要吗？"

刚刚那会儿，大家基本都逃了，还有七八个人聚在一起。

"不想今儿个栽在这儿就赶紧逃！火灾不会跟你开玩笑，让你有时间在网上作秀！"

一道浑厚的男声，附和着羽姗的话。

回首，她恰见到江绥之疾跑过来。

是叫江绥之吧？

她记得他相亲做自我介绍时，说他家里老一辈都是农民，没什么文化，这名字还是他爸输给了村里的半吊子教书匠，被迫让出的取名权。那个教书匠最喜好那文绉绉的词句，那会儿正迷"君子万年，福禄绥之"，他的名字就这么定下来了。这个名字后来成了他爸的骄傲，逢人就说那半吊子教书匠是个人才，取个名将他儿子给变成了一个大学生，而且还是"211、985"齐活了的！他当年收到录取通知书那天，家里还杀猪宰羊邀请亲朋庆祝了一番。

此刻，江绥之由远及近，头上戴着的头盔第一时间映入眼帘。他一手提着个灭火器，一手的手腕上则死死缠着另一个头盔带子。

对，没错，是头盔。

摩托车头盔！

刚刚配合退伍消防员开了水阀之后，他就去商场内寻找可以暂时阻挡浓烟的工具了，没想到竟被他找到了这玩意儿。

眼尖地瞧见了人群中的羽姗，江绥之的视线飞快在她身上扫过。

女人的肌肤细腻，巴掌大的脸本该是白洁莹润的，可此刻已经染上了黑色的脏污，眼角眉梢都染上了一抹急迫的意味。

他走向她，不假思索地开口："你不是干火调的吗？和消防同宗吧？还不快组织他们撤离？"

两人相亲时，羽姗将自己的底基本都交代了。干她这行的，人家一听是消防火调，觉得新鲜，一开始倒是会关切地多问几句。只不过一听说她的工作性质、工作强度，以及那百分之一的危险性之后，相亲者也就自发断了联系。那些没主动和她断联系的，确实是有意继续和她发展下去的，则一个劲地规劝她改行。

她相亲相得烦了，自此后每次相亲，索性直接将自己的底能交代的都交代了，省得浪费彼此的时间。

如今江绥之突然来了这么一句，也就一点都不奇怪了。

他也没时间多说，提步就往火场冲。

"你太胡闹了！就戴着这个摩托车头盔冲进去能顶什么用！"她阻拦。

"我得将他给换出来，他快撑不住了！"

"他"指的是谁，不言而喻。

语毕，他打开小手电筒，飞快奔了进去。

周围的人逐渐散去，沿着羽姗指点的安全出口指示标志一路奔逃。临走前还一个劲高声朝里喊着："一定要平安啊！"

那带着期盼的话语，无端让人心头哽咽。

羽姗企图找寻另一个方位的消火栓，然而还没等她跑出去多远，便听得日料店内一阵玻璃的碎裂声。

她心里一个咯噔。

不好！

她回身，就见到两个狼狈的男人从火场里出来了。

只不过，另一个是被背出来的。

"快帮忙！"江绥之头上还戴着头盔，将背上的男人放下地，快速脱下刚刚给他戴上的头盔，查看他的状态。

羽姗不敢怠慢，忙接手了过来。

退伍消防员同志裸露在外的肌肤大多数都已经被灼伤，惨不忍睹。头发甚至还被烧得冒了烟，狼狈却让人瞧着心痛。

羽姗迅速探查他的鼻息，下一瞬，心猛地一沉。

他吸入过量毒烟，呼吸太微弱了。

她心神一凛，忙给他做急救。

"店里有煤气罐，我现在得立刻进去冲刷冷却以防它们爆炸。他交给你了。"江绥之不敢怠慢，话说完人就已经再次冲了进去。

时间一分一秒流逝，羽姗的动作不敢停，只不过当她感受着男人心脏的跳动越来越虚弱时，她的心如坠冰窟。

不行，绝对不行！

身边，有脚步声响起，她想骂那些人为什么去而复返，为什么不知道珍惜自己的生命迟迟不愿意离开火场。可她没有时间，她还得救人，她甚至连抬一下头看一眼都觉得误事。

杂乱有序的脚步声越过她，直接冲入了日料店。

她耳畔听到了指挥火情的声音。

很快，有人来询问她的状况。

她没时间说话，她怕一说了话耽误了时间，躺在地上的这人的生命就会从她手中溜走。

她害怕。

最终，白衣护士从她手上将人抢走。她们给男人做了紧急处理，又给他戴上氧气罩，向羽姗询问了情况之后就将人抬上担架走了。

"一定要救他！他不能有事！"她追上去几步不住地叮嘱，又将一张手写了自己号码的字条交给护士，"一有情况请立刻打我电话！"

"放心吧，我们一定会尽力的。"

江绥之是被人扶着出来的，一出来，他就将脑袋上的摩托车头盔一脱一扔，靠在墙边大口大口地喘气。立刻有医生护士上前查看他的状况，处理他肌肤上的烧伤。

他由着他们折腾，不过拒绝了他们去医院的提议。见他坚持，他们也只得作罢，处理完他的伤情之后又仔细叮嘱了一下注意事项，这才继续去忙活了。

"他怎样了？"等注意到一旁的羽姗，江绥之才有工夫询问。

"送医院了。"羽姗缩在角落里，仿佛一个最不起眼的存在，可她的眸色坚定，有着属于她的坚持，"他一定会没事的。"

她朝他走近，递过去一瓶水，甚至还贴心地替他拧开了瓶盖。

被一个女人当作伤残人士对待，江绥之觉得有些好笑："谢了。"

接过水瓶，一口气干掉了四分之三。

"你怎么不离开？"恍然意识到她的工作，他又开口，"你同事在赶来的路上了？"

"对。我留下来参与火调。"

等到消防战斗员们将火灭了，就是他们火调人员展开调查的时候了。

商场入驻的餐厅起火，一旦大面积蔓延，后果不堪设想。查出火因，挖掘火灾真相，是他们的职责。无论今天这场火灾是人为还是意外，都必须找出责任方。

两人正说着话，灭火工作也已经进入尾声。

一见穿着灭火防护服的消防员走出来，羽姗忙上前询问："情况怎样了？现在能进现场吗？"

对方打量她一眼："你怎么还没离开？赶紧离开，什么事都等出了这栋大厦再说。"

"我是火灾调查科的羽姗。"羽姗自我介绍道，"今天我轮休，工作证没带，还请多担待。待会儿我和正往这儿赶的同事会合之后得进灾后现场取证调查，还请帮忙告知一下现场情况。"

听到这话，对方才没将她当成普通群众劝其离开了。

他快速讲了一下现在的情况："火已经全部灭了。店内有四个煤气罐，目前需冷却降温再另行处理。以防冷却降温过程中出现什么意外，你和你的同事们暂时都不要靠近。等我们处置完毕离开现场，你们再进入。"

他说完胸前的对讲机响了，听到指挥，他也顾不上多说，又一头扎过去忙碌起来。

老李和刘浏过来时，见到的就是羽姗和一个男人一起靠坐在墙边聊天的场景。

老李是久经火场废墟的老将了，入行比羽姗还要早上几年，火调经验足，现任南渝消防救援支队防火处火灾调查科科长。刘浏是今年进来的三个新人中的一个，平日里习惯了嘻嘻哈哈，虽实践经验不足，但理论知识还算扎实。

"天！姗姐你今儿个不扎辫子了，长发垂肩，还穿长裙小高跟，这妆化得挺有国民初恋的味道。"

一见到羽姗这副不同于工作时的打扮，刘浏立刻犹如发现新大陆一般打趣了起来。

羽姗没好气道："没见我脸上已经乌黑一片丑出了天际吗？胡乱打

趣什么呢！"

"姗姐，来，徒弟伺候你净面。"

刘浏掏出纸巾和水，作势就要为她洗脸。

她今天好歹化了妆，虽说现在脸被熏黑了，但当场卸妆与谋杀无异，她可不敢将自己的脸交到他的手上。

"行了打住，不想让我将你逐出师门的话就给我老实点！"

进了火灾调查科之后，刘浏是由羽姗负责带的，认她当的师父。这才刚进门呢，如果真被逐出师门，还真是够惨烈的。

他当即老实了，连连做手势告饶。

老李"哼"了一声："你这滑头也就只有在羽姗这里才能安分些。"

赶在刘浏跳脚前，他迅速询问羽姗："里头什么情况？"

"火已经灭了，不过还得再等等。消防同志正在处置四个煤气罐，估摸着还需要点时间。"羽姗问道，"大厦楼下应该还有一些群众没有散去吧？"

"对，我们进来之前先按照惯例做了一下走访调查，只不过大厦底下围观的一部分人只是看热闹的。还有些是从大厦逃出去的，说自己还挺蒙的，当时听到了警报声就跑，对于起火点都不清楚。少数知道起火点是这家日料店的，对于怎么起火的也是不清楚。我让赵威武和沈青留在那儿继续做调查，先和刘浏上来。"赵威武和沈青是今年新入行的三名新人中的另外两名，由老李这个师父带着。

羽姗看了一眼时间，和老李商量："目前已经可以肯定起火点就是这家日料店。但起火源究竟是什么，还需要我们进一步调查。既然暂时进不去，咱们不妨先分下工。一人负责和公安那边打配合查看商场监控，一人联系日料店工作人员，另一人留下和消防交接，随时准备进现场。"

老李是羽姗的前辈，听此，很快采纳她这一建议。

三人正要分头行事，羽姗的手机铃声突然响起。

她取过一看，是陌生来电。

似想到了什么，羽姗飞快接通。

对方不知说了什么，她的瞳孔一缩，身体猛地一颤。随后，她艰难地转向一旁的江绥之，沉痛地开口："他没抢救过来，还在半路的时候就去了。"

这个"他"指的是谁，在场四人中唯有他们两人最清楚。

这样的消息，无异于晴天霹雳。

"身为曾经的消防一员，退伍不褪色！"

这是他不顾一切举着水枪冲入火场前留下的最后一句话。字字铿锵，融入了男儿血性，有着他坚定的信仰与退伍后依旧不曾卸下的责任。

羽姗甚至还清晰地记得他被浓烟吞噬的身影。即便水带过短，他也咬牙硬挺，坚持到了最后。

可那个人，就这样没了。

惭愧的是，她甚至都不知道他的名姓。

"直到被有毒浓烟侵袭倒下前的最后一秒，他都还在支撑。"

江绥之心里也无比沉重，他想起自己冲入火场企图将他换出来自己顶上时，那人单腿跪在地上咬牙硬撑的场景。明明可以在承受不住时退出火场的，可他却选择了待在里头，用自己的身躯拖延着时间，等待着消防救援力量的到来。

他半跪在地陷入半昏迷状态，明明没有力气握紧水枪了，却还是死死将不受控制的它扣在怀里。

在火场生死攸关之际，江绥之将那一幕深深地刻入了脑海，心情无比震撼。

在场的老李和刘浏虽然不清楚他们说的是谁，可大抵也能猜到几分。

几人的情绪都多少受到影响，心情并不太好。

"振作起来，先工作要紧。"老李拍了拍羽姗的肩头，给予她力量。

羽姗点头："我会的。"

萍水相逢，一场火灾让她记住了那个迎火而上的退伍消防员。"平安归来"四字，是世人对消防指战员们出任务时最美好的期盼。原本退伍之后，这四字终于不用那么沉重了，可没想到，退伍后他依旧为了曾经的事业而奋不顾身。"平安归来"四字，如今就这么成了一份奢望。他的家人惊闻噩耗，不知该是何等的悲恸。

　　羽姗望向江绥之，眼中似有千言万语。

　　这个时候，他不是她的相亲对象，而是一个和她共同经历过生死，能够明白她心声的共患难者。

　　果然，江绥之不负她所望。

　　"我先去医院看看情况。有什么消息会第一时间告诉你。"他的嗓子依旧沙哑，声音破碎。

　　"我一忙完就赶过去。你先向家属说明一下情况，帮忙安抚一下家属的情绪。"羽姗嘱咐道，"媒体可能已经在医院徘徊了，如果可以，希望你能够帮着挡一挡。"

　　有时候媒体的采访，会进一步加深遗属的痛楚，让他们很难从家人的死亡中走出来。

　　"他是英雄，他的事迹不应该就这么被埋没。可报道英雄事迹是一回事，采访遗属让遗属受到二次伤害是另一回事。"江绥之一下子就明白她的言外之意，"放心，我会拦着的。不行的话就随便拉几个壮丁。"

　　"好，拜托了。"

　　这边江绥之离开，羽姗他们几人也分头忙开了。

　　时间的指针走动，一刻不歇。终于，刘浏那头率先传来最新进展。

　　"李哥、姗姐，我这边找商场管理人员弄到了那家日料店负责人的联系电话，可他手机关机，店里其他工作人员的联系方式我暂时都拿不到。我的想法是，我先按照他资料上的地址找过去。"

　　三人语音通话，刘浏简要讲述了一下他那边的情况。

　　身为他师父，羽姗率先发话："行，那你先过去了解情况，让他将店里的值班表给你看下，找到今天店内负责的工作人员详细地询问情况。"

老李补充道："出了这么大的事对方可能也得了消息，不是在商场外围等消息，就是在往商场这边赶的路上。你下楼的时候多留意。"

"好，姗姐李哥你们放心。"

"我这边正跟着警方查看视频，不过显然帮助不大。商场安装的监控都在大厦内的公共区域，店内的监控一般都是由入驻的商家自己负责安装的。所以目前从现有监控来看，只能断定起火点是在日料店，但无从查看店内的监控，无法判断起火源。需要我们进入灾后现场做进一步调查。"羽姗说明自己这边的情况。

"我这边已经搞定，目前战斗员们已经将降温的煤气罐挪移，可以进入现场调查了。"老李那边传来消息，"你们那边处理完了就抓紧时间赶过来。刘浏你下楼时跟赵威武和沈青知会一声。"

"好。"

结束通话，羽姗并没有立即离开，又和警方一起反复查看了屏幕上的各个监控。随后她将视线上移，定格在了监控室角落里的那个摄像头。

消防火调和警方有时候异曲同工，调查案件时需要责任到人。

很快，他们就调出了屋顶上方摄像头拍到的相关监控视频。

有关于这场火灾的发生始末，终于也有了一定的了解。

在北京时间11点05分时，火灾报警控制柜显示报警。消防控制室内，正在用手机玩游戏的值班人员起身查看后未进行现场确认，直接就做了消音操作。随后，消防控制柜再次报警，值班人员依旧按照这一方式进行消音处理。一直到11点12分，值班人员才意识到着火了。这7分钟的时间，却耽误了最佳的灭火时机。

单单是值班人员渎职这一点是没跑了。

确认完毕之后，羽姗跟警察同志打过招呼离开，直奔灾后的日料店。

现场已经被封锁，非工作人员不能进入。她瞧了一眼自己身上不合时宜的着装，有些烦躁地拍了下自己的脑门。

为了今天这场相亲，她穿得比较淑女，长裙短高跟，确实是不适合接下来的调查取证。

"您好，是羽姗羽参谋吧？"

正当她踟蹰着是该顶着这么一身装扮进废墟，还是花费大把时间回去换上火灾现场勘察专服再过来时，一道声音打断了她。

羽姗抬眸，瞧见的是一位四十岁左右穿着工作服的女士，对方手上还提着两个袋子。

"您客气了，直呼我名字就是了。您这是……"

"之前一位姓江的先生买下这些，说让我交给您，方便您进出废墟进行调查。"

这是想要瞌睡就有人递枕头。

江先生，莫不是江绥之？

这一刻的羽姗，突然觉得江绥之这人还挺贴心的。

事急从权，没有那么多讲究。

等到换上一身运动衣运动鞋，羽姗又动作极快地将头发扎成一个利落的马尾，这才戴上老李给她留下的防护头盔进入被烧毁的日料店现场。

呛人的味道还在店内残留不去，到处都是大火焚烧过的痕迹。现场的照明物早就被毁，如今唯一的光源则是碎裂的落地窗透进来的光线。

正午的阳光大盛，可以清晰地瞧见里头的一切。店内的装饰早就被火烧得一塌糊涂，天花板上不时还有水滴落，墙体剥落，地上遍布污水，还有各种碎瓷片……一片狼藉。

废墟现场保留了下来，可却也被破坏得惨不忍睹。

这样的现场，对火调员而言无疑增加了取证难度。

其实火调和刑侦有些相似，但比刑侦工作复杂。因着火具有强大的破坏力，所过之处无论是人还是物都会受到波及，证据很难保全。再加上消防灭火，高压水枪冲击之下，火场无异于经历了二次破坏。想要再查找起火原因，难上加难。

"李哥，有发现没？"

只不过走了几步，羽姗脚上的那双新球鞋就直接变成了黑污。她早就以为常，她不甚在意地继续往前走，和几人会合。

老李、赵威武、沈青三人正在忙碌，身上是统一样式的勘察专服，戴着勘察头盔和防护口罩。

不同于刘浏跟着羽姗，赵威武和沈青两人是直接由老李带的。两个都是今年毕业的大小伙，一个人如其名，五大三粗威武凛然，一个则肤色白净，明显没吃过太多苦头。

听得她的声音，老李抽空回道："初步判断起火源是这个位置。"

他所在的位置，原本是一个环形料理台，此刻也只能依稀判断出本来样子。

自从这家店开业，羽姗倒是光顾过几次。

她的记忆里，这家店这个位置恰是omakase料理区。每日会由主厨亲自烹饪，座位数和翻台次数有限，需要提前预订，人均消费基本大于一千。

羽姗观察火势蔓延情况和物品烧损情况，得出和老李他们一样的结论，将起火点圈定在环形料理台。

"这边设置了一个碳烤炉，用来炙烤海鲜和肉类食物。"老李手上戴着橡胶手套，他将刚刚从那堆废墟中用小铁锹扒拉出来的残留铁架和未燃烧殆尽的煤炭放入证物袋，"目前来看，是碳烤炉炙烤食物时出现了意外。"

赵威武负责第一时间将痕迹物证拍照留存。

随后，老李将从碳烤炉那边的灰烬里扒拉出来的一个被火烧后的黑色小金属封袋。

这是……

"打火机？"羽姗蹙眉。

"对，这个打火机已经完全变形，不过应该是店内统一制式的防风打火机。沈青还在那边的卡座发现了好几个这种样式的打火机。"

根据这些线索来看，这一次的火灾原因很明朗，是打火机不慎掉入碳烤炉引发的火灾。从料理台这边的损毁情况也可推断出火势蔓延情况，似乎……火确实是从这边开始着的。

可这里头，还有一个概率问题。

他们此前也做过此类实验，打火机经受高温，里头的小量丁烷气体发生爆炸，承受范围有限，局限在碳烤炉上方。若周围的可燃物具有一定距离，不至于引发大火。

而且，当时料理台这边不该是有主厨负责现场烹饪的吗？当时的主厨在干什么？竟然没有第一时间用灭火毯及灭火器灭火？

羽姗环顾四周。倏地，她拧眉望着头顶上方："自动喷水灭火装置出现了问题。"

"对，很显然起火时它并没有发挥功效。按理说大队的人每周都会过来检查消防设备，不该出现这样严重的纰漏。这个故障问题，还需要进一步调查跟进。"老李语气沉重。

"李哥，那四个煤气罐当时所处的位置在哪儿？"

"都在后厨。"

想到当时火场中的这四个不定时炸弹，羽姗一阵后怕。值得庆幸的是，起火源这边并没有放置煤气罐，避免了更大的灾难。

这一次的火调工作极为顺利，从各项痕迹物证可以推断出当时起火时的情形。如今欠缺的，是刘浏那一环。

"姗姐，我终于找到日料店负责人了！通过他我联系上了当时在店内的工作人员。他们都证实火一开始是在料理台那边燃起来的。当时主厨出了点意外送医院了，料理台那边的客人也在收到赔付之后散了。所以究竟是怎么着火的，他们也不清楚。"

如此一来，他们掌握的这些信息形成了一条完整的证据链。环形料理台那边没人值守，打火机落入正燃烧的碳烤炉，火星四溅引发火灾。

整个火灾的真相，已经呼之欲出。

"主厨出了什么意外？"

"好像是脸还是脖子吧，受伤了。"

"这样，你想办法联系上当时店里的这位主厨，务必弄清楚他是怎么伤的，当时发生了什么。"

几人共享了刘浏查到的这一线索，心里基本都有了判断。

之前调查的方向，是完全正确的。

可羽姗总觉得还是欠缺了些什么。

她一路走向后厨。

有别于omakase，后厨是专为卡座的客户烹饪美食的。

这边的消防设施显然也出现了故障。火势蔓延到后厨时，自动喷水灭火装置并未第一时间启动。

如今回想起来，在如此恶劣的形势下，一切竟全靠牺牲的退伍消防员。如果不是他的硬撑，不过短短时间，这儿就可能发生煤气爆炸，成为惨不忍睹的修罗场。那时候，楼层坍塌，火势四面八方蔓延，立体式燃烧之下，上头的楼层也将彻底被浓烟笼罩，陷入火海。届时，灭火工作将比现在艰巨百倍。

后厨装修时的管道设施有问题，如今地上的积水还没排干。羽姗尽管走路时够小心翼翼了，可新球鞋还是彻底报废了。她可以清楚地感受到脚底板已经被水浸泡。

既然如此，她索性破罐子破摔，大大咧咧地蹚水。

厨房内的灭火毯、灭火器等设备挺齐全的，如今都跟污水做伴。她重点检查了厨具那一块，并没有发现异常。

她重新回到了被烧得面目全非的餐厅大堂，走向正忙碌的几人。蓦地，她盯紧了沈青。

他的战斗靴边，是一个红色的圆桶，桶里装着燃烧过后的残留物。此刻，他正从里头扒拉出一个严重变形的金属。

"这是从哪儿找到的？"

她猛然想到了什么，急切问道。

沈青指了指自己周围的残渣："我从这边提取的残留物。不过按理说它不该出现在这个位置。我猜测是灭火时水枪威力极大，水流将它冲到了这边。实际上，它可能是在环形料理台那边。"

这是一把被大火烧得变形的火焰喷枪，现场料理时主厨的必备工具。这一类的喷枪，火焰瞬时高温峰值可高达1500摄氏度，轻易就能融化金银铜铝等金属。

她从沈青手中接过它，仔细地打量。

随后，戴着防护手套的右手拧动它的末端。

金属变形的缘故，她的这一动作并能顺利完成。不过她从对它的触碰中，却得到了一个重要的讯息。

火灾发生时，这把喷枪竟是开启状态！

这意味着什么？

意味着它当时的火焰正冲着一个地方燃烧！意味着现场可能另有起火源！意味着他们的调查需要进入一个新的方向！

羽姗的神色肃然，正要开口，便听得自己的手机铃声响起。

来电显示是一个陌生号码。

她走到一旁接听："你好，请问哪位？"

"羽小姐，我是江绥之。"

一听是他，羽姗随即问道："你在医院了？现在那边情况怎样？"

"除了家属情绪失控了些，媒体多了些，上门推销丧葬服务的人聒噪了些，其余一切正常。"男人的声音还因着出入火场而有些沙哑不适，简明扼要地说明情况。

羽姗被他这样的说话方式一噎。

"羽小姐，我这边有个重要消息。"

以为是跟牺牲的退伍消防员有关的，羽姗敛神："什么？"

"我在医院遇见了那家起火日料店的主厨。据他陈述，他当时更换气罐旋转喷枪枪头时一个不慎灼伤了自己的脖子。喷枪落地，他第一时间被人扶走送医。"

轰——

突来的消息，无疑证实了羽姗刚刚的猜测，让她为之一震。

"那这个喷枪……"

"他说掉下地之后就没处理了。"

喷枪落地时是开启状态，那么以它喷射火焰时的距离及火焰威力，足以造成毁灭性的灾难。

"谢谢告知。"

"这是每个公民应尽的义务，应该的。"江绥之的语气和缓有力，"再者，我相信以你们的尽责态度，必定很快也会从走访火灾亲历者和目击者中查到这一点。"

"这边发现重要线索！"

老李的声音带着一丝激动，冷不丁响起。

羽姗来不及多说，匆匆挂断电话之后奔了过去。

目之所及，是老李戴着手套的指间捏着的一个细小碎片。那材质……

赵威武也激动地从地上的残渣中捏起与之相似的碎片："这边也有发现！"

几人拧眉，同时盯着那碎片，有一个答案在脑中成型。

"好像是……小型气罐的碎片。"

最终，羽姗一锤定音。

店内烹饪时使用的那一款火焰喷枪需要搭配小型气罐。

喷枪落地，火焰持续燃烧，现场小范围起火，高温。几个条件相组合，足以达到气罐爆炸的程度，而这一程度，导致了环形料理台这边的大火，进而火势蔓延至整个日料店内。与它相比，打火机落入碳烤炉产生的爆炸，竟是微不足道。

火调工作出现新的线索，四人不敢懈怠，根据这一方向开始用小铁锹将以环形料理台为圆心的残留物铲到桶中进行清洗，想尽可能多地从残留物中找到气罐碎片。

羽姗回到江景府邸时已经晚上九点多。

这是她和他哥合买的公寓。面积一百三十平方米，临江，北欧风，舒适居家。羽沛廷作为哥哥非常大度地出了房款的七成，羽姗出三成，两人成为房产共有人。

兄妹俩自从工作就从家里搬出来住了。羽姗住在这边，羽沛廷另有一套一居室的单身公寓，离他公司近，平日里就住那边。

今天这一天过得太过于凶险，经历火灾，加上参与火调，羽姗已然精疲力竭，只想好好洗个澡上床睡觉。

只不过还没等她去浴室，母亲的电话就打了过来。

"姗姗，听你哥说你今天去相亲了，怎么样了？"

羽姗今年二十七了，婚姻大事难免被提上日程。不过不同于别家爸妈着急给女儿安排相亲，羽姗他们家，是父母不急哥哥急。

羽父羽母对羽姗完全是放养政策，平时都是羽沛廷急吼吼地给羽姗张罗。

不过羽父羽母放养归放养，对于相亲结果，该关心的还是会第一时间前来关心。

被她妈这么一问，羽姗难免想到了江绥之那张脸。

想到她误解他只顾着自己逃命时发的那顿火，不免有些赧然。

"今天出了点意外状况，这场相亲没能继续下去。"她简单地和母亲讲述了一下今天遭遇的商场大火。

羽母心有余悸，第一时间对那位牺牲的退伍消防员哀叹起来。

钱烽。

这是羽姗事后知晓的英雄的名字。

等到平复心绪，羽妈不免又感慨了起来："小赵是个好孩子，第一时间去帮着灭火，还冲进了火场。"

羽姗疑惑："小赵是谁？"

"你这孩子是不是傻了？刚刚你跟我说了那么多和他相亲的事情，你现在问我小赵是谁？小赵就是赵瀚啊！你不会连他基本的自我介绍都没记住吧？真对他没意思？"

不是，这相亲对象怎么突然就变成了赵瀚了？

羽姗还在冥思苦想，羽母就已经絮絮叨叨起来："其实你哥这一次倒还算靠谱，小赵这孩子是本地人，学历高工作也好，人老实本分。就是身高差了点，脸可能不如你的意。但找男人啊，不能找脸长得太招女人的，其实他这样……"

"停停停！妈，我好像……闹了个乌龙。"羽姗紧急打断。

她就说她当时怎么总觉得哪里怪怪的呢。

江绥之那一米八五的身高以及高颜值，压根就和她哥的话对不上号。他自我介绍时说是南渝大学毕业，在人寿保险公司当理赔师。对对对，工作也对不上号！

所以，她是忙中出错相错了亲？

丢死个人啊。

"我哥就给了我一个地址和餐桌号，我坐下就和人家谈了起来。妈，我现在确定一定以及肯定，我是相错亲了。"她有点欲哭无泪。

羽母也是蒙了一瞬，随即她开始不遗余力地吐槽自己儿子："亏我刚刚还夸你哥总算是靠谱一回了，没想到还是这么不着调！相亲这种大事，都不知道事先将男方的资料给你一份，好歹将男方的照片发你看看啊！他这个红娘究竟是怎么当的！"

一提起红娘这个问题，羽母又是一阵头疼："你哥非得去婚恋网站当什么红娘，这年头婚介公司不靠谱的多了去了。妈是觉得吧，你哥他自己不就是一个活生生的例子吗？被个女用户坑骗了感情，花了3888买什么高档红酒送她公司上级，又是5888买高档补品送她父母，还有8888的首饰礼物，海了去了。这不都谈婚论嫁了，又给了20万块钱的彩礼。结果呢？收了钱之后她直接就人间蒸发了！一报警，才发现人家名字是假的，住址是假的，就连性别都可能是假的！"

这事简直是他们全家的心头伤了。

她哥好歹也算是阅人无数了，在婚恋市场上一般都是他忽悠人消费，结果却被别人给忽悠得买了一堆，连彩礼都给贴进去了。

二老欢欢喜喜以为终于能给家里老大喜提媳妇儿，没承想却"喜提"了一个噩耗。就连二老的养老钱也贴了进去。

羽姗忙安慰："妈，这都过去的事了。破财消灾，破财消灾啊！您想啊，如果人家不闹失踪，我哥新婚夜真的娶了个不男不女的回来，那才叫灾难。现在虽然还没追回来这笔钱，但只要他们这伙人还在招摇撞骗，警方迟早会将他们逮住，钱总有被追回来的那一天的。"

"唉，也只能这么安慰自己了。"羽母又言归正传，"姗姗，爸妈对你没什么别的要求，也不会催你结婚。你也甭被你哥的想法左右了。你该干什么就干什么。你想以事业为重，爸妈也会全力支持。"

羽姗笑得乖巧："谢谢妈！不过该相亲还是得相亲，我可是力争当一个在三十岁前家庭事业双丰收的女人！"

"不愧是妈妈的乖女。不过今天你相错亲的这人是谁？你俩有机会发展吗？"

想到江绥之，羽姗实事求是："您也知道您女儿是外貌协会的，他的外形确实是挺不错的，还挺英勇奋不顾身冲进火场，品格方面也没问题。"

讲真的，江绥之的临场应变能力很强，能在那么短时间内找到两个摩托车头盔并进行实际运用，且敢于冲入火场，已经很值得肯定了。

"只不过……"

"只不过什么？"羽母追问。

"他的性格和行事作风不太适合我。"羽姗说道，"我们姑且当他也是误以为我是他的相亲对象。在火灾发生时，他率先做的，不该是先安抚身为相亲对象的我的情绪，帮助我逃离火场吗？即便他要去帮忙灭火，那也该是在确认了我逃出大厦安全之后啊。可他的做法是，直接将我扔在原处，自己则跑了个没影。"

也正是这一点，让羽姗确定，她和江绥之是不可能的。

接下去几天，有关于景林大厦大火的事情上了热搜，在灭火中牺牲的退伍消防员，成为人们关注的焦点。

"景林大厦起火，商场内一名退伍消防员力挽狂澜！"

"退伍消防员钱烽退伍不褪色，灭火救人永守初心。"

"最美退伍消防员钱烽牺牲，年仅二十八岁，儿子上月才呱呱坠地。"

"他坚守了使命，牢记了初心，得了始终。向英雄致敬！"

....

起火原因，也被公布。大火是由于日料店主厨使用工具、设备不当引起的，主厨被送医，未第一时间想起关闭喷枪，引发火灾。店内的自动喷水灭火装置在发生火灾前一日报修，厂家未及时派人上门检修，导致起火的第一时间未能及时自动灭火。火灾发生后值班人员渎职，多次对火灾报警控制柜的报警声进行消音处理而不第一时间去排查原因。一系列原因，小火终被酿成大火。

CM人寿保险公司。

江绥之刷到这些新闻时，只剩下了唏嘘。

有些灾难与死亡，原本可以避免。可由于这样那样的疏漏，伤害被一寸寸扩大。已经逝去的不可能再回来，留下的只有遗憾与疮痍。

"绥之，'私家车落水夫妻双双死亡'的理赔调查完成了吗？这案子那对小夫妻的家属那么个闹法也不是事儿，需不需要我陪你出外勤再去一趟那两家？"

宁南司将办公椅滑了过来，将一袋杏脯扔给江绥之。

自从戒烟后，江绥之平日里就会嚼几下酸酸甜甜的杏脯。身为同事兼好哥们，宁南司直接将他每周的杏脯给包圆了。

拆开包装扔了一粒杏脯到嘴里，江绥之重新将它递给了他："这案子我已经调查过了，理赔金直接打到女方父母的银行卡上，财务那边已经在走流程了。"

"男方父母那边没闹你？"宁南司也扔了一粒到嘴里咀嚼。

"法律这么规定的，我们也是按照条约办事。"

这个案子，说来让人痛心。

新婚的小两口出门时车子不慎冲入江中，被救起时两人都已没有生命体征。女方给自己投保了人身险，受益人是丈夫。可理赔难就难在两人究竟谁先溺水身亡。根据医院出具的证明，两人被送医时皆已死亡。

根据《保险法》规定，受益人与被保险人在同一事件中死亡，且不能确定死亡先后顺序的，推定受益人死亡在先。

所以，如果没有其他第一顺位受益人，又没有设置第二顺位受益人，这笔理赔款将当作被保险人的遗产处理。也就是说，这笔理赔款将由女方的法定继承人继承。

结果就因为这一笔理赔金，男方那边的家属和女方那边的家属闹了起来。

说来也是可笑，明明在小两口没出事前，这双方是和和美美的亲家关系。可出了事涉及几十万的理赔金，双方直接撕破了脸皮。一方责怪对方的女儿非得逞能坐驾驶座开车当"马路杀手"杀了自己和他们儿子，另一方责怪对方的儿子非得喝那么多酒害得他们女儿不得不开车丢了性命。一方强调对方的女儿害了他们儿子，所以她的理赔款就理应给他们家。另一方强调是他们女儿自己花钱买的保险，理赔款当然是给自己这一方。

双方闹得不可开交，好几次都闹到了公司。

其实警方没少调节双方关系，江绶之作为理赔师也开解过多次。但涉及到人命，涉及到金钱利益，两家到底还是彻底断了关系。

"你怎么去跟双方父母那边沟通的？"宁南司好奇道。

江绶之说得极为轻松："《保险法》怎么规定的就怎么沟通。其实双方心里都有数，只不过都失去了各自的子女，过不了心里那道坎，就越闹越僵了。我带上了女方当时来公司签署保险合同时的录像资料给他们双方看。她是背着丈夫买的保险，主要是不希望身为受益人的丈夫有心理负担。从录像中可以窥见她言谈间字字句句都满是对新婚丈夫的爱意，也可以明白她究竟是怀着怎样的心情将受益人定为自己的丈夫。双方父母看过录像之后，虽说内心还无法接受子女的死亡，但也决定成全两人在世时的这份爱意，给予亲家尊重。"

作为人寿保险公司的理赔师，不仅得调查清楚被保险人的真实死因，更得熟悉相关法律法规。于天灾人祸中探求理赔案的真相，还投保人和受益人一个公正客观的专业性处理结果。

宁南司朝他竖起了拇指："每回我处理理赔案，最怕的就是和涉事的利益相关方打交道。那些能收到理赔款的吧，有时候还会掰扯这埋赔款怎么数目对不上。那些不符合理赔规定的吧，就会直接大闹特闹。做这一行太难了，烦心。"

"只要无愧于心就好。"江绥之倒是没有这方面的烦恼，他重新拿起手机。

屏幕刚解锁，就被眼尖的宁南司瞧见了上头有关于景林大厦大火及退伍消防员牺牲的新闻。

"这新闻公司里的同事这几天没少谈论。我说，你那天不是也去救火了吗？怎么没给你发个见义勇为奖、热心市民奖？"

"不过是举手之劳，哪儿值得颁发这类奖项。"江绥之觑了他一眼，"你那嘴给我严实点，别给我说出去了。我可不想被公司里的人行注目礼。"

"行吧，满足你做好事不留名的愿望。"宁南司瘫在办公椅上，突地想起了一件事，"说起来，你那天不是去相亲的吗？相得怎样了？看对眼没？"

这件事，还真是将江绥之给问怔了。

他有着自己的人生规划，可耐不住父亲催婚，只得硬着头皮在好友的介绍下相亲。后来也不知婚介公司的人是怎么得到他的联系方式的，好几家都来给他推销，他不厌其烦之下终于松动了，带上资料去了一趟，交了点钱，就算是成了会员。

这之后，所谓的红娘就开始有一阵没一阵地给他安排相亲了。

不过这一次的相亲，还真是阴差阳错。

在羽姗刚坐下的时候他就发觉她不是照片上的人了。可她没有给他开口的机会，一坐下就开始了一番自我介绍，将她的相关情况一股脑全灌入了他的耳中。

出于礼貌，他也不好在这时候说她弄错了，自己根本不是她的相亲对象，让她脸面无光。对方泄了底，他只得也进行了自我介绍，也算是走个过场。

想到那个相亲时看似弱不禁风却提着个灭火器镇定地冲入火场的姣美女人，他恍惚了一下。

"我和她不合适。"良久，江绥之丢出这么一句话。

"怎么个不合适法？"

"她是南渝市本地人，我是外省的。"

"这有什么大不了的？你早就在这儿定居了，也是新南渝人了。虽说现在本地的找本地的挺常见的，不过吧，只要两人有感情，其他的都不是事。我妈就是个例子，嘴上说让我找本地门当户对的姑娘谈恋爱，见我喜欢上我家阿珍，还不是开明地允了我俩的事？连婚礼都开始积极地张罗起来了。"

宁南司和他女友是校园爱情长跑，两人知根知底，宁家人同意两人结婚，本就是水到渠成的一件事。

"那你就当我没看上人家吧。"江绥之显然不愿意多谈，他拿着手机站起身来，"我去跟进程序员猝死的那个案子了。"

人已经离开了工位。

宁南司想到什么，忙叫住他："对了，你那'老破小'不是马上就要拆了吗？我给你找了个暂住的地儿，今晚上带你去看看！"

江绥之的脚步一顿。

他现在拥有的那套三十几平方米的"老破小"房子是九年前买的，房东直接一口价喊了十五万。

他不免想到南渝大学入学的那一年，他一心要在南渝立足，盯上了具有升值潜力的房子，说服他爸买房。那会儿买房没有那么多限制，他拿着他爸的血汗钱和自己打零工赚的钱，在这座城市买下了那套老破小。随后将这套小面积的房子租了出去，租金每年寒暑假回家时带回去给他爸。

直到工作后，他才开始住进这套房子，并一点点将当年他爸给他的买房钱还了回去。

没想到这房子轮到拆迁。如今，房子的价值早就超出他的预期。

他回首，冲着宁南司笑道："谢了。礼尚往来，你结婚时那红包的厚度我临时决定增加个几毫米。"

"嚯！才几毫米啊，不该是几厘米吗？"

第二章
表象与本质，废墟中被掩埋的真相

　　景林大厦大火的事情，仿佛已成了遥远的过去。世界依旧在运转，时间依旧在流逝，事物依旧在运动，活着的人，依旧得努力地活下去。

　　羽姗那一天去参加了钱烽的葬礼，遗照上那张年轻的脸庞，令她忍不住想起了自己的师父陈诚。

　　"身为曾经的消防一员，退伍不褪色！"这是钱烽的信仰。

　　"有人说火调岗位是适合养老的岗位，从我因伤不得不从一线退下来的那一刻开始，我就告诉自己：养老，不存在的！我誓要在火调行业延续我未竟的那份心之所向！"这是师父的信仰。

　　钱烽与陈诚，一个牺牲在了灭火中，一个则牺牲在了火调中，留给人的，同样是无尽的遗憾与悲恸。

　　半个月后。

　　新的一周，羽姗去单位上班。

　　早上八点半，阳光大盛。她将她那辆车停妥之后就进了办公大楼。

一路走过，她就感觉出了异样。今天其他部门的同事，似乎格外亲切，一个个都朝她行起了注目礼。

是她的妆容有问题？

干火调这一行，出外勤的次数比较多，她每次都是里三层外三层地用防晒霜将自己武装起来。尤其是她的脸，她完全不敢怠慢，宁可不化妆也要将防晒霜涂抹到位。

今儿个她倒是给自己上了个淡妆，精致而不张扬，与那一身制服搭着格外相称。

难不成是喝水的时候唇妆花了？

她闪身进洗手间洗了把手，顺带检查了一下妆容。

镜子中的女人一身火焰蓝制服，内搭白衬衫，打着帅气的蓝色领带。顺滑的长发绾起，露出几缕调皮的碎发，平添了几分飒爽的英气。可这份英气又不会过于硬气，反倒因着这张脸而多了几分江南烟雨女子的柔和感。

羽姗狐疑地盯着镜子里的脸，妆没花啊。

所以，她突然成了大熊猫频频接收注目礼是为哪般？

等到进了办公室，三三两两坐定的同事投射过来的视线格外灼热，甚至还一副欲言又止样。

"姗姐，赶紧去领导办公室。今儿个你有好事！"刘浏风风火火地跑了过来。

她莫名其妙："我能有什么好事？我就求少发生点火灾少出现场，这就是天大的好事了。"

刘浏神秘一笑："嘿嘿，你去了就知道了。"

"你小子诓我就死定了！"

她笑着往领导办公室走，没想到还没走几步，那门就从里头打开了。随即，两个穿着西装西裤的男人笑着走了出来，直接就走向了她。

"羽工你好！感谢你明察秋毫，为人民服务啊！正是因为有你这样品德高洁的人，我们公司才能避免近千万的损失，挽回声誉。谢谢！实在是太感谢了！"前头那名五十岁左右的中年男人略微发福，笑着一张裙子脸，格外真诚地说道。说话间，站在他身后的下属忙将一面锦旗交到他手上。他接过，笑眯眯地递向羽姗。

突然来了这么一出，羽姗还真是没琢磨透。

锦旗上，是大写加粗的几列字——

赠：南渝支队防火处工程师羽姗

还原真相，火调第一！

南渝市雪齐奥迎春路店赠

她的左眼皮跳了跳，有些尴尬地站在原地："你是……"

"我是我们门店的经理。羽工可能还不太清楚。我们门店售出的车从没发生过自燃事故，这一次车才售出一个月就着火烧成了一个空架子，简直是打了我们一个措手不及。车辆损失还在其次，信誉和质量问题才是最关键的。这一次羽工调查起火原因还原真相，证实并非是我们车子的质量问题，解决了我们的困局，羽工你简直就是我们的大恩人！"

话说到这儿，羽姗算是彻底明白了。

上周五她去调查了广安商厦露天停车场的雪齐奥起火案，经勘验，可以确定车辆起火的位置确实是在容易发生自燃的车头部位，但火是在车盖表面发生的。单是这一点，自燃的可能性就排除了。再加上有两个起火点，很明显，是用了汽油助燃。这不是一起汽车自燃事故，而是有人蓄意放火烧车。

他们是这台车的经销商。她的火调报告还了他们一个真相，所以人家上门致谢来了。

不过……

瞧着锦旗上"火调第一"那四个字，她有些汗颜。他们火调处论资历论能力，她完全当不起第一。即便她入行五年，可和那些入行几十年的老前辈一比，她那些实战经验就完全不够看了。

"我只是实事求是，这一切都是我们火调人员应该做的。你们太客气了。"

"应该的应该的，你们的实事求是可帮了我们大忙了。"

…………

两人一番礼让，对方又掏出了一个红包递过来，羽姗忙不迭拒绝。

最终，是在温庆天带头鼓掌下结束了这一场感谢。对方离开，办公室内恢复了安静。

火调处被送锦旗的事情不是新鲜事，刘浏手脚麻利地将那锦旗挂上了光荣墙。回过头来，他冲着羽姗道："姗姐，我委屈了！明明那天是我俩一起做的火调，结果却只有你一人受表扬了。宝宝内心不平衡了怎么办？"一米八的大男人此刻委屈巴巴地皱着一张脸，极具喜感。刘浏是武警学院火灾调查专业今年刚毕业正式入行的新人，上岗也就两个多月，全靠羽姗带着。自己几斤几两重他当然是知道的，纯粹是和羽姗玩闹惯了。

"简单啊，你把那些专业书籍再去啃上几本，然后去跑十个现场，能准确地说出这十个现场的火因，我就做主将你的名字添上去。"温庆天抱臂说道，明明是笑着一张脸格外和蔼可亲，可看在刘浏眼中，刘浏小腿一下子就打战了。

"老大您千万别对着我笑，您一笑我就绷不住。我现在滚去研究案例还不行吗！"刘浏一下子就抱着脑袋跑去档案室了。

火调这一行的人员少，岗位流动性大。温庆天有着二十几年的火调经验，是他们火调处的领导，二级指挥长，同时也是羽姗师父的师父。

"你随我进来。"他对羽姗道。

两人进了他的办公室。

羽姗道："老大，我知道您想跟我说什么。"

温庆天乐了："哟，那你倒是说说。"

他好整以暇地坐着，手里端起了老干部水杯，喝了口里头泡着的枸杞茶。

"火调这条道，路阻且长，一个汽车起火案究竟是自燃还是人为，只要是有一定经验和阅历的人都能分析得出。您希望我别收了面锦旗就心里没底了。"

"你心里倒是通透，也难怪能入得了陈诚的眼了。"

陈诚是带羽姗入行的师父，也是温庆天的徒弟。他有十二年火调经验了，对于疑难火案有自己的一套攻破方案。只可惜他在今年春节的一场火灾调查中因公殉职，成为火调界的重大损失。

她犹记得师父第一次带她出现场的场景。

那是一栋老式居民楼的五楼。

放学后独自在家的十二岁男孩被烧死在家中，死时被毒烟吞噬，害怕地瑟缩在阳台的角落，抱紧了自己的玩偶。消防战士将他救出来时，他已经因吸入过量毒烟而失去了生命体征。

所有的痕迹物证，都指向是小男孩使用煤气灶不当而引起的火灾。而他父母也证实他们的儿子是个懂事早熟的孩子，他们平常下班晚归的话，孩子会用电饭煲煮饭，有时候还贴心地为他们炒上几个简单的小菜。

羽姗犹记得自己当时站在废墟中的心酸与感慨。当所有的物证搜查得差不多了，她以为这一次的火调会就此结束，没想到却看到师父再次回到了起火源附近。

"人的双眼很容易被营造出来的假象欺骗。火场废墟中，我们不能因着目击者或遗属的话有先入为主的观念，一切必须靠证据说话。"师父陈诚那戴着橡胶手套的手中，是几块碎片。

"这是……"她的心跟着一紧。

"疑似自动引燃装置，还需要继续查找其他残片做进一步确认。"

火调结果出来，此次火灾竟是远程控制引发。

由此，起初看时是意外的火灾迅速被重新定义。随着警方的调查，男孩的父亲和奶奶相继落入法网。

"陈某发现死者并非自己亲生，和自己的妻子大打出手，又加上工作不顺，他就对他口中的'野种'起了杀心。至于死者的奶奶，得知自己疼在掌心的孙子竟然是假的，气愤交加，那天原本是要上门和死者的母亲闹的。恰好碰上屋内起火，她心一横，拿备用钥匙将死者反锁在了门内。"

一念天堂，一念地狱。

至亲至疏，不过在人的选择之间。

一条堪堪十二岁的生命，因着人性的恶意，就此止步于他还未绽放光彩的年华。

也就是从那时候起，羽姗坚定了自己要跟着师父好好学本事的决心。

不为自己，只为那些被废墟掩埋的真相。

然而她还未跟着师父在火调这条道路上彻底大展拳脚，她师父就死在了法福寺的火调现场，死在了那座倒塌的佛像底下。

提起陈诚，气氛有些凝重。羽姗垂下了脑袋。

她想到了师父死亡现场的那把火调工具——小铁锹。虽然警方调查时确认他属于意外，无他杀痕迹。可现场那把不属于陈诚的小铁锹，却让羽姗一直坚信她师父的死并不寻常。

"火调人员不像奋战在一线的消防人员，可危险系数也不小。除却陈诚，还有不少人栽了进去。你们这些年轻人，须知戒骄戒躁，潜心火调，在完成本职工作的同时也要学会在火灾废墟中保护好自己。"

"老大，我懂的。"羽姗郑重道。

温庆天刚要再说什么，办公室门被敲响，来人也顾不得是否被应允进门，直接开门急急道："老大，淮海路的金葵花幼儿园突发火灾，过火面积大，目前消防灭火人员已经赶过去了，需要我们立即去现场待命。"

温庆天不敢掉以轻心，吩咐道："赶紧出发！羽姗你跟着老李一道过去。再将那三个刚进来的皮猴子也带上，让他们好好练练手。"

"是！"

羽姗出了办公室，忙招呼着人收拾勘验工具，又和比她经验更丰富的老李会合，一行五人火速上了单位的车，往金葵花幼儿园赶去。

路上，她收到了来自羽沛廷的微信。

"哥这一次绝对靠谱！姗姗，再给哥一次机会！"

她哭笑不得。

她哥给她安排相亲还真是不遗余力。

半月没动静了，这会儿又开始蠢蠢欲动当她的"红娘"了。

羽姗他们一行人赶到金葵花幼儿园时，大火还在继续。消防员已经冲进了火场，正在实行紧急救援。

现场一片混乱。惊慌害怕的孩子们早已被吓得哇哇大哭，园长和老师们一边安抚他们的情绪，一边又忙着发微信打电话告知家长们这一突发变故。家长们陆陆续续闻讯赶来，将孩子紧紧护在怀里。

金葵花幼儿园的周边都是小区，小区居民以及路人们也加入了看热闹的队伍，隔着一条街观望议论，拍照拍视频，对于幼儿园上空那黑得吓人的浓烟，一个个都心有戚戚。警察们维持着秩序，呵斥着让人离开，给消防员们提供通道。三辆救护车也在呼啸声中赶到，医生护士下车，第一时间查看逃出火海的师生们的状况……

"这火有些古怪。"羽姗几人坐在七人座的单位车内，她瞧着那浓烟，一张美丽的脸皱紧。

老李点了点头："市区的出警速度一向很快，从消防出警到现在也不过七八分钟，我们火调组紧随其后。这么短的时间，按理说金葵花幼儿园的浓烟扩散不该这么迅速，火势蔓延不该这么广。"

他们几人下车，分别去询问幼儿园园长、老师、食堂工作人员及保安等人，并记录询问时间，做好笔录让被询问人签名。

"我也不清楚究竟是从哪儿开始着的。我当时在给孩子们上课，听到'着火了快逃'的声音就赶紧安排孩子们出教室了。"

"可能是从食堂那边开始着火的，正好是做饭时间，我们一共请了三名做饭阿姨，可能一时间忙不过来出现了这种意外事故。如果是其他地方最先开始着火，应该不太可能。我们幼儿园的建筑里也没什么能迅速令火势蔓延的易燃物啊。"

"我当时闻到了浓烈的烟味，意识到不对就赶紧带着孩子们出来了。心里头又怕又急，怕分神会落下孩子，只顾着数他们的人数，那会儿连火究竟从哪儿着的都不知道。不过我可以肯定，烟是从当时我所在教室的楼下那层蹿上来的。我当时是在三楼。"

　　…………

　　消防员的灭火工作还在继续，羽姗他们所需要做的就是根据现今掌握的情况，在火被灭之后第一时间进入一片狼藉的建筑内找出起火原因，给出他们的专业性判断。

　　正当他们和幼儿园内的工作人员谈话时，一名家长突然发疯般拽着园长的胳膊道："我家君君人呢？园长，我家君君人呢？他在哪儿？为什么我找不到他？他是不是……他是不是……"

　　女人年约三十，穿着普通，脸上满是焦急与害怕的神色。那崩溃般的表情，仿佛园长说一个"是"字，她的整个世界就会彻底崩塌。

　　张园长面对这样的家长，心里也不好过："君君妈妈，君君他还被困在里头。不过你放心，消防员们已经进去救他了，他一定会没事的。"

　　心里的猜想得到了证实，君君妈妈整个人一软，若非羽姗及时上前扶了一把，险些瘫倒在地。

　　"我家君君为什么还在火海里？出事的时候小林老师都不管他的吗？小林老师呢？她人呢？我倒要问问她是怎么当这个老师的，一点为人师表的素质都没有的吗？"

　　张园长有些迟疑，知道出了这种事家长心里一定不好受，只得默默承受。

　　见园长如此，君君妈妈越发肯定了自己心里的猜测，怒从中来："别以为我不知道你们这些幼儿园老师，好几个都是刚毕业没多久的，没有带孩子经验。真的出了什么事，只会想着自己逃，哪儿还会顾得上我们孩子的死活。"

　　这话，简直是诛心了。

　　"君君妈妈，你冷静点，今天发生这种事谁也不想的。君君也未必会出事。"羽姗安慰道。

一个二十五岁左右的年轻女幼师在这一刻终于撑不住了，痛哭出声："我们也没想到会发生火灾，起火之后我们也没顾着自己逃，都是带着孩子们一起，生怕他们少了一个，还不放心地数了又数。小林老师……小林老师也不见了，她肯定也还困在火海里……"

　　园长和老师们带着孩子们出来之后做的第一件事就是报火警和清点孩子人数，结果发现少了一个孩子和负责该孩子的小林老师。他们将这一情况如数交代给了前来救火的消防员，目前只盼着这两人都没事，火能够被顺顺利利地扑灭。

　　一听小林老师也还陷在火海里，君君妈妈想要大闹特闹发泄情绪的动作霎时一滞，最终苍白着一张脸被羽姗扶到了边上，又被递了一瓶矿泉水。

　　时间一分一秒地流逝。

　　三分钟后，穿着灭火防护服的消防员抱出了一个陷入昏迷的孩子。孩子脑袋上戴上了消防员让出来的防护面罩，不知生死。医护人员迎上去做了一番检查和急救措施，确认他身体并未有烧伤痕迹，且只是吸入少量浓烟，之后将他抬上担架。君君妈妈第一时间收敛情绪跟着上了救护车，又打电话催促还在赶来路上的君君爸爸直接去医院。

　　那脸上被熏黑的消防员见自己救出的人没事，整个人才如释重负，随后跑到了一旁呕吐起来，队友上前又是递水又是拍背，他却吐得昏天暗地。

　　五分钟后，小林老师也被找到，她脸色黑灰，身上的衣服烧焦破碎，肌肤被灼烧得没有一处完好。医护人员忙上前，却只能无力地摇头——她早已没了生命体征。有和小林老师交好的老师哭得悲痛不已，这个时候，她们心里存着的最后一丝侥幸与期盼都荡然无存。张园长颤着手用手机登录员工档案管理室调出了小林老师的档案，联系了她的父母，告知这一噩耗。

　　二十多分钟后，大火被顺利扑灭。

　　做过检查，确认不会有复燃的隐患之后，消防人员并没有急着收队撤离，而是和羽姗他们简短地介绍了情况，随后走向在附近走访的公安，和他们详述救火现场的情况以及死于火灾的遇难者的基本情况。

大家各司其职，羽姗他们不方便插手。接下去，就需要他们火调人员来完成他们的本职工作了。

一行五人踏入被大火烧过的园区，每个人的表情都格外凝重。

火灾中出现了死者，意味着火灾的性质等级上升了。他们肩头的担子也无形之中被加重了。

由老李进行安排，五人很快分散开来进行排查，开始圈定起火范围。

"先查看烧毁最严重的建筑区域，找到起火点，再寻起火源。"

经历大火洗礼之后的金葵花幼儿园依旧还屹立着，可它的建筑外墙已经被大火和浓烟烘烤得乌黑一片，残破的门窗，焦黑的楼层，都在宣告着它在短短时间内不复当初的光鲜。

几人头上戴着防护头盔，防止头顶的碎石或瓦砾造成的高空坠落伤害，双眼扫视着四周。

根据之前询问得到的线索，他们将目标定在了建筑的二楼和厨房。

羽姗带着刘浏上了二楼，老李带着赵威武去了一楼厨房，沈青则负责幼儿园园内的四处走动观察。

沿着楼梯往上走，黑色的水滩、落石、焦黑的楼梯把手、熏黑的墙面……所过之处都在述说着刚刚这里经历过的一场恶战。

二楼的地板上还有焦黑的水滴在往下不疾不徐地渗透滴落，拾级而上的过程中，羽姗和刘浏的身上难免被溅到。

好不容易上了二楼，过道里乌黑的水渍一摊摊的，另有碎屑石块以及损毁的桌椅窗帘碎玻璃等。

消火栓装置的箱门已经碎裂，里头的消防水带却原封不动地搁在那里，她皱了皱眉。再看灭火器箱，里头空空如也，一瓶灭火器歪歪斜斜地倒在地上。她上前掂了掂重量，嗯，空了。另一瓶则在楼道的另一头，不用想都知道应是空的。

刘浏也察觉到了这一情况："看来幼儿园老师曾尝试过救火，不过没成功，导致火势越来越大。"

羽姗却眸色微深："刚刚我逮了个空隙问了下上过二楼的中队同志，他们说由于大火，水闸压强不够，水枪没用得上。在救人的时候从灭火器箱里拿了两瓶灭火器。"

"这说明什么？"

"如果火真是从二楼着的，却没有人拿起近在咫尺的灭火器试图去灭一下火。一种可能是火太大老师不敢靠近害怕靠近，第二种……他们根本就不懂得怎么去用灭火器。大队每年组织的校园安全防火演习和培训，压根就没派上用场！在幼儿园内，孩子们的能力有限，只能期待园内那十几二十个成年人。可最应该学会的成年人却压根什么都没学会！"

想到今日造成的一死一伤的后果，刘浏打了个寒战。

幼儿园的孩子们也才不过几岁，他们那小身板连抱个灭火器都有点难度，再加上灭火器箱设置的高度，让他们参与灭火是不现实的。所以培训时，也主要是以了解消防常识为主。真正需要掌握灭火技巧的，是幼儿园内的成年人。若他们都没掌握住学会运用灭火器，可想而知火灾到来时是怎样一场大的灾难。而今天，似乎就应验了。

甩甩脑袋，他不敢再往下深想。

两人继续往前走。

"小心地面，抬头检查时注意上空的坠物。"羽姗强调道。

这边过道的疏水设施建得不合理，水渍无法顺利下流聚积到了一处。两人只得努力避开，实在避不开，一脚下去，溅起水花。

"明白！"刘浏跟着跑了两个多月现场了，也算是有点实战经验了，他扫视着四周，"姗姐，照这损毁情形，指不定咱们找对了。二楼还真的是先起火的。"

"现在情况未明不能太早下定论。我从西往东每一间教室开始找，你从东往西，届时会合。"

"怎么能让姗姐你多跑路呢，我可是怜香惜玉的人！我负责从西往东的教室。"说完，刘浏"噔噔噔"就跑了起来。战斗靴溅起乌黑的水花，不客气地往他裤子上招呼。他却浑然未觉，一口气冲到了过道的尽头，随后进入那间打开的教室。

羽姗对他如此具有"绅士风度"的行径颇有点为人师的欣慰，随即提着勘察工具箱进入手边的第一间教室。

一眼望去，这里集聚了大量积水，桌椅板凳明显遭受过剧烈燃烧，教室玻璃因为高温爆裂，只剩下空荡荡的窗架子。抬头，天花板有被熏的痕迹，焦黑，不过这种程度，还不至于是起火点应有的程度。

她转了一圈之后离开，转战第二间教室。

直到进入第三间教室，她粗粗一眼，心里就确定了下来。她冲着另一头喊："刘浏，这边！"

刘浏很快就跑了过来："姗姐，找到起火点了？"

羽姗点头："应该就是这间了。"

刘浏一见里头的情景，立马呼出一口气："肯定是这间没跑了！比我刚刚瞧的那两间损毁的都要来得严重！"

"墙体被彻底熏黑，火势从下往上蹿升，波及天花板，随后以这个点为重心，向四周辐射开来。"羽姗用手指着天花板，脑中已经勾画明确了火势成型图。

随着她的话，刘浏忙拿出相机开始拍摄取证。

"簌簌簌！"两人抬头望天花板的当口，上头蓦地接连掉下来好几块半个拳头大小的碎石，饶是两人反应快迅速低头避让，防护头盔上还是被重重砸中了。

好在有帽子缓冲，并不太疼。

羽姗的右边肩膀不幸中招，她揉了揉，疼。

"姗姐，你还好吧？"刘浏不放心道。

"没事，我们继续。"羽姗活动了一下肩膀，随即开始移动早被焚烧得不成样的碎木桌椅，"得尽快找出起火源。"戴着的橡胶手套与焦黑的木头接触，一下子就沾满了黑灰。鼻尖充斥着难闻的焦烟味，她开始在一地的废墟中扒拉，企图找出更多的线索。

火是从这个范围开始着的，再一点点辐射。可教室里能有什么呢？是什么东西促使它就这么燃烧起来了呢……

她翻找那满地的残骸，然而，没有、不是、统统不是她想要的。

她的目光最终聚焦在角落里早就辨不出原本面貌的立式空调上。

刘浏也发现了这个，第一时间拍照："姗姐，该不会是空调短路吧？"

"暂时还不能确定，开始拆解空调吧。"她蹲下身，翻找工具箱。

刘浏拍了几张照，随后也开始加入拆解工作。

空调外壳还有着遗留下来的灼烫感，因着空调变形，拆解工作并不顺利。豆大的汗滑落两人的面颊、脖子，隐没于衣衫内。

也不知过了多久，压缩机电源线被成功取出。然而令人沮丧的是，这间房的火势过大，空调内的电源线被焚烧，这种程度的烧毁无法判断究竟是内部短路引起还是外部大火导致。

两人想要挖掘的起火真相，一下子就止步于此。

这样的结果，无疑是挫败的。

羽姗那张布满汗渍的俏脸染上一抹不甘心，随即无可奈何道："继续寻找。"

随意抹了把脸上的汗，刘浏忍不住飙了句脏话："太憋屈了！它怎么就那么会藏呢！"

"如果能轻易被找到，也就没我们什么事了。放心，它只要没逃出这房间，被发现是迟早的事！"羽姗给老温他们打了个电话，汇报了这边的情况。

等到挂断，她说道："李哥他们那边的结果出来了，厨房那边已经彻底排除了第一起火点的可能。他们现在正赶往我们这边。"

"这样一来，我们五个人攻克这个房间，小家伙即使再能躲，也要折在我们手上。"刘浏瞬间满血复活，继续开始查找线索。

羽姗唇角扬了扬："你倒是会开解自己。"目光一扫，她突然顿住。

她飞快跨越过一堆废墟，弯腰蹲下身来，在地板上扒拉出一小片干净完整的区域。

"它藏这儿了！"她回身朝着刘浏道，语气中满是激动与狂喜。

恰是这一回首的动作，她的唇刷过什么柔软温热的物体。下一秒，她难以置信地睁大了眸，瞧着近在咫尺的那张属于男人的脸。

他的侧脸上，有着属于女人的口红印，斜斜的一小条波纹，颜色浅淡，并不明显。

四目相对，空气仿佛在这一刻凝滞，被火灼烧过的教室内的温度隐约有攀升的趋势。

羽姗的脸，终于还是抵抗不住，慢腾腾地红了起来，灼烫灼烫的。

面前这个擅自闯入火后场地的男人，是江绥之。

一室的废墟中，身着衬衫西裤的江绥之竟成为那唯一一鲜活的背景。他的长腿屈膝半蹲在她侧后方，俊脸紧绷，一双眸子锁视着她。

因着他所蹲着的角度比她低，她刚刚一回首，她头顶的防护头盔并没有直接阻隔两人之间的距离，她的吻就这么落在了他脸上。

"出入灾后现场都不知道戴个防护头盔的吗？"她一时间心跳有些快，脑子有些短路，只闪现了这么一句。

"抱歉，我这就戴。"江绥之从善如流，将手腕上挂着的一个类似工地施工的黄色安全帽戴在了脑袋上。只不过他那蹙起的眉，仿佛在宣告着被她占了便宜之后的不悦。

羽姗的脸还在持续升温中，眼见他这副表情，心头微微一沉。

她这才意识到他出现在这儿是有多么违和。她迅速站起身瞪他："谁准许你进入这儿的？没看到幼儿园门口拉起的警戒线吗？"

"我当然是被正大光明地批准进入的。"江绥之并未起身，而是贴近她刚刚所蹲着的地方，慢条斯理地戴上橡胶手套，手指拨弄着紧贴墙缝的那个小洞，将里头的一截被烧毁的铜线扯了出来。

死于这次火灾中的幼儿园老师林秋雪投保了他们公司的人身险。林秋雪的家人远在外省，正在赶来的途中。接到林秋雪家人的理赔电话之后，理赔部高度重视，一方面和公安交涉，一方面由他负责理赔调查，火速赶来火灾现场。

羽姗瞧着他的后脑勺，没来由地火大："这是我们的工作，请你停止破坏灾后现场。"

江绥之倒也没有执意和她对着干，站起身做了一个"请"的手势。

"刘浏，拍照取证。"羽姗朝在一旁将嘴张大成了O字形的刘浏道。

后者将惊掉的下巴重新按回去，拿起相机挪了过来："姗姐，这学校墙体内的电线安装得够低啊，都贴墙缝了。哎，这个洞不像是着火时烧出来的呀。"

"着火前内墙乳胶漆和水泥应该已经剥落，将里头的电线露了出来。"羽姗从墙体内扯出其他电线，开始做检查。

刘浏凑过脑袋："难道是电线短路？刚刚拆解那空调的时候空欢喜一场，这次我可承受不住再来一次了。"

"初步判断有短路熔痕。"羽姗的视线焦灼在那铜铝导线上，可总觉得缺了些什么。

这一消息无疑是振奋人心的，刘浏又挑了几个角度拍照存证，随后将这一物证搁到证物袋作为痕迹物证，将送往火灾物证鉴定中心。

"羽姗，这边有发现？"此时，老李和赵威武、沈青三人也急急地赶到。

老李久经火场废墟，一进入这间教室就立刻做出了判断，是起火点无疑了。

"对，初步判断是火灾发生前线路故障，是由电线短路引起的大火。"羽姗引着他们来看墙边的线索，只不过她拧紧了眉，有些不太确定，"线路周围是课桌椅，零星火花不至于会直接让桌椅起火。除非……"

"有助燃物。"斜刺里一道男声插入，来自主动为他们让路走向了一旁的江绥之。

这一点，恰与羽姗的想法不谋而合。

江绥之的突然开口，几个一心扑在起火源上的火调人员才将注意力转向了他那边。

老李疑惑道："你是？"除了公安、消防和记者等人，这还是他第一次在灾后废墟的调查现场碰见不相干的人。

"你好，我是CM人寿保险公司理赔师江绥之，负责被保险人林秋雪的理赔案。"江绥之举起了一直挂在脖子上的工作证，随后朝着老李握手。

直到这时，羽姗才明白他为什么能被放进来。

一般人寿保险公司在理赔前会有专员对理赔案进行调查，以防属性不明的理赔造成公司的重大经济损失。这其中，理赔师就担负着重责。

"你要调查理赔案的话得去找公安，他们会负责调查你那个投保人的死因。"老李不赞同道，"现在我们需要调查火因了，你还是离开吧。"

江绥之并未挪动步子："本着对公司及被保险人负责的原则，我们早先就和本地公安进行过合作，被允许在他们的辖区内调查疑难案件的真相，还投保人和受益人一个公正客观的专业性处理结果。今天这场大火，我们公司的投保人林秋雪是这家幼儿园的老师，被证实死于这场大火。她的父母一接到她出事的消息就着急忙慌地托人买了火车票，正在从外地赶来的途中，同时她父母还打电话给我们公司，希望我们能帮着在现场调查下，也同步下理赔事宜。目前由我全权负责此次林秋雪女士的理赔案。我保证不会破坏现场，我所求的和你们一样，希望能找出火因。只有找出火因，为这场火灾定性，确定林秋雪女士的死因，才能更妥当地处理她的理赔事宜。"

林秋雪，正是不幸在这场大火中丧生的遇难者。

想到之前在幼儿园门口瞧见她的遗体被消防员抢救出火场的那一幕，羽姗的心头不太好受。才刚走出大学校园投入幼师行业的年轻人，本该洋溢着满满的青春，如今却成了一具毫无温度的尸体。那条鲜活的生命就这样被永远地遗留在了火场中。一个家庭，兴许就因此而破碎了……

羽姗不清楚林秋雪生前的投保情况，可她却明白，这个时候如果能给她的死一个真相，得到一笔理赔金，对于她的家庭，多多少少也算是一点助力。

"李哥，既然警局那边同意他调查了，我们也就别难为人家了。"羽姗忍不住帮腔了一句，怕此地无银造成什么误会，她又忙不迭补充道，"只要他别在一旁添乱就行。"

江绥之瞧了她一眼，眸中添了丝兴味。

这算不算是相过亲，共同经历过生死的男女间含蓄的帮忙？

老李大手一挥拍板定案："你留下也行。别随意走动，别破坏现场。"

"好。"他应下。

既然火因可疑，众人分散开来，企图找出助燃物。

理论上来说，电线短路起火的周围是墙壁，隔了一段距离才是课桌椅。易燃物不充足，不足以达到今天这场大火的程度。若真的有助燃物，那么助燃物的位置必定就在电线附近。

可他们扒拉了一圈墙壁附近，找到的不是石灰碎块就是课桌椅残骸、玻璃碎片，以及从头顶天花板砸下来的吸顶灯碎碴……

搜查一时间陷入了僵局。

"助燃物可能是汽油。"一道清冽的男声突兀地响起。

炎热的天气本就让人燥热烦闷，再加上这儿经历过一场高温火灾，众人一番忙碌之后脸上早就遍布汗水。乍然听到这么一声，几人纷纷停下了手头的搜查工作，动作整齐划一地望向声源。

江绥之还真是应了他答应的那句话，没随意走动，也没破坏现场，此刻安安静静地站在一旁，手里的手机是拍摄模式，应是留存一些需要用到的证据。出声的人，正是他。

见大家都望着他，他解释道："我的嗅觉比较灵敏，在一开始踏进这间教室时就闻到了一股汽油味。"所以，才会和羽姗想到了一块儿去，联想到了助燃物。

这个时候，羽姗几人自然是没功夫去计较他为什么一开始不说，而是努力屏息凝神去嗅空气中残留的味道。

经历过火灾的现场各种味道混杂，并不好闻。对经常出火调现场的人而言，这些味道早已习以为常，所以一开始，还真的没有特别在意。此刻经了江绥之的提醒再去嗅，竟还真的察觉出了细微的差别。

焦灼的浓烈味道下，还真的隐隐有种汽油燃烧殆尽之后残存的味道。那刺鼻的味道和建筑物燃烧的焦味混合，若不细细分辨，还真的很容易被忽略。

羽姗和老李交换了一个眼神，刘浏、赵威武、沈青也心里有了底。

几人垂眸望向地上被灼烧得极为彻底的区域，默然无语。那，是目前而言唯一的突破口。然而，因着现场破坏严重，已经无法判断地面是否有油类物质燃烧流淌的痕迹。

"羽姗！"老李蹲下身去扒拉那片碎石瓦砾墙灰聚集的区域，对羽姗一个示意。

羽姗会意，接过刘浏递过来的一个干净器皿，随后倒入矿泉水，再将现场的残体丢了一块进去。

在众人的翘首以盼中，意料之中，水面出现油迹。

由此可以判断，现场确实是有助燃物的存在，但还需做进一步鉴定。

很快，刘浏将证物袋装满了现场残渣。

羽姗道："小心保存，送实验室进一步鉴定是否为汽油成分。"

若鉴定出来真的含有汽油成分，这情况非同小可。试问，幼儿园二楼教室内怎么会凭空出现汽油？唯一的解释，也就是真的如他们所猜测，不是单纯意外起火，而是人为纵火了。纵火者丧心病狂地在幼儿集中处纵火，手段残忍、性质恶劣、令人发指。

江绥之上前，默默瞧着这一幕，也感受到了气氛的凝重。

他蹙眉，刚要开口说些什么，冷不防听到异响，抬眸的瞬间，便见到天花板上簌簌往下砸落的坠物。

"快走！"老李第一时间大喊出声。

刘浏、赵威武、沈青三人意识到危险飞快后撤。

羽姗正在整理工具箱，到底还是慢了一步。

没承想她还没来得及感受到疼痛，身上就传来了贴近的温度。男性的身体笼在她上方，将她隔离开头顶的坠物。

"嗤——"头顶是江绥之吃痛的声音，显然是被坠物砸得不轻。

她忍不住探出脑袋："你怎么样？"

背上传来尖锐的痛感，连带着脑袋也传来钻心的疼痛。江绥之的耳畔传来一阵短促的轰鸣，察觉到怀里的脑袋要冒出来，他厉声吼了一句："老实点！"护着她的身子和脑袋，飞快往后退。

等到两人退出了危险区域，羽姗刚要向他表示感谢，一回首就瞧见了他一脑门的血。那血，就这么从他的额头滑落，触目惊心。

"江绥之！"她惊呼。

两天后。

市中心医院。

羽姗一下班就直奔医院住院部，敲门进了病房。

病房是三人间，除了江绥之，还住着两个受了外伤的病人。其中一人有家属陪护着，边聊天边用晚餐，另一人则在看电视。

他们跟她打招呼："又来看小江啊？"

中间病床上正看电视的老大哥一嗓子吼向江绥之："小江，你女朋友又来看你啦。"

"是啊。"羽姗尴尬至极，脸色微红。被他们误会不是一次两次了，在第一次送江绥之住进来的时候没来得及解释，所以现在就成了这副样子。

江绥之的床位在靠窗的最后一床。此刻他那床的床帘拉着，隔绝了旁人的视线，自成了一个独立的空间。

羽姗走过去，这才瞧见他正穿着一身病号服靠坐在床头。他的脑门缠着纱布，面色紧绷，乍一眼看去有些憔悴。而他的手边，则是一份文件，他握着签字笔在上头正写着什么。

"身体还带着伤呢，就消停些别去处理什么公事了。该静养时，就该闲下来放松自个儿。"她来到他那一床，不赞同地皱了皱眉。

江绥之丝毫不意外她会过来，停笔，抬眸看她："手头的事情一拖再拖，是对自己的不负责任，也是对他人的不负责任。"这话算是解释。

羽姗将抱着的一束马蹄莲安置在了简约风透明花瓶内，用喷壶往花瓣上喷水："在我看来，你非得将工作放在自己的身体健康之前，那才是对你自己的不负责任。"

这花瓶和喷壶都是她买来的，美其名曰改善他的住院环境，让他愉悦身心。

人家好歹救了她一次，若非他出手，此刻躺床上的人就成了她了。她总得知恩图报不是？

不过说真的，她和他还真是挺有孽缘的。

第一次见面相错亲碰到商场大火，死里逃生。第二次见面是灾后废墟，同样是死里逃生。

她虽然不迷信，可总觉得有点不自在。

"金葵花幼儿园的起火案，你们的调查有结果了吗？"

羽姗还处在迷信与科学之间摇摆呢，没想到他竟然就已经非常尽职地向她打听起了情况。

"还没呢。"她有些无奈，"即使调查结果出来了，在出通告之前，我也不能向你多透露一个字。"

"那些物证不是送审了吗，还没出结果？"他蹙眉，似在质疑他们的办事效率。

"痕迹物证的送审流程得排队，鉴定结果得等。"

她只能简单解释了一句。

他不再说话，继续在纸上写着什么。

"你是在忙小林老师的理赔案？"

江绥之愣了两秒，明白她所说的小林老师指的是林秋雪。

"对，目前我重点处理她这个案子。她的父母白发人送黑发人，目前他们不确定警方会如何定性这起起火案，如何定性他们女儿的死亡，所以他们女儿的遗体还在本市医院的停尸间，他们还不能给她举行葬礼送她回老家入土为安。如果能早一日确定下来，我这边也好早一日给他们走完理赔流程。这笔理赔金与人命相比微不足道，但对他们也算是一种补偿吧。"

他这感性的一点，倒是与她有些相似。

羽姗不禁盯着他的脸多瞧了几眼，附和了一句："所见略同。"

不过，她还是有些不赞同道："这件事一时半会儿还没有定论，你还是应该以自己的身体为重。工作的事先放放。你说说你从住院至今，我每天过来，都有三天了吧，哪回不是见你在忙公事？"

"在大城市里打拼不就是如此吗？在我的岗位无可替代之前，只有咬牙坚持的份。"

"这倒是，最怕前浪被后浪给拍死在沙滩上了。"

"不，更可怕的是我们在前头冲锋陷阵，而某些高层却拼命给我们扯后腿。"

羽姗闻言颇为震惊："你们保险公司内部居然还这么钩心斗角啊？"

"哪个大公司没点子钩心斗角的事？你该不会觉得同属于一个公司的员工就该其乐融融你好我好大家好吧？这是成年人的职场，不是小孩子的游乐园，你这些想法趁早收回去。"江绥之将手头的文件搁到了床头边的移动柜上，语气生硬地道出职场中人的不易。

理确实是这么个理，可从他那张薄唇里道出来，带着点不假辞色的意味，让她听着并不愉快。若非念在他救过她的分上，她分分钟甩脸走人了。

不过她倒是好奇，他竟然这么直言不讳地将这种话和她一个刚认识没几天的人说，就不怕她去告个密？

羽姗踱步在他床边的凳子上坐下："CM人寿的高层有意和你们理赔部对着干？你们碍着他们的眼了？"

一说完她就发现自己逾矩了。

她讪笑道："哎呀我给你订的晚餐怎么还没到呢，我打个电话催催。"

还没等她装模作样地掏出手机，便听到男人清冽的声音。

"保险公司不是慈善企业。我们理赔部每处理一个理赔案，就有75%的可能性需要掏出一大笔资金。有人的奶酪被动了，能不急吗？"

他拆开桌上的一罐子杏脯，往自己嘴里丢了一粒，又朝她那边举了举。

一个大男人却格外偏爱这种酸酸甜甜的零食，羽姗敬谢不敏，摆了摆手。

她问道："可都签了投保合同了，难道真的出了事你们公司还能不赔啊？"

"所以这个时候，被动奶酪的人就想着朝令夕改。苦的是投保人，被投诉的是客服经理，为了维护所谓的声誉，首当其冲被整治的却是我们理赔部。"

"不是有协议吗？白纸黑字和你们签订的投保协议，还能够作假不成？他胆敢朝令夕改，就不怕吃官司？"

江绥之淡淡道："我是该送你一句'天真'吗？单方面出具的保险合同，里头定下的条款究竟偏向哪方，需要我提醒你吗？你觉得保险公司的法务拿着钱是专门给自己入职的公司挖坑的吗？"

自然不是。

羽姗接触的合同不少，对于里头的陷阱其实也深有体会。就好比当初的买房合同，里头一堆的文字陷阱，即便她哥请了律师指出了合同的部分条款存在问题，可甲乙双方坐下来协商时，作为买方的她和她哥明显就处于劣势，一些条款仍旧不得不按照售楼方的要求来。

羽姗明明是作为被救者对他进行探病的，可不知怎的，她和江绥之就这么面对面地谈论着行业内的一些秘辛，这画风，明显就不对啊。

"1187床外卖！"

突然有人在门边喊了一声。

有一床病人的家属朝他们这边指了一下："那边。"

羽姗忙站起身迎了过去："是我们这边，谢谢了。"

她将病床上的小桌板放好，又将外卖员送来的骨头汤和香菇鸡丝粥端出，近乎虔诚地将勺子往他手里塞："我今天的投喂任务完成。接下去你好好静养，明天我再来看你。"

江绥之并没有去接，颇有些不赞同地打趣道："这就是你对待救命恩人的态度？连亲自下厨煲个汤都不行，只给我叫个外卖？你这道谢的诚意能再敷衍些吗？"

瞧着他脑门上缠着的纱布，羽姗小声提出异议："其实……也不算是救命恩人吧。"

"嗯？"他眼皮微抬，慵懒的嗓音无端染上迫人的意味。

"当时那种情况下，即便我被砸了，也不至于会死。所以，救命恩人什么的，应该不至于。"她屏住呼吸努力一口气说完。这话不假，可她在他那深邃的目光注视下莫名有一丝心虚，底气明显不足。

男人一阵唏嘘，连连摇头："这年头好人难做，脑袋被缝了十几针，后背也惨不忍睹，结果却换来一句不是人家的救命恩人。嗯，下次碰到这种事，我一定会敬而远之的，绝对不会赶着去助人为乐。"

他的声音懒散，听得羽姗头皮发麻。

怎么听怎么觉得自己挺渣的，挺忘恩负义的。

她只得硬着头皮说道："我这不是工作忙吗？你看，我是一下班就往你这边赶了，哪儿有那个时间再回一趟家去煲汤给你送过来啊？"

"我原以为，冲着这份恩情，你肯定会连夜替我熬好汤，第二天给我送过来。保温杯装着，我总能喝到一口热乎的。"

羽姗蔫了。

好了，这下子她是彻底成了忘恩负义的代名词了。

明明在幼儿园火灾废墟的时候，她占着理能绷着一张脸训他，可这会儿，全然反了过来。

羽姗彻底投降，做小伏低道："江先生，我错了，我认罚。我不该这么对不起您这份冒死救我的大恩。您想让我做什么，您随意吩咐，我保证将事情给您办圆了。"

预想中男人肯定要乘势提出无理要求了，岂料他却蓦地轻笑出声，唇角的弧度一点点上扬，坚毅的面部线条也随之柔和了起来。他失笑："跟你玩笑的。其实不过是件小事，你也不用每天都过来看我。你不自在，我也会觉得有点怪。"

他说的是她被病友误认为是他女友的事情。

羽姗讪讪一笑。

"这鸡丝粥味道不错。"他尝了一口，极为自然地转移话题。

"那是！我可是订的星级酒店的外卖！"

见气氛良好，江绥之提起了两人相识的尴尬事："我们相亲那事……想必你也已经知道当时是闹了个乌龙了。抱歉，没有第一时间和你解释清楚。"

羽姗也努力反思："是我的问题。一上来就和你'吧啦吧啦'说了自己的情况，让你根本没有时间解释。"

"我其实挺怕这件事一直梗在你我之间以后见面会尴尬，如今打破了僵局，希望大家彼此的心里都没有疙瘩。"

女人大手一挥豪迈地说："咱俩也算是过命的交情了，哪儿能因为相亲这种小事存疙瘩呢！"

"既然已经达成了共识，握手言和下吧。兴许以后我还得仰仗着羽工出手帮忙呢。"男人将勺子一搁，脸上挂着绅士有礼的笑，朝她伸出了手。

"你是理赔师，我是个跑火场的火因调查员，工作领域重合的概率极小。可担不起你那声'出手帮忙'。"话虽是如此说，不过羽姗还是和他握了握手。

肌肤相触，属于男性的手掌宽和有力。她那纤细修长的手指被他握在掌心，传来独属于他的温度。

她略显不自在地飞快抽回了手。

"总归会有机会的。"他心知她因那场相亲还是多多少少受了影响，遂安抚道，"至于我们之间的相亲，你不需要有任何的困扰。我有我的相亲安排，估摸着下半年还会参加几场相亲宴，奔赴十几场相亲局。希望我说这些，能够减少你的尴尬。"

这是在告诉她他俩之间相亲的事情在他那儿早就翻篇了，间接警告她别自作多情吗？

羽姗瞧着面前那张看淡一切的俊脸，从嗓子眼里"嗯"了一声算是回应。

她怕这一声会惹来他的无端揣测，又补上一句："我有什么不放心的，我对你又不感兴趣。"

江绥之不置可否，突然说道："这周末我出院，朋友给我攒了个局庆贺。不过他醉翁之意不在酒，想向我介绍他的一位学妹。祝我有好消息吧，也祝你好运，期待不久的将来，我们都能顺利脱单。"

见他如此具有诚意地想要将当初两人之间的乌龙相亲揭过，羽姗也极为配合："那就祝我们都好运，顺利脱单。"

和江绥之将话摊开之后，接下去的几天，羽姗下班后就不再那么勤去医院了。不过她雷打不动每天都会在手机上给他点外卖，努力尽着报恩的责任。

这周末她惯例回父母家进行家庭聚餐。晚餐后一家人边看电视边谈话，结果这一桩相亲告吹的事情，就成了全家的谈资。羽沛廷再次积极张罗她的下一场相亲。

"姗姗，这年头这么有诚意的男人不多了，你可得珍惜啊。赵瀚知道你闹了乌龙之后，还特意联系我这个红娘，说不想错过你，想着再和你找时间见个面聊聊。原本我还想着他会不会恼羞成怒投诉我呢，没想到人家竟然这么明理上道！就冲着这个人品，你也得去见见人家啊！"羽沛廷苦口婆心地劝着。

男人穿得挺人模狗样的，只不过动作却暴露了他的本性。他大大咧咧地瘫在沙发上，手也没闲着，往自己嘴里扔着樱桃。

羽姗敬谢不敏："哥，你行行好做个人吧！你妹我都这么丢人了，你居然还要我再去相这个亲重温这段丢人的记忆？"

"这有什么丢人的？就因为丢人，你这一辈子都不去相亲不去嫁人了？"

"那总得让我缓缓吧？"

"等你缓缓的这段时间，优质男都被挑走了。时间不等人啊！你信哥，哥还能害你不成？赵瀚这人真心是个好小伙，那些替女儿们张罗相亲的叔叔阿姨早就将魔爪伸向了他。是你哥我先下手为强，才让你有了近水楼台先得月的机会。"

羽姗："……你的职业操守还真是棒棒的呢。"

"谁让你是咱们公司的VVIP会员呢，优质资源永远都优先供给你。"羽沛廷打着哈哈，声情并茂，演绎到位。

"那还真是我的荣幸了。"羽姗瞪了他一眼，"既然你手头资源这么多，怎么不给自己找一个呢？"

还真是哪壶不开提哪壶。

当初被骗财骗色的经历太过于刻骨铭心了，再联想到父母的养老钱也被骗走了大部分，羽沛廷的心理阴影一下子就上来了。

"姗姗你别过分啊，揭人不揭短！存心往你哥伤口上撒盐是吧？"

眼见这两人一言不合就要吵起来，羽母当即斥了一声："你俩有本事都给我找一个对象回来啊！"

"护妻狂魔"羽父立刻帮腔："你妈说得对，你们两个是半斤八两！"

羽姗："……"

羽沛廷："……"

兄妹俩集体蔫了。

然而，羽沛廷打算再垂死挣扎一下："爸妈，我和姗姗的性质不一样。男人四十还一枝花呢，我这三十还没到呢，正是金贵的时候。姗姗的年纪在那儿放着呢，二十七，不小了，该定下来了。"

还真是够性别歧视的啊！

羽姗想着是不是该给他一记左勾拳，羽母已经替她教训了过去："你别给我整这些。在我眼里，你才是最该成家的那一个！仗着自己是个男的，没到三十还挺骄傲的是吧？你如果能像姗姗一样让人省心就好了！谈恋爱之前擦亮眼睛，别一看到好看的女人就疯狂分泌多巴胺和雄性激素，看人要用心用脑，别只用你的下半身！"

这还真是够赤裸裸的鄙视啊。

羽沛廷蔫头耷脑，羽姗则幸灾乐祸。

羽母狠狠拍了下自己儿子往果盘里探的手，将盛满了樱桃的果盘直接塞到了羽姗手上："姗姗你带回公寓去吃，别便宜了你哥这个不省心的。"

"谢谢妈！"羽姗甜甜一笑，露出一个迷人的酒窝，还不忘冲着羽沛廷挑衅地扬了扬下巴。

"妈，不带你这么偏心的啊！"

羽父喝了一声："还有没有一个做哥哥的样了？让让妹妹怎么了？"

趁着他们斗嘴的时候，羽姗飞快地站起身往玄关走，捞起鞋柜上的车钥匙。

"爸妈，我先回去了，太晚了开车不方便。"

"等等！"羽母猛然想起了什么，忙喊住她，"妈明天煲点汤给小江送医院去吧。他是为了你才受伤的，你只给人家点外卖还人家恩情，太说不过去了。"

羽姗刚刚在饭桌上说漏了嘴，将自己差点出事好在被江绥之救了的事情说了。这会儿见母上大人要替她给人家煲汤，她忙说道："妈您别忙活了，他今天上午出的院。"

"那你问问他住址，妈明天去登门拜访，好好感谢感谢他。"

年轻人之间救人与被救的事情，年轻人之间处理就好了，非得让长辈出面道谢，羽姗总觉得不太自在。

她忙扯了个谎："行行行，有机会我一定帮您好好问问，好好还他这个人情。"

不给她妈反应的时间，她飞快出了门，还不忘在她哥虎视眈眈的眼神下接过她妈给她装好的一袋樱桃。

羽沛廷见她走了，生怕自家父母要逮着他教育了，也忙"噌"的一下从沙发上起身："那我也回我那小破公寓去了，明天还得起早继续当我朝九晚六的上班族呢。"

两兄妹一前一后取了车，相邻的车位，两辆车都没急着发动。

羽沛廷开着车窗和羽姗说道："姗姗，你真不见见赵瀚？他好歹也是你哥的客户，如果被这么一而再再而三地放鸽子，你哥会被质疑能力的。"

瞧他那副可怜兮兮的模样，羽姗心一软："行吧，那你约时间安排吧。"

"这就对了嘛！哥为你辛苦为你忙活是为了什么？还不是为了我妹妹能够幸福吗？那我先和他那边联系下，等我通知时间啊。"羽沛廷当即满血复活，顺便不要脸地朝着她副驾搁着的那袋樱桃努了努嘴，"媒人红包的话，拿那个抵了吧？"

"德行！"羽姗嗤笑一声，将袋子抛给了他。

后者动作也格外利索，一把接住："谢啦！看在你这么有兄妹情的分上，咱俩合买的那套公寓我可以考虑下等你以后结婚送你当新婚礼物。"

铁公鸡拔毛，让人目瞪口呆。

只不过羽姗还没感动三秒，就听得他的下一句："不过你哥我起早贪黑挣点钱不容易，顶多到时候你如果想要独立产权的话，我把我那份按照原价转卖给你，不跟你按市场价算了。"

羽姗沉默，说好的兄妹情呢？

两人相继发动车辆，一个将车开往江景府邸，另一个则将车开往云水涧的单身公寓。很快，分道扬镳，拐入了不同的道路。

途经药店，羽姗靠边停车去买了盒胃药，刚回到车上，就听到了突兀的手机铃声。

"羽工，化验结果出来了，金葵花幼儿园那案子中你们送过来的现场残留物中确实是有脂肪烃和环烷烃类成分，经鉴定属于汽油。"

来电人，是火灾物证鉴定中心的秦芳。

部门审批、送检、交涉、排队鉴定……一系列流程走下来，今天总算是出了结果。

这样的结果，无疑是惊人了。

羽姗努力稳住情绪："谢谢芳姐，大周末的你还在加班加点地忙，辛苦了。"

秦芳打趣道："唉,手头工作太忙,我真怕再推迟你要亲自跑过来揪我衣领了。这不,趁着今天回单位拿东西赶紧给你赶出来了。"

两人不打不相识,以前羽姗就干过揪她白大褂的事情。

"这都老皇历了,我那时候年轻不懂事,不明白鉴定个物证都需要走程序排队等那么久,将芳姐你们的工作想当然地简单化了。"羽姗遥想当年初出茅庐时为了尽快确定火因,还跟鉴定中心叫板过,只觉得岁月真是把"杀猪刀",她摇头晃掉陈年旧事,正色道,"芳姐你还在实验室吗?方便现在发我份鉴定报告吗?我和领导汇报后,还得将火调结果告知公安那边。毕竟火灾闹出了人命,后果比较严重,越早出火调结果越好。"

"行,我这就发你邮箱。"

结束通话,羽姗第一时间打电话给老李,两人相互商量了一番。随后决定由羽姗来出具火因认定书,老李负责审查,周一上午递交给温庆天过后,再和公安那边对接。

一边开着车,羽姗脑子里一边还在琢磨着U盘里那些拷贝的资料,想到最终得出的结果,眉头拧紧。

他们得出的结论,将直接导致金葵花幼儿园的火灾案上升到恶劣的人为纵火案。一想到幼儿园内的孩子们险些惨遭毒手,她就对这隐藏的纵火犯深恶痛绝。她不由得想到了那被救出的君君,又想到了葬身火海的小林老师。

一想到小林老师,她就想到了负责调查小林老师理赔事宜的江绥之。

她要不要告诉他一声火调结果,以便他及时跟进理赔事宜?

前方红灯,羽姗放慢车速停在斑马线前,眼睛盯着那一点点倒数时的红色数字,思绪却莫名回到了那天在病房的时候。

——这周末我出院,朋友给我攒个局庆贺。不过他醉翁之意不在酒,想向我介绍他的一位学妹。祝我有好消息吧,也祝你好运,期待不久的将来,我们都能顺利脱单。

男人的话回荡在耳畔，她倏地歇了那股联系他的冲动。

出院后还要在他哥们儿的安排下第一时间和美女见面来着，还真是无缝衔接呢。如果两人相亲顺利，他此刻指不定正温香软玉在怀呢。她可不能做出扫人雅兴的事情来。

半个小时后，羽姗的车停在江景府邸的地下停车场，坐电梯上楼时，她用手机查看秦芳发给她的鉴定结果。

"叮——"的一声，电梯到达她所住的楼层。

收回落在手机上的视线，她抬眸欲走出电梯。

下一瞬，她就不得不感慨人生何处不相逢了。

电梯外，高大挺拔的男人单手插兜，一张俊脸板着，明显就有些心不在焉。他脑袋上的纱布用碎发遮挡，倒是并不显眼。反观他的旁边，娇小玲珑的女人侧身贴近着他，正笑着不断说着什么，明显对他极感兴趣。

男人，是江绥之。至于女人，可以猜到一二。

江景府邸一梯两户，公摊面积不大。羽姗万万没想到天下竟有这么巧的事情，这都能够遇见他。

她张了张唇，一时半会儿竟不知说什么。

哦，对了。想来这位女士是他的新一轮相亲对象之一，那么她是不是该对他说一声恭喜相亲配对成功？

江绥之显然也是未料到会在这儿遇见羽姗，眼中闪现微讶的神色。不过他很快就收敛心神，毫不见外地开了口："好巧啊羽工，你住这儿？"

电梯门即将合上，他伸手挡住。

羽姗道了声谢，快步走出："是挺巧的，别告诉我你朋友给你攒局庆贺你出院攒到了我家门口。"

听她说到这是她家门口，他瞬间明白她确实是住这儿。还真是够巧的啊。

"也可以这么理解。"他解释道，"本来是在清吧聚了聚，后来几个朋友知道我和同事合租的房子还没暖过房，就索性过来暖房。"

"你刚出院就去喝酒？不知道遵医嘱吗？"羽姗的重点放在了他们清吧攒局上，说完意识到自己过于关切了些，解释道，"你好歹是因我而伤的，你如果因为喝酒而导致伤口迟迟不见好转，不是让我持续内疚吗？"

"只喝了一点，在可控范围内。"

若是忽略他因救她而受伤这个先决条件，这样的对话，倒是有些让人浮想联翩。

起码站在江绶之身旁的女人，秀气的眉头皱了皱。

说话间，电梯门合上，江绶之眼疾手快地重新按了下，电梯门再次打开。

"那我先送朋友下去。"他和她道别，让身旁的女伴先进电梯。

羽姗总觉得有哪里不对劲，随后才反应过来一个事实。

"你刚刚说暖房？你和人合租……租的恰巧是这儿？"

他挑眉："很意外？"

如果单纯只是住这栋楼，当然不意外。可他停留在这个楼层等电梯，极大的可能性就是——他租的房就在这一层。

一梯两户，由此可见，他是她的对门邻居！这种低概率事件竟这么真实地在她身边发生了，还真是该死的意外。

"我记得我对门邻居的租客昨天才刚搬出去，你今天就搬进来了？"不愧是江景府邸，不论是二手房还是租房的交易速度都这么快。

江绶之坦言道："朋友早在半个多月前就帮我相看了。得知租客快到期没续租的打算，我见地段和价位合适就敲定下来了。夜长梦多，碰到心仪的不想错过。"说话间，他也走进了电梯，按下一楼键。

羽姗胡乱点了点头，不想再深聊这个话题了。

站在电梯门外，她目送着两人坐电梯下楼，猛然间想到了秦芳发来的鉴定结果。在电梯门合上前，她飞快说道："对了，金葵花幼儿园的火灾案有眉目了，我们这边会尽快给出火因认定书，你们CM理赔时有需要的话，可以申请给付一份。不过这只能对你们的理赔起到参考作用，毕竟是人寿保险，还得看警方那边对小林老师之死的调查结果。"

打开家门，羽姗只觉得身心俱疲。隐隐的，她甚至都能听见隔着一扇门的对面传来的哄闹声。

看来今天来给江绥之暖房的人不少。对方比较绅士，眼见快九点了就先将女士送回家，再折回来和男士们续摊。

不过明天是工作日，他们应该不至于通宵吧。

她进了浴室，站定在花洒下，感受着水流冲刷的舒适感。刚要将洗发水往发上抹，结果胃疼的老毛病又开始犯了，她不得不洗净手，匆匆裹了条浴巾去厨房给自己倒水。

她虽是火调专业毕业，可当年毕业那会儿实践经验不足，所以入职初期是她过得最辛苦最昏天暗地的一年。一天忙下来压根没顾得上吃饭，饥一顿饱一顿，整个人迅速消瘦下去，她的胃就是从那时候开始时不时疼痛发作的。

门铃声响起时，她刚吃过胃药，脸上闪过一丝惊疑。

这个时间点上门，是芳姐不放心，亲自上门和她谈事？还是她哥决定睡这边了？不过她哥不是知道大门密码吗？

"谁啊？"她问了一声。

"我，江绥之。"

门外低沉的男声，让她刹那有些恍惚。

他不是绅士地送女士回家了吗？这才十分钟吧，就回来了？

瞄了眼自己身上的浴巾，她蹙眉走向玄关，隔着扇门板道："有什么事吗？"因着胃部的疼痛，声音有些不太自然。

"想和你聊聊金葵花幼儿园的案子，你现在方便吗？"

"不方便。"僵硬的三个字就这么脱口而出，等她意识到这样不近人情的态度极度不利于邻里之间的和睦相处时，她不得不耐着性子补充道，"天太晚了，我要休息了。你要谈公事的话可以去我单位聊，想要获得相关资料，也可以递交申请。"

明明很简短的一两句话，可她的声音却在发颤。

疼痛让她的整张脸紧绷，额上有细密的汗沁出。单单说出这番话，就已将她的力气用罄。

察觉到她声音的异样，江绥之不放心道："你怎么了？是不是身体不舒服？"

见她不答，他继续道："羽姗？你怎么了？"

"我没事，缓缓就好。"

"没事声音怎么成这样了？你如果身体不舒服的话还是去医院检查一下，如果实在是行动不便，我可以搭把手。"

"不必了，我还欠着你大恩呢，不敢再劳烦你。"

"连你的命都救过了，也不差再多做几回好人了……"

男人自诩好人地喋喋不休，对眼下的羽姗而言，她真是不耐烦去听。她现在需要的是和胃疼做斗争，而不是和他在玄关这边扯嘴皮。

"求求你行行好别做滥好人了成不？去不去医院难道我自己还做不了主了？你还能比我自己更清楚我的身体不成？"

她被他烦得没法，只得忍着疼痛打开门将他的好心劝退。

江绥之好人难做，正要转身回对门，冷不防就瞧见大敌的门边女人那张涨红的脸，以及……她那被浴巾包裹的玲珑身段。白里透红的身子仿佛被荔枝壳包裹，只需轻轻一剥，就会露出里头晶莹多汁的果肉，散发诱人的香味。

他滞了滞，眸色转深，自知非礼勿视，忙将视线转向一边："抱歉，恕我多管闲事了。"

刚要离开，便听得自家传来闹哄哄的声音，租房里那几个闹腾的朋友已经哄闹着过来开门，有人嘴上还在嚷着："江绥之你在外头和谁说话呢，老半天了都不开门进来！不会是送我那学妹回家送得心猿意马，连自家大门的密码都忘记了吧？"

门应声被狐朋狗友打开，三个醉醺醺的男士一溜儿来到门边。

江绥之的身体先于大脑做出了反应，长腿一迈上前一步，手臂一伸直接就揽住羽姗的腰肢将人圈进了怀内退到门后，反脚一踢，敞开的门直接关上，隔绝了旁人的视线。

"哎，那是不是绥之？我刚好像看到他去对面邻居家偷香窃玉了。"

当先开门的醉鬼难以置信地眨了眨眼，又眨了眨眼。他刚刚没看错吧？江绥之抱着对面住着的女人进了房？

身后又一个醉鬼冒出了脑袋，嘟囔道："你发什么神经，绥之不是去送你那学妹了吗？一个来回起码也得一个多小时吧？再加上两人你侬我侬一番培养感情，估摸着得两个小时。这会儿他怎么可能会在这儿？"

第三个醉鬼附和："说得在理，他哪儿会那么快就回来！你们说，江绥之今晚会不会美人在怀夜不归宿？咱们要不要趁机将他的私藏都给掏空了，让他回来时抓心挠肺？"

一门之隔。

男人宽肩窄腰，身材健硕，双腿修长，妥妥的行走中的荷尔蒙。他一系列动作下来，脊背靠在门板上，胸膛与女人裸露的后背紧紧相贴。

因着担心那三个醉鬼嘴里会说出什么浑话来，江绥之的心神紧绷，连带着揽在羽姗腰间的手都收紧了几分。

直到听见对面关门的声音响起，他才长长地松了口气。

温香软玉在怀，鼻尖充斥着属于女人的馨香，他一下子就警醒过来，忙不迭松手。

"我怕你走光，刚刚一时情急……"

他无力地辩白了一句。

羽姗的面色并不好看，脸上红一阵、白一阵。

经历了被他搂抱、被他困在怀中之后，这会儿她又在他的提醒下后知后觉地意识到自己还裹着条浴巾。他刚刚那手绕在她腰间时，甚至还隐约与她的某处相碰。

这会儿她羞愤交加，也顾不得胃疼了，怒道："刚刚那样的情况下，你最应该做的，是一个箭步冲到自己家门前，将三颗好奇探出的脑袋往门内赶，顺理成章地和他们一同进屋，关上自家的门，以防你朋友窥见不该窥见的。而不是耍流氓搂上我的腰闯进我家门！"

女人的话掷地有声，字字在理。如她所言，在刚才那样的情景条件下，这是最好的处理方式。

他也不知怎的，竟鬼使神差做出了截然相反的事，让自己沦落到了如今这般尴尬的境地。

"我的伤还未痊愈，又被灌了两杯酒，当时的大脑并未做出准确的预判。是我的错，你如果想要我对你负责的话……"

羽姗脸上余怒未消，与他相对而视。

阴谋！

绝对是赤裸裸的阴谋！

知晓他自己不占理就故意搬出了他为救她而受的伤，真是只狡猾的狐狸。而他额头上缠着的医用纱布绷带，也在无声地提醒她这一事实。

她刚要开口怒斥他的恶劣行径，没想到下一秒，她的腹部就翻江倒海起来。

胃疼加上反胃，所有的感官都在同一刻发作，她摇摇欲坠，只觉得一阵恶心感涌现，慌忙往洗手间跑。

短短的十几步路，她的步伐踉跄，生怕提前吐出来还死死捂着自己的嘴。

这一吐，就吐了个昏天暗地，整个人都有些虚脱。

抽水马桶的声音响起，冲刷走不堪的秽物。

等到她从洗手间出来，仿佛从鬼门关走了一遭，身上额上都沁出了汗珠。她身上的浴巾已经不见了踪影，取而代之的是一件长外套。除了那一双莹白的脚丫尚还露在外头，她将自己浑身上下裹得严严实实。

"你走吧。"

"你怀孕了？"

她和他的声音同时响起，又同时趋于安静。

羽姗心中的一口郁卒之气差点没缓过来，咬牙切齿道："你那思维够发散的啊！"

话锋一转，她蓦地又扯出了一个虚假的笑来："你几分钟前欲言又止的那话，如果我没理解错，应该是想要对我负责的吧？行啊，那就当我孩子的爸吧。"

没有最尴尬，只有更尴尬。

江绥之万万没想到自己多嘴一问的后果竟是"喜当爹"。

那不知是跳财还是跳灾的眼皮一个劲活跃地跳动起来，他揉了揉眉心，委婉建议道："或许，我对你的冒犯可以用经济赔偿的方式来进行弥补？"

"可我就想搭上你的婚姻怎么办？"羽姗乐得看他纠结，步步紧逼。

"这个……不合适吧。"江绥之斟酌着措辞，努力和她摆事实讲道理，"我这人崇尚因爱而婚，就我们之间浅淡的交情而言，我做不到为了你牺牲自己的婚姻自由。再者，想必你孩子的父亲也不乐意让自己的孩子管别人叫爸。你得对这个孩子负责，还是找孩子爸商量一下吧。"

听着他一本正经地规劝，羽姗只觉得好笑。

她在他眼里究竟有多不堪，竟能让他发散思维到这种程度？

她最终冷着声音打破了他过于离谱的误会："江先生，你有没有点医学常识？是个女人呕吐下就是怀孕了，那全世界估计要孕妇满天飞了吧？你相亲一帆风顺觅得佳偶，和女方估计没少发生点什么吧？女方估计还真的有可能怀上了。我可不像你，那么快就能和相亲对象配对成功耳鬓厮磨闹出个孩子来。"

不是怀孕？

江绥之一怔，随即脸上蔓延起了一丝红。

"抱歉，我一开始就觉得你身体不适，之后又瞧见你吐……"

"行了，不必多说。请你现在立刻马上离开我的住处。"她开始赶人。不得不说，经了这么一遭，她的胃疼总算是过去了，人也跟着精神了起来。

江绥之被赶到门口，临出门前，似乎是为了挽回自己在她那里已经差到极致的印象，他望向她郑重其事地开口："真的很抱歉，是我妄言了。如果你需要我做出补偿，我可以……"

"不需要。"她打断他的话，走到玄关处开门，一副送客的姿态。

两人的关系，因着他的口无遮拦，降到了冰点。

江绥之回到对面，就见到了客厅里四仰八叉躺着的三只。

房间内到处都是酒味，也不知道他们喝了多少。

"兄弟，你总算是回来了。怎么着，偷香窃玉被邻居给赶出来了？"宁南司打了一个酒嗝，努力想从地板上站起来。结果脑袋抬了抬，就又无力地栽了回去，他索性将沙发上的抱枕给拽了下来，直接垫到了自己脖子底下。

至于他旁边那两只，显然醉死过去了，嘴里还时不时咕哝几声。

江绥之既好笑又好气："你这脑袋里就不能想点正常的？"

"不能。"宁南司非常具有探索精神地分析着，"你说什么去送我学妹，亏得我们几个还觉得你俩有戏。结果才多久啊你就回来了，一回来就往美女邻居家钻。江绥之，你……不对劲啊。"

今天攒的局，本就是庆贺他出院的。宁南司还特意给他学妹牵了红线当了回红娘，想着趁此机会让两人相个亲。

毕竟有其他三位男士在场，江绥之总得顾及女方颜面，所以有些话并不方便当场说清。

等到借着送女方下楼的机会，他和她开诚布公地谈了几分钟，目送她上车离开后就回了来。

自此，今天这场异样的相亲也算是告一段落了。江绥之人生中的第N次相亲，依旧宣告失败。

至于和羽姗的牵扯，纯属意外。

"对门住着我之前提到过的羽参谋。"他不得不耐着性子稍稍解释了下，"我只是去向她咨询一下金葵花幼儿园起火的调查结果。"

一听这个，宁南司有印象了。

羽姗是调查金葵花幼儿园火灾事故的调查员之一，他听江绥之提及过和她打交道的事情。

"那你打听出什么来了？这场大火真的有猫腻？"宁南司神色正经了起来。

"她嘴风严着呢，明天我跑一趟他们单位，再去警局转一圈。"

"这事确实是刻不容缓。这遗体还一直拖着，家属生怕万一都没敢火化。白发人送黑发人，这位小林老师……唉！"宁南司唏嘘不已。

江绥之直接踢了下他的小腿肚："看来你这酒是醒了。赶紧起来，带着这俩醉鬼到你房间睡去。"

这公寓八十八平方米，两室一厅，一厨一卫，还有个面积极小的书房。房东一直都是整租的。

他原本是打算自己先租下来之后再挂网上找个合租人，没想到宁南司却直接报名和他成了室友。

宁南司一直都和他女友同居着，两人这阵子正谈婚论嫁，按理说他完全不该独自搬出来住。

不过，不管江绥之怎么问他都死活不透露，他也就由着他这个名下有好几套房的"土著"来和自己合租了。

"不是吧，你让我们仨躺一个被窝？"宁南司夸张道。

江绥之无奈地指了指自己的脑门和后背："你知道的，我还是个病患。夜里这俩货撒酒疯的话，我这伤口裂开，之前的休养就都白忙活了。"

"……这理由，我服！"

于是这一晚，江绥之一夜好眠。而另一间房内，三个男人挤在一张床上时不时撒野下，搞得鸡飞狗跳。

第二天一早，江绥之做好了早餐催促三人起床，自己则提前去了公司销假，随后又处理了一些积压的事情。

好在他住院时依旧还在办公，很快就赶上了进度。

下午的时候他本打算去羽姗单位询问火调结果，没想到警方那边却先出了通告。

微博上，南渝公安的官方认证账号发布了有关金葵花幼儿园火灾的调查结果，证实火灾系人为纵火，悬赏能提供相关线索者。一时间，全网热议。

"在幼儿园纵火，这王八羔子还真是狠毒啊！这货的心理是有多扭曲啊，竟想要扼杀祖国的花骨朵！"宁南司看到新闻后义愤填膺。

江绥之神色也格外沉重："这样的人严重危害了社会安全。一日不抓到，就有一日的隐患。"也不知道他这次失败之后，会不会故技重施在其他场所再次纵火伤及无辜。

"可怜了小林老师，一条活生生的生命就这样没了。"

"人死不能复生，现在能为她做的，就是尽快赔付。她家里经济困难，希望这笔钱能对她爸妈有些帮助。"

江绥之不敢怠慢，火速打电话联系在警局的熟人了解情况，又联系林秋雪父母让他们和警方联系并出具死亡证明等各项保险理赔所需的材料。

因林秋雪的死亡与幼儿园大型火灾联系到了一起，受到社会各界人士的关注。所以事情一发生，CM人寿就极为重视。江绥之申报上级开放绿色通道，小林老师的人寿保险理赔很快就进入发放程序。

然而在财务转账的当天下午，却起了波澜。

有证据表明，这位丧生火海的小林老师竟是金葵花幼儿园纵火案的嫌犯！

"不，我家娃不会这么做的！她是什么样的人，我这个生她养她的人还不清楚吗？"

"我家娃死得冤啊！她为了救孩子折回了火场，结果却被这么污蔑！还有没有天理了！"

…………

警局门口，一对五十岁左右的男女从一开始声嘶力竭地叫嚷，到最终喊累了之后瘫坐在地，他们的面容憔悴满是凄楚之色，时不时哽咽地哭喊几声。

一位看起来极有亲和力的女警蹲身在他们旁边温柔劝着："叔叔婶子，站在父母的立场上，我知道你们肯定是不能接受这样的事情的。我也不希望事情真的会是这样。目前是因为查到了一些对你们女儿不利的证据才会有这个推断。但还没有定案，所以咱们先冷静下，外边日头这么晒，咱们先去里头喝杯水吹吹风慢慢说好不好？"

警局内。

江绥之坐在椅子上，对面坐着的是他惯常打交道的陆棕。

做人寿理赔这一行，在理赔前得根据客户生前投保的内容审核客户的死因。牵扯到死因，就难免会和警方打交道。所以久而久之，也就会在警局有了些人脉。

陆警官道："火灾调查科那边已经确定了起火点和起火源，也确定了助燃物是汽油。根据这一点，我们调查走访时重点排查有嫌疑的纵火人。很不巧的是，死者林秋雪的同事在起火前一个小时左右看到她提着一个桶从起火点所在教室出来。我们并未在火灾现场找到那个桶，但在幼儿园后门的另一条街的垃圾桶内找到了这个桶，并查实里头还有残留的汽油，排查监控，确实是林秋雪扔进去的。也让林秋雪的同事看过了，对方也证实那个桶正是她看见死者曾经提着的。"

一番话下来，江绥之了解了情况。

也就是说，小林老师曾偷运助燃物到起火点。

"还有一点，也将纵火嫌疑指向了林秋雪。"陆警官声音冷肃，"幼儿园近期给所有的老师安排了一次体检。从一周前的体检报告来看，林秋雪罹患癌症，但因没有进一步诊断，所以尚不确定她的症状轻重。"

闻言，江绥之一惊。

做人寿保险这一行的，最忌讳的就是客户瞒报真实的身体状况。如果客户存在重大疾病，一般都不会接单。唯有少数患病者，诸如患乙肝、结节等病症者，倒是可以在90天或者180天的等待期之后顺利投保，但其中也有诸多限制。

负责林秋雪的业务经理是做这一行的老人了，不可能犯下这种大错。

"陆警官，这应该不可能。林秋雪投保寿险时提供过体检报告，显示她身体正常。我们这边和医院都是有合作的，可以调出她的体检资料。她投保时确实是身体健康。"

"这个我们也查证了，确实是如此。但她投保是在七个月之前，可这份体检报告是一周前的，如果之前的体检结果没有作假，那么只有一种可能，她的身体是在这段时间内开始出现问题的。可若她之前的体检结果被动了手脚……"陆棕没有继续说下去。

江绥之却是面色紧绷，脑中飞速运转。

CM人寿在和投保人签订合同时，都会有附加条款。但凡被保险人在180天内身故或者全残，则退回保费。这一点就是为了防止他们带病投保，也就是所谓的骗保。如今林秋雪一周前的体检报告和七个月前的体检报告存在差异，且这个时间已经过了180天，所以她投保的寿险依旧成立。只不过这个时间点委实是微妙了些。若是幼儿园的体检再早些，她的寿险就会不成立。

他想到了什么，提了出来："负责她的王经理跟我提过一个情况。按理说，主动投保寿险的都是三四十岁以上的青壮年，她一个二十岁出头的小姑娘，当时却是主动找到的王经理并让他帮忙推荐一款定寿产品。"

定寿，指的是定期寿险。

目前CM定期寿险有多款产品，针对不同职业群体。而定寿的时间约定分两种，一种是合同上直接言明投保几年，另一种则是合同上直接言明投保到被保险人几岁。

林秋雪选择的定寿，是前者。

"她最终选择了一款针对低风险人群设定且性价比颇高的定寿产品，这款产品有个好处——低保费高保障。她选择的投保时间是十年，每年交四千多。对于这类刚投身社会工作的年轻人，即便选择定寿，也会选择储蓄型定寿。若保险期间被保险人没有身亡或全残，保险期限届满时可以取回本金。毕竟像她这个年纪，绝大多数是能够安然活到十年期满的那一天的，买人寿保险求个心安的同时，也能在到期后拿回本金，何乐不为？她一个二十岁出头的小姑娘却选择了一款消费型定期人寿，十年期间若她一切安好，合同期满她是无法拿回本金的，这有些不符合常理。"也正是如此，王经理对林秋雪才格外印象深刻。

说话间，江绥之将保单资料从公文包内翻出递了过去。

林秋雪存在纵火嫌疑，她的动机就成了警方追查的重点。

作为CM人寿保险公司理赔部的一员，江绥之需要做的是警民合作，将相关资料告知警方，也从警方处获取被保险人相关的伤亡信息。

陆棕翻看着资料，随口问道："不拿回本金，对她而言有什么好处？"

这个，就在于消费型定寿和储蓄型定寿的区别了。

江绥之脑中交叉比对了一下相同情况下的结果，最终得出结论："按照她选择的这款定期人寿来看，选择消费型的，她每年虽然交五千，但死亡保险金可以达到五十万。如果选择了储蓄型，死亡保险金则要打个折扣了。"

"如果是这样，无疑加深了她纵火的嫌疑。而她的纵火动机，也有了。"陆棕沉声道出四个字，"纵火骗保。"

林秋雪投保定期人寿虽然有一些让人无法理解的矛盾点，可江绥之并不愿意就此将她往这方面定性。

"如果她真的是因为得知了自己的病情有意为家里减轻经济负担而结束自己的生命，她完全可以选择其他的死法，为什么非得将事情闹得这么大，非得放火烧幼儿园？我也走访过几位幼儿园小朋友的家长，在他们的帮助下询问过他们的孩子，这些孩子的口中，小林老师是个极其亲善的老师。甚至他们有人尿裤子拉粑粑了，她也亲力亲为地帮着处理。对待孩子如此耐心和善的老师，应该……不至于会做出伤害孩子的事情来。"

"这些我们会继续调查的，感谢配合。有任何进展，我也会第一时间告知你，方便你们展开工作。"该了解的，双方都互通了有无。陆棕还有事要忙，起身和他握了握手。

江绥之离开警局时，仍旧在门口瞧见了林秋雪的父母。

之前那位劝说着他们的女警显然是铩羽而归了，两人依旧还在为他们的孩子喊着冤。一见到他从里头出来了，林父忙迎了上去："小江，你和他们聊得怎样了？连你也觉得我家闺女故意放火烧了幼儿园想要杀了那些可怜的孩子吗？"

因着理赔事宜，双方早就见过面了。今日江绥之来警局，他们也是知晓的，只希望他能够带给他们一个好消息。

只不过很可惜，江绥之无力地叹息："情况不容乐观。叔，现在警方有小林老师放火的证据，还找到了她放火的动机……"

"不可能！我家娃子放火烧幼儿园，还将自己给烧死了？说出去谁信？谁会那么傻做这种蠢事？小江，你老实说，是不是你们保险公司不愿意理赔，所以故意搞这么一出？你们这是……咳咳咳……"

林父显然很激动，脸红脖子粗，话说到一半就剧烈咳嗽起来。

林母忙给他拍背顺气，发红的眼眶止不住地落泪："我家娃多善良一闺女啊，从小到大就没和谁急过眼！前两天她打电话来还说等国庆放假了要带我和她爹去青岛玩呢！连票都买好了！她为什么要放火烧死自己烧死别人？没理由啊！"

闻言，江绥之眉头一蹙。

如果小林老师当真是为了能让家人获得理赔金而纵火骗保，那她离开这个人世前，也该见见自己最亲的人。可她还没有带父母出行却死了，这……

"婶子，这个情况我知道了。你们也需要和警方反馈一下。站在警局外头暴晒叫嚷来宣泄心里的不忿是没有用的，关键还是得和警方沟通，方便他们根据这些细枝末节的小线索查出案件真相。"

林秋雪的死亡理赔金因着她的纵火嫌疑而暂停发放。这期间，江绥之又去了几趟警局，还去羽姗单位了解了一下情况。

只不过一切都朝着对林秋雪不利的方向发展着。

"还好那天下午财务拉肚子多跑了几趟厕所，要不然这笔理赔金付出去，最大的过错可就算在了你头上。"宁南司刚出外勤回来，见江绥之在电脑上写林秋雪的相关报告，不免一阵唏嘘。

作为CM人寿的理赔师，在接手理赔案时的首要任务，就是调查理赔案的真相。

江绥之从业多年，成功处理过许多疑难的理赔案，深受总部高层器重。若栽在了林秋雪这个理赔案上，无疑是他事业上的最大污点。轻则记过，重则被开除并由他赔偿CM因此遭受的损失。而他在这一行，恐怕未来的路将极为艰辛。如今及时止损，宁南司免不了替他庆幸。

江绥之敲击键盘的动作一顿："事情兴许另有转折。我总觉得她不该是这样的人。"

"现在所有的证据都指向她纵火骗保，你还是直接走拒付保费流程吧。"

"再等等吧，一切等警方的最后通报。"

"我跟你说，这种骗保的绝对不能姑息。你平时处理其他理赔案时快刀斩乱麻，这次可不能因为人家跑回火场救人就优柔寡断了。她兴许是临了良心发现了。不过她的良心发现改变不了她纵火的事实。"

耳畔，是宁南司义愤填膺般喋喋不休的声音。江绥之倏地一震，犹如醍醐灌顶一般望向他。

"你说有没有可能，那个死里逃生的孩子会知道些什么？"虽然死里逃生的君君并非是林秋雪救出，可林秋雪是为了被困的他才会重新冲入火场。也许在这期间发生了什么他们不知道的事……

身随心动，他立刻站起身收拾东西，很快就离开了工位。

"你去哪儿？你之前不是已经走访过一些小朋友的家了吗？"

身后，是宁南司不解的声音。

江绥之之前确实是为了这理赔案随机走访了几个小朋友的家，就连被消防员救出后在医院治疗的君君那儿也去过了。只不过君君劫后余生怕得紧，在他爸妈的陪同下回答了几个跟小林老师相关的问题之后，就因着药物的作用眼皮子打架睡了过去。

"总觉得我错过了什么线索，我再去一趟医院。"

然而他没想到的是，他前脚刚走，林秋雪的父母后脚就赶来了CM人寿。两人面容憔悴，跌跌撞撞地冲进来就是一阵哭天抢地。

半个多小时后。

江绥之满含期待地赶到了医院，没想到却扑了个空。

"金葵花幼儿园大火上了热搜，君君小朋友住院期间，每天都有媒体来蹲守。他爸妈不希望自家孩子被打扰，在确定孩子身体没有大碍之后就给他办了出院手续。"护士台值班的护士之前负责君君那一床，对他的印象格外深刻，被问及时还一阵唏嘘，"这么小的孩子遭遇了这些，指不定都有心理阴影了，唉！这些记者为了热度还成天抓着他不放，逮着机会就去揭君君的伤疤。"

面上一热，江绥之有些惭愧。自己急匆匆地赶来，何尝不是在揭君君的伤疤呢？

"那你知道君君爸妈的联系方式吗？"

这个系统里倒是可以查到，只不过……

护士瞧着他那张俊脸，没有为美色折腰，坚定地摇了摇头："我们有规定，不能透露的。"

江绥之也没有为难她，心想着还是得跟幼儿园的张园长联系下。

他心里想着事，坐电梯下楼时难免就沉思了起来。

中途电梯有人上来又有人下去，到达一楼之后，他离开住院部，穿过门诊部大楼，来到医院停车场。

也是直到此时，他才发现身后有些异样。他回身，不期然瞧见了身后的羽姗。

女人的面色疲惫，似乎有些虚弱，一身简单的T恤牛仔裤，越发显得腰肢纤细双腿修长。而她右肩还背着一个双肩包，正往医院南门走。

"羽工？"江绥之有些不太确定地开口。

羽姗嘴角扯出一抹笑："哦，我还想着自己身前那人有些眼熟，没想到竟还是老熟人。"

一听她这语气，江绥之就知道她心里还生着怨气。

自从那晚两人不欢而散，江绥之就没再见过她了。之后他因着林秋雪的理赔案去了几次火灾调查科，恰逢她跑现场，也没见上面。

虽说目前两人邻里邻居的，可有时候就是这么奇怪，即便是对门，也能够十天半个月见不到一面。

江绥之的目光在她身上扫视了片刻，突然得出一个不太确定的答案："羽工你这是去探病了，还是……"

"得了急性胃炎在医院住了两天，现在出院。"羽姗言简意赅地说道。

他有些怔愣："你一个人？"

"又不是什么大病，没必要搞得天下皆知，让大家担心。"

羽姗的胃疼是老毛病了，没想到两天前突然腹痛不止，她起先还没当回事，吃了药了事。没想到夜里被痛醒，她忍着疼痛打车去了医院，一检查才知是急性胃炎。之后住院，跟单位请了假，怕父母担心，只跟她哥说了一声。后者咋咋呼呼拎着一堆东西赶到了医院，原本还想着陪护，被她赶了回去。

没想到她刚出院，就碰到了江绥之。

"我送你回去吧。"他见她一个人，忙出口帮忙。

"不用了，我打个车就行。"

"好歹是邻居，还一起出生入死过，你不至于这么见外吧？"江绥之说话间长臂一伸，将她的背包劫过来挂在自己肩头，率先朝自己的车子走去。

自己的东西被他劫走，羽姗不得不跟上他。

只不过她的耳畔还回荡着他那句"一起出生入死过"，怎么听着有一点暧昧呢？

江绥之的车是一辆二十万以内的新能源车，羽姗看了一眼那竖着的五道杠，随后坐上了副驾驶。

"倒是看不出来，你会偏爱这种车。"

"为节能减排做贡献的同时还能避免限行，对我而言比较方便。"他将她的包放到后座，随后也上了车。

发动车子之后，江绥之又停了下来用手机扫二维码缴费，这才驶离医院。

"是回江景府邸吗？"

"对。"羽姗这才有些不好意思道，"麻烦你了。"

他转眸看了她一眼，别有深意："只希望你能看在我一片诚心的分上，能消消气。"

他都这么说了，羽姗也不好真的一直因着那些小事介怀。

"行吧，一笑泯恩仇。"她极为豁达地将两人之间的小纠葛抛下，这才好奇道，"你今天怎么也去医院了？"

"还是因为金葵花幼儿园小林老师的理赔案。上次去询问住院的君君小朋友一些情况，不过没等问完他就睡着了。这一次想问得更深入一些，没承想他已经出院了。"

听此，羽姗不禁揶揄道："我怎么觉得你一个人寿保险公司的理赔师调查得比人民警察还要细致？你这是要和人家抢饭碗的节奏啊？"

"现在所有的嫌疑都转向了小林老师，一个'纵火骗保'的罪名压下来，别说是她了，她家人也要承受非议及谴责。我只是觉得，在孩子们口中温柔可亲的好老师，不应该是那样的人。"

孩子们口中？

羽姗敏锐地察觉出了什么，下意识问道："你该不会是为此特意走访了很多家庭吧？"

"也不算很多，大概十个吧，主要是问问孩子们对小林老师的评价。探求理赔案的真相，本就是身为理赔师的职责。"

直到此时，羽姗才算是真正有些明白他对于这份工作的执着与严谨了。

她不免有些动容："江绥之，你上级应该对你又爱又恨。"

"怎么说？"

"爱重你的能力，却痛恨你凡事都过于较真。"

男人爽朗的笑声在车厢内回荡，两人之间的气氛竟是前所未有的和谐。

车子到了江景府邸，羽姗原以为他将她送到之后就会离开，没想到他竟一路送她上楼。等到她进了家门，他则去了对门。

不过片刻，她就听到了门铃声。

打开，是提着一个礼袋的他。

"这是我爸从老家寄来的山药。胃炎的话需要进食温补些的食物养胃，你平日里可以熬个山药粥或者山药排骨汤什么的。"

羽姗连忙推拒："这是叔叔对你的心意，我怎么能……"

"山药不值钱，我老家到处都是。我爸给我寄了很多，吃不完的话估计就要烂了。"

盛情难却，羽姗只得收下："那谢谢了。"

目送着他离开，她忍不住问道："你现在去公司？"

"刚和张园长通了电话，跟她约了见面。"

张园长，指的是金葵花幼儿园的园长。此次火灾中，教学楼损毁，一死数伤，媒体蜂拥，幼儿园暂停上课，一系列事情缠身，张园长焦头烂额。

羽姗不便多问，心里却是对他的敬业精神由衷感佩。

羽姗在家里休息了一天之后回单位上班，没想到一到办公室，就受到了注目礼。

一双、两双、三双眸子炯炯有神地望着她，似乎是要从她脸上窥出什么惊天大秘密。

被瞧得不自在，羽姗逮住刘浏问道："你们仨在搞什么鬼？从我进门到现在，一个个跟看大熊猫似的盯着我。"

刘浏朝她挤了挤眼，笑得格外促狭："姗姐，你就别瞒我们了。是不是好事将近了？"

"什么好事将近？"

"姗姐你就别瞒着了。赵威武那天都听到李哥和指挥长温老大吃饭时谈论你请假相亲的事了。你看，你这都请假了三天呢，相亲相三天，怎么着都是有了进展，接下来是不是该派发喜帖和喜糖了呀？这种事你可不能藏着掖着，我们还等着给姗姐你凑份子钱呢。"

天边一道响雷，将羽姗砸蒙了。

这都是什么跟什么？

她生病住院请个假居然被以讹传讹地传成了请假相亲，而且都上升到派发喜帖和喜糖的程度了！

她板起了脸："刘浏你和赵威武沈青他们能不能别成天不务正业瞎操心这些？"

"姗姐你的幸福就是我们火灾调查科的幸福，我们怎么能不替你急呢？如果不是不能谈师徒恋，我都恨不得舍身成仁帮你脱单！"

羽姗咬牙："我还真是谢谢你这舍身成仁的大无畏精神了！"

"应该的应该的。"刘浏笑得有些发虚，脚步一点点往后退，"为姗姐你服务，做徒弟的责无旁贷！"

她凉凉道："既然你这么闲，去将去年一整年南渝市发生的火灾案例都誊抄一遍。记得手写。"

刘浏哀号一声讨饶："姗姐我错了，你又不是不知道我那狗爬字不堪入眼。你也不希望自己的双眼被丑到是吧？"

趁着羽姗还未搭话，他脚底抹油直接溜了。

瞧着他那风风火火逃命般的身影，羽姗无奈摇头。

只不过，她请的是病假，怎么被传得这么离谱？

"咳咳咳！"一道轻咳声打断了她的思绪，老李捧着个保温杯从门后走了过来，他站定在她面前，有些犹豫着开口，"其实，这事怪我。我跟老大谈及你请病假的时候，玩笑说你面皮子薄，指不定是为了相亲而请假的。没想到被这帮猴崽子听了去，就被传成了这副样子。"

羽姗："……"敢情谣言的源头在这儿！

她瞧着老李那张老好人的脸，顿时有种磨刀霍霍的冲动。

老李毕竟是她的前辈，他俩职位一正一副，她总不至于真的对他做出点什么。

"李哥，你还真是我亲哥，我的一世英名就败在你的这句玩笑上了！"

打落牙齿和血吞，羽姗一跺脚，含泪继续去工作了。

这一忙，就忙到了中午。

在单位食堂用过午餐回办公室，她倒了杯温水吃药。结果被眼尖的沈青瞧见，他立马关切地问道："姗姐，你身体不舒服？"

羽姗深觉这个时候正是打破谣言的最佳时期，吞了一粒药之后才缓缓说道："是啊。"所以，她请的是病假而不是事假！

闻言，沈青有些懊恼道："赵威武那个不靠谱的就知道瞎传消息。姗姐你放心，我这就和刘浏一起去男厕所堵他，让他知道他犯了多大的错误！姗姐你哪儿是请假相亲，分明就是因为备孕啊！这不都吃叶酸了呢！"

说完他扯上正玩游戏的刘浏直奔男厕所。

羽姗盯着桌上那盒胃药，有些啼笑皆非。这造谣造得连她这个当事人都快要信了。

至于那新来的三只，在男厕所交头接耳，一副地下党接头的样子。

"姗姐吃的是胃药，沈青看得真真的！你这个不着四六的竟然以为她请假是为了相亲。像姗姐这么对工作认真负责的人，能是那种为了相亲而请假的人吗？她相亲，休息日不是照样可以吗？怎么可能为了相亲而荒废工作？"

"不是吧，我这耳朵没毛病啊！我亲耳听到李哥和……"

"指不定是领导们之间开玩笑呢，就你还当了真大肆宣扬开来。"

"对啊，我听隔壁科室的前辈说，姗姐即使生病了都不太愿意请假。当初刚入行时姗姐因为连续工作将近六十个小时而累倒了呢！所以，能让姗姐请假的绝对不是相亲这种'无足轻重'的小事！"

"而且就姗姐那颜值，只有她挑男人的份，哪儿需要那么急吼吼地去相亲啊。"

"这个我赞成！只要姗姐看得上我，我第一个去报名和她相亲。威武啊，你传谣的时候好歹编点靠谱的啊。"

刘浏和沈青你一言我一语，说个不停。

赵威武替自己抱屈："你们现在撑我撑得这么厉害，当初我说姗姐请假相亲的时候，怎么不见你俩跳脚说我谎报军情呢？"

"那是因为我们被你说得绘声绘色的样子给蒙蔽了双眼！"

刘浏和沈青异口同声。

赵威武："……"他好冤！

自此，刘浏和沈青对赵威武展开了深刻的批评教育。三个人猫在一块儿嘀嘀咕咕了一番，最终决定由赵威武这个一开始的造谣者带头去向羽姗表示歉意。

三个人磨磨蹭蹭扭扭捏捏地重新出现在办公室，刘浏和沈青推搡着赵威武朝他挤眉弄眼。后者没法，只得当这个出头鸟。但见他先回到了自己的工位，似有不舍地从抽屉里拿出了一盒糕点，又一步步挪到了羽姗跟前："姗姐，听说你胃不舒服，这是我女朋友特意给我做的，请你吃。"说罢还不忘补充一句，"她知道我的口味，所以不甜不腻，姗姐你不用担心卡路里问题。"

羽姗正趁着午休小憩，猛地被他的声音给惊醒。她抬眸，就见到了一二三双亮闪闪的眸子。那三个高个子就这么直挺挺地戳在她面前，一副希冀求得她原谅的架势。

她失笑。

敢情沈青这小子看起来老实巴交的，实则也挺腹黑的。刚刚故意说她吃叶酸备孕之后就溜之大吉，这一转眼，就三个人排排站在她跟前告罪来了。

这是认准了法不责众？

"行了，你的歉意我收下了。该干吗干吗去。"

赵威武听了这话，顿时不心疼那盒糕点了，应了一声麻溜地跑了。

刘浏和沈青觍着脸上前两步，指了指自己："姗姐，那我们呢？"

她挑眉："你们有向我道歉吗？"

两人当即会意，极具诚意地鞠了个90度的躬，一弯到底，并不急着直身，大有她不发话他们就一直这么弓着身的趋势。

见他们煞有介事的模样，羽姗自然是生不起气了："行了，你们也过关了，但下不为例。"

两人得了她这话，顿时喜笑颜开，直起身飞快地跑了。

老李和办公室里的其他人瞧见这一幕，不免乐呵呵地开始闲话家常了起来。

经了这么一个小插曲，羽姗也没了小憩的心思。她往脸上喷了一下喷雾补水醒神，就又开始对着电脑忙碌起来了。

一条新闻自动跳了出来。

被那标题给吸引住，她忍不住点开了细读。

是舍身救人还是纵火骗保？揭开金葵花幼儿园火灾中某林姓老师的真面目

新闻通篇读下来，有种新媒体文章刻意引导读者思维的感觉。

最近小道消息传出了林秋雪有纵火骗保嫌疑，以此作为引子，笔者自行将其进行了润色，引导人对林秋雪的两面性进行讨论。笔者还以内部人士透露的口吻提及了林秋雪父母为了女儿的死亡理赔金天天跑CM人寿保险公司闹，结果被人家保险公司以"恶意骗保"的名义发了律师函。

这条新闻一出，底下的评论对林秋雪及其家人骂声一片。

羽姗看得颇不是滋味。

她想起那天江绥之为了查明原委四处奔走的样子，忍不住给他打了个电话过去。

对方显然在忙，刚一接通，她就听到了另一头嘈杂的声音。

她开门见山道："我刚看到一些报道说CM人寿要起诉小林老师的父母了，是真的吗？"

"对，这事我也才知道。"江绥之语气颇有些急切，"我现在有些忙，晚点再跟你说。"

电话就这么被猝不及防地挂断了，羽姗有些茫然。

而另一头的江绥之，却是神色凝重地和宁南司对峙着。

"南司，这个理赔案是我接手的，你现在越过我直接向总部请示拒付保费，并且还请示以CM的名义控诉林秋雪及其家人骗保。你这样置我于何地？"

宁南司烦躁地抓了抓自己的头发："这事是有原因的，绥之你听我说。那天你不是去医院找那个君君小朋友吗？林秋雪的家人在你走之后找了过来谈理赔金的事情。一听我们要拒付，他们就各种撒泼辱骂。这个理赔案林秋雪骗保是板上钉钉的，她虽然死了，可她肯定要为自己的纵火行为付出代价。目前金葵花幼儿园的火灾事件受到全国瞩目，外界也关注着我们CM的一言一行。你执意相信林秋雪，非得继续调查，这无疑是在踩雷。等到警方通报她的罪名，届时你将受到最大的职场危机。所以为了你好，我才会在没有知会你的情况下做出最有利于你的决定。"

"目前林秋雪也只是有这方面的嫌疑，警方还在走访调查。最终的定论还没有下，CM就这么迫不及待地对付被保险人的家属，一旦事情反转，CM的声誉将会受到极大创伤。"

"这个案子已经定性了，不会有反转的。"宁南司极为笃定，他劝道，"绥之你也别再为林秋雪的这个理赔案四处奔走了。总部的意思很明确，拒付保费。公司也让律师给林秋雪父母发了律师函，以此来警示那些企图走歪路以伤害他人为手段不劳而获的人。"

江绥之却不赞同："我们先不说林秋雪的死是否是为了骗保，单单是起诉死者及她的家人，就有些不近人情。她父母白发人送黑发人，见到她烧焦的遗体已经够不好受了，还要承受外界对他们女儿的指指点点，现在竟然还要被女儿投保的保险公司诉诸法庭。这对他们而言是一连串的打击。CM这样做是出于公司利益，即便从法理上能够说得通，可情理上未免让人有些寒心。"

宁南司忙扯了一把他的袖子，示意他小声些："这几天总部来人视察，说不定就伪装成小喽啰走在咱们身边呢。你心里有不满也揣在肚子里。"

在大公司做事，既然要吃这碗饭，那么说话做事就得谨小慎微。

江绥之也深知这个道理，到底还是压低了声音："这件事你别插手，我会看着办的。"

"我现在也是被架在火上烤，不得不插手了。这件事上了好几次热搜，全国少说也有几百万的人在关注着。总部格外重视，起诉不了已死的林秋雪，坚决要起诉林秋雪的父母。见你这边迟迟没有个处理结果，转而交给了我。"

其实总部的领导会选择宁南司，也是因为他提议拒保以及起诉，在他们那里留下了印象。

不过这其中的关系便有些微妙起来。

毕竟之前江绥之极受器重，极有希望在未来两年内被提拔为CM人寿南渝分部的理赔部总监。如今他在处理这起理赔案时的"犹豫不决""优柔寡断"，令高层们不得不重新审视他。

江绥之心里微微起了一丝波澜，不过并没有多说。

等到差不多下班的时候，他打了一个电话。

"君君妈妈你好，请问你们今天回来了吗？方便的话，我过去拜访一下？"

他为着林秋雪的理赔案和张园长多次见面详谈，经过家长们的同意之后，张园长给了他一部分家长的联系方式，方便他进行走访拜访。至于君君，江绥之是直接去的医院。

后来虽然得到了君君妈妈的同意拿到了联系方式，可君君的情况特殊。作为火灾中被救的幸存者，他接连受到媒体的骚扰，所以君君妈妈犹如惊弓之鸟，在君君出院之后就带着他了山西的姥娘家小住。

君君妈妈听了他的话之后无奈道："我还是想着带君君在乡下多住一阵子，让他忘记那些恐怖的事情。他最近总做噩梦，也就只在果园里和孩子们疯闹的时候能肆意欢笑起来。"

这个年纪的孩子都记事了，如果走不出来，很容易让自己一遍遍经历当初被困火场时绝望害怕的一幕。

江绥之深知这一点，安抚了几句。随后他又提及自己老家也是农村的，他今天刚收到他爸往他办公室寄的一箱子自家种植的香菇猴头菇茶树菇，希望能寄过去给君君做些调理身体的膳食。

如此这般之后，君君妈妈对他也更亲厚了几分。

他趁机询问："君君妈妈，我可以和君君视频再问他几个问题吗？"

"只要是和火灾无关的你可以随意问。如果涉及那天的大火，我怕他有心理阴影，被问一次就受伤一次。"当初在医院，正是因为他询问的问题没有刺激到君君，她才会同意。

江绥之语声艰涩，坦言道："其实我想问问君君那天起火时的具体情况。"

怕君君妈妈在电话里当场拒绝，他忙急切地继续说道："我知道让君君重新回忆当时的场景有些残忍，可他是唯一一个滞留火场并被消防员救出的孩子。我很想知道他当时究竟发生了什么。也许一开始他会因为回忆这些而痛苦，可兴许经历了这一关，他就能顺利走出阴影了呢？有句话说得好，只有正视伤害，才能战胜伤害，你也不希望君君永远都活在这个不定时炸弹的威胁之中吧？君君是个坚强的孩子，我相信他肯定可以安然度过的。"

电波另一头的人迟迟没有说话，好半晌她才说道："你说的话也有道理。我一直都寄希望于让君君自己忘记这件事，希望他的童年能够继续过得无忧无虑。可他已经六岁了，已经是记事的年纪了。让他自动忘记，也只是让他自我逃避，并不能解决根本问题。"

眼见君君妈妈的思想工作做通了，江绥之心头一松，忙趁热打铁："那找个合适的时间，我和君君通个视频或者电话吧？君君妈妈你放心，我问话时会掌握分寸的，努力不刺激到他。"

君君妈妈却是格外惆怅："其实警方早在君君住院的时候就来给君君做过笔录了。当时君君说的话我也认真听了，反复琢磨了好几遍。他说在火灾发生后，他和其他小朋友一样在小林老师的带领下迅速逃离火场。中途他发现他亲手画的打算送他爸爸的生日礼物还塞在他桌肚子的小书包里。他害怕大火将它烧了，所以重新回去了教室。"

火灾逃生时，幼儿园老师第一时间引导孩子们逃生。争分夺秒逃生才是第一要务，至于身外物，自然不会让孩子们去收拾整理并且带走。

"君君说他是下了楼才重新往楼上跑的，后来到了教室之后就直奔自己的书包。等到他从书包里翻出那张画，就直接将书包背了起来打算冲出教室。可是楼下突然蹿上来大火，被那黑烟一熏，他突然好难受，鼻子难受喉咙难受眼睛也难受，支撑了没一会儿就倒了下去。"

这些话，君君妈妈反反复复地琢磨过，并没有从中听出什么对警方有用的信息。唯一可以肯定的是，君君是为了送他爸的生日礼物才会没有及时逃脱。而这一点，倒是可以证实并非是小林老师不作为。

江绥之听完眉头紧拧。单纯从君君的这番话来看，确实是无从判断什么。

可若起火时小林老师正在班里上课，并第一时间组织孩子们逃离，那是否能证实小林老师并没有纵火呢？

这一点，警方不可能不去调查。不过警方依旧得出小林老师具有纵火嫌疑的结论，可见小林老师的时间证据链有瑕疵，依旧无法为她开脱。

她被同事瞧见提着个桶进过那个最先起火的教室，又被监控拍下她扔桶，且提取桶内残留物发现里头竟是汽油。

而起火点现场有助燃物痕迹，成分与汽油相符。

一系列证据，都指向了小林老师。

剪不断理还乱，江绥之脑中有点混乱。

挂断和君君妈妈的通话，他看着用签字笔记下的收货人地址，犹豫着是否该亲自赶去一趟，当面好好问问君君。

收拾好心情，他手机下单让快递上门揽件，随后将桌子底下那一箱子给扒拉了出来。

他倒不是为了拉近和君君妈妈的关系特意扯谎，这一箱子确实是他今天刚收到的，十来斤的菌菇。

他爸在老家和人一起合作搞了个菌菇养殖基地，原本也只是用来糊口。后来电商下乡，销量直线上升，他爸的收入也有了质的飞跃。这不，今年收成好，他爸就止不住地显摆他亲手培植的这一批山货了，开始分批给他寄过来尝尝。

他妈在他七岁那年被一辆当地的小货车撞死了，当时她和她手中的菜篮子一起被撞飞得老高，当场就是一大摊血迹，人最终没抢救回来。这些年来他爸既当爹又当妈的，将属于他妈妈的那份唠叨给接手了过来。平日里对他嘘寒问暖，又问他工作情况谈对象情况，还一个劲给他寄些亲手种的吃食，念叨他多下厨养养胃，一遍遍强调男人的胃精贵着。

江绥之找了个纸箱，将箱子里的菌菇拿出一半装了进去，随后封箱。

将快递放到前台方便快递员揽收之后，他就带着另一半菌菇下班了。

宁南司如今和他合租，就等着他下班呢，忙和他勾肩搭背一起去乘电梯。

"江叔又给你寄好东西了吧？看来我选择跟你合租是个正确的选择，今晚又能尝到江大厨的手艺了呢！"

只不过江绥之却非常不给面子地打碎了他的美梦："这里头的也是送人的。"

"不是吧绥之，你刚送出去半箱，这半箱还要送？就不给咱俩留点？我最近都瘦了，该好好进补了。"

他毫不留情道："你找你媳妇儿哭瘦去。"

宁南司一下子就蔫了，垂头丧气起来："我媳妇儿估计要没了。"

江绥之早就觉得他有些不对劲了。放着即将结婚的女友不管，却跑来和他合租，这两人之间显然就是出现问题了。只不过毕竟涉及对方的隐私，对方不愿意说，他也只当不知。

刚刚提到他媳妇儿，也只是脱口而出，没想到却引得对方一阵沮丧。

江绥之最终还是没忍住问道："吵架了？"

"对，而且吵得还挺凶。"

"以前你不是都会主动去哄的吗？这次就因为吵架和她分居，搬过来和我合租？都过了这么久了你俩也不和好，难不成你还真的打算和她分手？"

"分手是不可能分手的，这辈子都不可能！"宁南司斩钉截铁道，"我们只是产生了一些分歧。我现在给我媳妇儿一点时间，她肯定是能够想通的。等到她想通了，她就会主动来找我了。"

江绥之拿他以前的话堵他："女人是不可能主动想通的。等她真的想通了，估计你也就只能从男朋友这个岗位上下岗了。"

这话，还真是够扎心的。

宁南司顿觉以前自诩情感专家的自己嘴巴实在是太毒了，毒得太有内涵了。他突然间有点心慌。

恰逢电梯门开，到了地下停车场，他疾跑出了电梯："绥之，那什么，我突然想起有点急事，先走一步。"

江绥之紧随其后，打趣道："我今晚是不是不用给你留门了？"

"以防万一，千万给我留着！"

两辆车一前一后开出了大厦，在路口分了两个方向。

江绥之直接回了江景府邸，进家门前，先按了对门的门铃。

然而对门一直都没有回应，应是还没下班。

他将那一箱子菌菇搁在了她家门口，只不过想了下，最终又将箱子抱回了自己公寓。

一回来，他先换了一套家居服，这才开始准备晚饭。

米饭在电饭煲上煮着，他开始准备食材。

菌菇一部分是新鲜可即时煲汤做菜食用的，另一部分是晒的干货，需浸泡几个小时才能煲汤做菜食用。

他刚洗净了新鲜的猴头菇，焯水，加姜片和酒去腥，门铃就响了。

他去开门，一个二十多岁的腼腆男生站在门外。

"您好，老母鸡给您现杀处理好了，二十八元一斤，四斤五两，总共一百二十六元。"

这是小区附近菜场的一个活禽摊位的跑腿小弟。江绥之前几次去菜场买菜时就加了老板的微信，对方提供送货上门服务。

他下班途中在微信上跟老板语音说了下，算算时间，对方现杀送过来正赶上他回家煲汤。

等拎着处理过的老母鸡回到厨房，江绥之又简单地清洗了一番。

老母鸡已经按照他的要求切块处理了，他将其与猴头菇、姜片、枸杞一起放在炖锅中，加上几味调料，适量水，大火熬煮。

等待的时间里，他先处理了一下今天还未完成的工作。这一晃，天色早已深沉。

菌菇与鸡肉的香味融为一体，从炖锅中溢出，一路从厨房四散到了客厅。

他看了一眼时间，又凝神细听了一下对门的动静。

没想到这一听，就听到了自己的对门邻居开门又关门的声音。

他的唇角一勾，站起身去厨房，先调小了炖锅的火候。这才戴上围裙，往炒锅中倒入适量葵花籽油。待油七分熟，将之前就备好的食材下锅。

不过几分钟，热腾腾的西兰花就被装入了一个长形的保温盒中，其上被缀以胡萝卜和香菇，看起来格外养生合宜。

之后，他又有条不紊地关了炖锅，趁着还热腾，将其装在了一个偌大的保温桶中。

略微思索了两秒，他又盛了一份米饭。

随即，他将两个保温盒和一个保温桶都分门别类地安置在了一个铝箔保温袋中。拎起袋子，他检查了一下没有遗漏的，这才出门，敲了对门。

羽姗开门的速度并不快，等到瞧见是他，她狐疑地问道："你该不会是来特意监督我吃饭的吧？"

不怪她这么怀疑，继给她送山药之后，昨晚他又给她送来了一篮水果。结果她好巧不巧就被他发现正在吃方便面。身为刚出院的病患，她当场就被他训了一番。

见她一副如临大敌的样子，江绥之失笑地将手中的保温袋举了举："给你送温暖来了。"

羽姗纳闷："晚餐？"

"煲汤煲得多了些，就给你这个病患打包过来了。"

女人当即推拒："这多不好意思啊。"

"远亲不如近邻，应该的。"他面色温润，眸光中似有一丝促狭。

羽姗心里警铃大作。

她怎么觉得这男人有点打击报复的意味呢?

他之前为了救她住了院,脑门上缠的那一圈纱布还似在眼前。当时他还打趣她没给她煲个汤。这会儿,他却因为她一个胃炎,特意给她煲汤送温暖来了。

这般一对比,羽姗顿觉当初的自己对待自己的恩人确实是太不地道了。

"怎么好平白收受你劳动的成果呢?这样吧,多少钱,我转给你。"

"担心吃我一顿饭就变成了收受贿赂?"江绥之直接将铝箔保温袋塞到了她手上,"那就转给我一千吧,吃完记得将餐盒洗好送过来。"

一千?

狮子大开口,真以为他这水平是国宴级别啊?

还不待羽姗还击,对方已经飞速果决地转身回了对门,将门一关,杜绝了她将东西送还给他的可能。

喊!

羽姗犹豫了一下,最终还是提着保温袋回了饭厅。

今天又是加班的一天,原本她还打算吃个泡面对付一餐,没想到却有"田螺先生"主动送餐上门。

将保温盒和保温桶一一打开,很快,浓郁的香味在室内弥漫开来,令她下意识吞咽了一下。

一道西兰花,一道猴头菇炖鸡汤,一份米饭,都热乎着,似是才刚出锅。

尤其是那道炖汤,香气扑鼻,浓郁芬芳,对饥肠辘辘的她而言,单单从嗅觉都能判断它的味道必定不俗。

她忙将其倒在了自家的餐盘中,又去拿双筷子和勺,开始享用。

猴头菇已经煮烂,味道鲜嫩,极为美味可口。鸡肉剔透晶莹,酥香软骨,那包着骨头与肉的筋膜格外有嚼劲,肉质口感极佳。长时间炖煮形成的金黄色汤汁浓郁却不油腻,鲜汤与菇的组合,搭配着漂浮的枸杞,竟是格外养生。

羽姗的胃口大好，晚餐只能进食半碗米饭的她竟是不知不觉将江绥之给她盛的米饭都吃完了。

吃人嘴软，当她将餐具洗好送到对门的时候，脸上的表情已经可以用如沐春风来形容了。

"你这手艺不赖啊。"她适当地恭维了一句。

"这是按照食谱上做的，最基本的做法，没什么花样，勉强只能够果腹。"

谦虚，还真不是一般的谦虚啊！

引得她馋虫大动，这还叫"勉强只能果腹"？

"羽工，不介意的话进来坐坐？想向你请教几个问题。"江绥之见她对他的态度已经明显和缓，适时地邀请她进门。

一听这话，羽姗一下子就明白了个大概："和金葵花幼儿园的火灾有关？"

两人之间若涉及公事，那也就只可能是这一桩了。

"对。"

羽姗点头，入内。

他们科已经收到了CM人寿那边递过来的"希望能享有金葵花幼儿园火调实时结果的知情权"的纸质文件，领导已经批复同意了。江绥之既然是CM人寿那边此案的负责人，那么她和他资源共享，倒不算违规。

江绥之租住的公寓和她那边的格局差不离，只不过房子的面积明显小了些。至于一应装修，则是偏向于地中海风格，似乎是房东装修时就是如此。

羽姗在沙发上坐下，不免好奇道："你那位室友呢？不是说和你同一个公司的吗，还没下班回来？"

"他是土著，狡兔三窟。今晚回去哄女友了，如果顺利的话应该是不回来了。"

江绥之将一盘切好的西瓜端到茶几上，无籽西瓜去了皮被切成了小块，旁边搁着牙签，方便食用。

他又不放心地叮嘱："你身体不适宜吃寒凉的水果。稍稍尝一下，别贪吃。碟子里有些小零食，你随意。"

羽姗顿觉他耐心嘱咐的样子像极了她老妈。

刚刚已经吃过他的煲汤了，这会儿又尝了人家的饭后水果，她也自知是该回馈的时候了。

"你想问我什么，但凡我能说的，都可以问。"她非常大度地开了口。

在另一侧的沙发坐下，江绥之开门见山道："起火源是短路的电线，还有其他吗？"

"这个没有发现。"

男人拧眉。

电线短路引发的火灾，再加上助燃物，致使火灾在短时间内迅速扩大。

他脑子里想着事，下意识地从小碟子里拿了个杏脯在口中咀嚼。

"假设小林老师确实打算放火烧幼儿园。她既然都打算纵火了，连汽油都准备了，为什么不索性放一把火，而是如此迂回地利用电线短路这一点？我查到小林老师理科知识欠缺，学生时期有关于电路知识的课程基本是低空飞过。她的专业知识有限，当时那样的情景条件下，她应该不会想到那样的纵火方式。"

万万没想到他竟考虑得如此深远，羽姗下意识望向他："她应该是想利用这种方法证明自己在起火时跟孩子们在一起，不存在纵火时间。"

"如果她真的是这样想的，那么这一点很快就能够被推翻。你们火调专员一旦鉴定出电线短路加上助燃物才会使得火势迅速扩大，那么她的这个不在场证明也就不攻自破了。再者，她当时提着装着汽油的桶进出这间教室被一位老师撞见了，即便当时那位老师不知道那桶里装的是什么，可那个桶很容易就能够在垃圾桶里被查到，桶里曾装过什么也就能迅速被鉴定。小林老师心里难道不慌吗？难道不会打退堂鼓吗？为什么她还会执意在被撞见之后继续以那样的方式纵火？"

羽姗闻言神色一滞。

当时起火点所在教室的那一整层，因为要进行新学期的整顿并没有投入使用。小林老师若是有心想要制造不在场证明，在被那位老师撞见自己提着个桶之后就该放弃了。毕竟若事发，查下去绝对会查到她头上。所谓的骗保，也就不可能实现了。

江绥之继续说自己的见解："我认为一个物理知识不过硬的人，是不可能仅仅凭借着裸露的铜铝导线精准地判断出电线短路产生火星的时间的。简而言之，她不可能以此来人为控制起火时间。"

羽姗沉默，赞同他的这一看法。

只不过，办案讲求证据。警方那边迟迟没有进一步的突破，也就是僵持在了这份证据上。小林老师曾经偷运易燃物到起火点是不容辩驳的事实。

"羽工，金葵花幼儿园这个案子，你们在起火点有发现现场被人为设置了起火时间的证据吗？"

羽姗脑中白光一闪，蓦地和江绥之对上视线。

假设林秋雪真的纵火，排除掉她不可能会运用到物理知识这一点，墙角边的电线短路便是在她的计划之外。那么，她就必须设定另外的方式来提前布置现场，在纵火时利用装置拖延火势，以便她能够在这段时间内回到教室上课制造不在场证明。

然而他们调查现场时，却没有这方面的发现。

"羽工？"江绥之询问道。

"我得立刻赶去一下金葵花幼儿园。"

羽姗站起身欲走。

她其实带着刘浏去灾后现场复查过，得出的结论不应该有错。如果真的是他们火调时存在疏漏，那就得尽早将这一环给补上。

"这不符合常理的一点，可以证明林秋雪当时根本没有纵火的时间。这样一来，有人在案发前看到她提着汽油桶出入过起火点这一点，就值得进一步推敲缘由。"

江绥之看了一眼时间，不免规劝："都这么晚了，不急在一时半会儿，不如明天再……"

"这个纵火案性质恶劣，上头极为重视，如今得出了一个逻辑悖论，那就得去尽快核实。如果真的是我们火调时存在疏漏，该负的责就得承担起来。这样也能让警方办案时少走一些弯路，尽早查清真相，免得浪费警力，造成更大的影响。"

见她执意如此，江绥之也站起身："那我和你一起过去。"

"我是去办正事的，你跟去……"添什么乱。

后头那话，羽姗赶忙将它掐在了喉咙中。

人家引导她发现了问题，这怎么能叫添乱？他跟去，那是去帮忙，是去为他的客户找出真相。

话拐了个弯，羽姗僵硬的嘴角硬生生挤出一个笑容："你跟去的话真是帮大忙了。我一个女生大晚上的跑去废墟现场，还真是有些怕呢。"

江绥之假作没有发现她的不自在，先去换了身衣服。羽姗也回对门去换了衣服。身为火调员，羽姗的这份工作是不分时间地点的，若是火灾严重，她即便是半夜在家，也会随警出动。所以无论是单位还是公寓，她都会放上勘验装备。

两人在门口会合，江绥之见她一手抱着一个防护头盔，另一手拎着个箱子，着实愣了一下。

羽姗解释了一句："我的工作性质特殊，会在家里备上一些火调工具，还有一部分在车上。"

江绥之了然，没有再多问。

因是临时起意，也未证实火调过程中出现了疏漏，所以羽姗并未向老李和温庆天那边打报告。原本倒是想着让跟她同组的刘浏来打下手，不过江绥之要跟去，免得被刘浏那个大嘴巴传出些什么，她觉得还是自己速战速决去复验一下为好。

上次她请个病假都能被以讹传讹传成那副鬼样子，她实在是心有余悸。

到了地下停车场，站定在羽姗的车前，江绥之有些踟蹰。

"快上车啊。"女人催促。

让一个女人开车载自己，还真是一种……特别的体验。

他晃了晃手上的车钥匙："你待会儿还得忙，得养精蓄锐。要不还是我开车载你吧。我的车在地面停着，我们……"

作为租客，他的停车位是直接租的小区的露天停车位。

"怎么？你是打算替我省精力还是替我省油费呢？"羽姗戏谑，解锁了车之后不由分说就将自己手上的车钥匙抛给了他，"别麻烦了，你直接开我的车载我过去吧。"

最终，江绥之坐上了驾驶座，将车驶离。

一路上倒也极为顺利，两人在半个多小时之后来到金葵花幼儿园。

夜晚的幼儿园一片漆黑。马路上的路灯掩映下，可以清楚地瞧见还挂着的警戒线。而那栋损毁严重的建筑，就仿佛一只蛰伏于黑暗之中的巨兽，释放着压迫人神经的森冷气息。

"失策。"当瞧见紧闭的幼儿园大门，羽姗不免低咒了一声。

之前火调，幼儿园那边除了给警方，也给了他们火灾调查科一把大门的备用钥匙，只不过钥匙现在还在单位。

她忘记了这一茬，如今大门关着，她压根就进不去园里。

"如果我作为热心公民，配合身为火调员的你开门，应该不会落上一个入室不轨的罪名吧？"江绥之意味深长地询问。

"哎？"

接下去的几十秒内，羽姗深刻见识到了他口中的配合她开门的热心公民究竟是怎么个热心法。

这个男人，穿上正装时优雅从容中带着一股子精锐气。可穿着一身休闲装的他，却又有一股子热血豪迈的烟火气。她只是一个错眼的工夫，就见他几下就攀越了大门，轻巧地落了地，从里头将门打开了。

"江绥之，你这功夫，小时候没少爬树吧？"

"还真是被你说对了。我们山里别的不多，树到处都是。小时候我最常干的事情就是爬树——"

"掏鸟蛋？"她顺嘴接了一句。

"送鸟蛋。"他走向她，纠正。

"看不出来啊，你从小就这么根正苗红，爱护鸟类啊。"她讪讪夸了一句，开始换上战斗靴。

江绥之看了一眼自己这一身："我……什么都没带。"

"你如果要进现场，我车里还有一个备用的防护帽，你可以戴上。至于你脚上的鞋子……我记得上次似乎还剩了几个一次性鞋套。"理论上而言，他们的火调工作已经结束，没有那么多讲究。不过还是得注意高空坠物。

一切准备就绪，两人打着手电筒入内。

夜风带着凉意，拂过两人脸庞。园内几栋漆黑的建筑中，仿佛躲藏着一双眼，在暗中窥伺。没来由地，羽姗打了一个寒战。

她环顾着四周，暗道自己太过于敏感。

"怎么了？"江绥之循着她的视线望去。

"你说，如果小林老师不是纵火犯，真正的纵火犯发现有人替自己背锅，会怎样？"

"按照警方的推测，如果纵火犯另有其人，若对方见到这场火灾没有对孩子们造成伤害，可能还会对其他幼儿园下手。"

得到这个答案，羽姗顿觉没劲："还以为你会说真正的纵火犯指不定会故地重游体验他自以为创下的'丰功伟绩'。"

"在我看来，极少部分会如此。可心态正常的，以防自己暴露，只会默默躲在屏幕后静观其变。"

两人有一搭没一搭地聊着，上了那栋起过火的建筑，直奔起火源所在的教室。

这一次，羽姗的目标很明确——查找现场是否有人为设置的推迟起火时间或者人为控制火势大小的痕迹物证。

照明灯的灯光在废墟中晃过白色的光点。相比于白日，夜晚的勘验工作难度明显更大。

所幸前期勘验工作已经完成，目前只是本着查漏补缺的原则二次核验，即便面对焦黑的教室残骸心有余悸，也能够游刃有余。

夜色中，女人的步伐坚定，背影凝肃，她将照明灯固定在防护头盔上，以某一处作为起始点，弯腰埋头搜寻。脚下的步子迈得极其细微，每一寸都细细翻找。

江绥之站在走廊上瞧着工作状态下一丝不苟的她，并没有进去打扰。

遥想那一日头顶瓦砾碎石砸落的惊魂一幕，他仍旧有些心有余悸。背上的伤口已经结痂，额头上那一圈圈缠着的纱布也早就拆了，每隔一段时间需要换药，额头上贴着无菌敷贴，细碎的刘海遮挡之下，倒也不怎么明显。

经历了那样的变故之后，身为男人的他对这个遭遇危难的地方尚且有些心里发堵，可她不仅没有退缩，还连夜赶来，在夜色中履行着自己最平凡却也最神圣的职责。

他忍不住又联想到两人初见面时她坦然冲入火场的那一幕，倒是有些释然了。

她这人，本就是如此，也合该如此。

有些职业，会塑造人，磨炼人，成就人。

这一刻的他倒是确定，她与她所从事的职业，是彼此成就。

突兀的手机铃声蓦地在静谧黑暗的教学楼内响起，吓了江绥之一跳。废墟之上勘验的羽姗倒是早已习以为常，动作稍稍一滞之后，又继续投入工作。

江绥之看了一眼来电显示，心神一凛，稍稍走远了距离去接听。

刚要开口唤对方，岂料就听到了另一头撕心裂肺的声音。

"小江！我今天就要你一句实话。你是不是打算将我和我老伴给逼死？"

林秋雪父亲激动哽咽的声音透过电波传来，嗓音破碎沙哑。自从女儿死后，两口子为了给女儿讨一个公道，辗转在警局和CM人寿，负面新闻以及各种压力，让他们迅速衰老颓败下去，短短时间两人早就不堪重压。

江绥之心下一紧，忙安抚道："叔，您可不能这么想。警方那边还在调查，事情也还没有下定论，说不定会有转机。"

"能有什么转机？我现在看到的就是你们保险公司欺负我这个糟老头子和我家婆娘！你们CM还有良心吗？我闺女尸骨未寒，你们就要吃人血馒头了！为了不理赔，还给我们发什么律师函告我们一家！我们是没文化不懂法律，可我们做人堂堂正正，我家娃那么好一孩子，做不出那种丧尽天良的事情！你们少往我家娃身上泼脏水！"

林父林母老两口乍闻噩耗，从外省赶来南渝市为女儿收尸，本就承受了巨大的丧女之痛。可紧接着，他们又面临了一纸冰冷的律师函。其中酸楚，可想而知。

"叔，您别激动。我也相信您闺女肯定不会做这种事的。我也正在努力找证据……"

"少说这些冠冕堂皇的话骗我！嘴里是一套，说什么站在我们这一边，实际上还不就是公司的风往哪儿吹就追着往哪儿走？"林父的情绪格外激动，"小江，今天我就将话撂这儿了。我和你婶子在你们保险公司楼下。等天一亮我俩就到天台，往楼下那么一跳，让这栋大厦的人都看看你们公司是怎么逼死我们两口子的，让那些说我们闺女坏话的人都看看他们是怎么逼死我们一家的！"

江绥之一惊，面上满是急色，顾不得和羽姗打招呼，人就往楼下走："叔！您和婶子千万别想不开！我这边正在想办法！不是小林老师的锅，绝对不会让她背！也绝对不允许她背！您再等等，我……"

只可惜，他的话没能继续下去，对方不愿意再听这些千篇一律的话，直接挂断了通话。

"江绥之！"

当江绥之刚跑下楼，就听到楼上羽姗喊他的声音。

他的脚步一顿，透过迷蒙的夜色望向楼上那个模糊的身影。

"告诉小林老师的爸妈，我会在今晚给他们找出那个'转机'！"

红唇轻启，那掷地有声的话语被风送到了他耳畔。

江绥之瞧不清她的神色，可却能够想象到此刻的她必定神色肃穆，眸含坚定。

"谢谢！"他朝她郑重一点头，身子一转，飞快离开，远远地还能听到他的声音，"我先借你的车开过去一趟，等解决完那边的事情就来接你！"

生怕林父林母想不开，江绥之一路风驰电掣，路上还不断地给林父拨过去。然而听筒中传来的却是机械的"对方已关机"的声音。

等到他赶到公司所在的大厦楼下，已经是半个多小时之后了。

远远的，他就看见CBD的写字楼下，两个紧挨着的人坐在台阶上。两人将脑袋紧埋在膝头，仿佛就此将世间的一切都屏蔽在外。旁边，有保安在对他们说着什么，只不过却未得到回应，最终只得讪讪离去。

停好车，江绥之大步向两人走去。

每走一步，他的心里就不安一分。

"叔、婶子。"他走近，怕他们抵触，声音中带着一丝小心翼翼。

闻言，紧挨着的两颗脑袋僵硬地从膝头抬了起来。

林父显然是在电话里将自己的脾气发泄了一通，不愿意再多说了。是林母开的口："小江，你回去吧，甭管我们了。我和娃她爹是死是活，就让老天爷说了算。"

"婶子，事情还没有结果，你们不能说这种丧气话，做这种丧气事。"

林父立马就暴跳如雷了："我们会这样还不是因为你们这天杀的保险公司？看看！你去看看！这律师函都寄到我们手上了！盖了红戳的！"

说话间，他翻出那张被他揉捏得皱巴巴的纸张，直接团成一团丢到了江绥之身上。

"我家娃不在了，我们心窝上被扎了一刀。可你们更狠，直接要啃我家娃的骨头生咬她的肉啊！"林父字字血泪，林母则低垂着眉眼小声啜泣。

江绥之看在眼里，无奈在心头。

这件事闹得极大，属于重大刑事案件，还危害了公共安全。公安机关那边很多办案流程无法公开，也不能事事跟嫌疑人家属交代。

"关于律师函这个事情，确实是我们公司做得让你们心寒了。我代表公司向你们致以十二万分的歉意。"他向着两人90度深鞠躬，态度诚恳，停顿了足有五秒之后，这才继续说道，"从CM人寿的角度出发，我能够理解公司这么做的原因，可我并不认同公司这种做法。你们二老放心，既然小林老师的理赔案是我接手的，那我一定会负责到底。我已经跟领导多番讨论过这个事情，也发邮件跟总部反馈过。如果总部那边依旧是打算将这个案子诉诸法庭，那我会将相熟的擅长打这类官司的律师介绍给你们。同时，为给你们二老一个交代，我会离开CM人寿。"

林父林母听着他那些面子工程的话，本来不以为意。可听到后来，竟听他说为了给他们一个交代要离职，两人这才动容了起来。

来了CM人寿那么多趟，他们是知道这个公司规模有多大的，也知道这个公司多难进。单单进理赔部的那些人，基本都是211、985学校毕业的。而且他们也探听到一些小道消息，说江绥之在这方面有大才，他经手的理赔案向来都以情理法为准则，处理得极为公道，极受领导赏识。目前他的职位虽然不显，但总部有意提拔他，不出意外的话，等过个几年现任总监按照惯例调任，他极有可能越级成为南渝分部的新任理赔部总监。

一个萝卜一个坑的道理他们是懂的，只有前头的坑让出来了新的萝卜才能占进去。

在坑少的情况下，江绥之能被那些领导么看好，可想而知他的工作能力。

所以，当林父林母乍然听到他说愿意为了给他们一个交代而离开公司时，他们是难以置信的。

"小江，你其实不用这样。叔和你婶子也不是不明事理的人，这件事是你的那些上级领导发的话，你是做不得主的。如果你真的……"

"叔、婶子，我是过不去自己心里那一关。"江绥之郑重道。

人在职场，有太多的身不由己。很多事情不能以自己的原则为先，而应以公司的利益为先。可当自身原则与公司利益相冲突，他也只是希望能守护住自己当初入这一行的那份初心。

"其实事情正在往好的方向发展，警方那边正积极根据监控及走访附近人员寻求突破。火调那边也查到了疑点而想要努力寻求一个真相。我来找你们之前，一位热爱岗位的女火调工程师还特意让我向你们传达她的话。她说会迎来转机的，她会努力在今晚找出那份转机。"

对于"火调"，林父林母听不太懂，可他们却听懂了这些人都在为了找出真相而努力。

今晚。

只要等一个晚上，他们闺女就能够有机会洗清自己的冤屈了吗？

"好好好。"连说三个好字，林父激动道，"你说的那个爱岗的女娃子是个好孩子，我和你婶子一起等她的消息。"

见两人总算是稳定了情绪，江绶之心里松了口气。

他让两人到大厦里去等，见两人不愿，索性也坐在了台阶上，陪着他们一边天南海北地聊着，一边等待。

时间一分一秒流逝，不知不觉已经到了午夜。

他看了眼时间，有些不放心道："叔、婶子，大晚上的我那位朋友一个人在幼儿园勘验呢，我有些放心不下，我先赶到她那边去看看。一有消息马上给你们二老打电话。你们手机保持开机。"

想到之前因为怄气而故意关了机，林父的脸上有些赧然。

林母则担忧道："你说的朋友就是那位女火调工程师吗？那女娃子一个人在那边调查？那幼儿园遭了火灾电路也坏了吧？她黑灯瞎火的一个人也太难为她了。"

"是啊，她就是那性子。"

"那你赶紧去吧，我和你叔等你消息。"

江绶之看着两人消瘦的身子："要不我先安排你们去附近的酒店住一晚，等明天再……"

手机铃声恰在此时响起。

他取出手机，当瞧见来电显示时，俊脸上迅速染上一丝笑意。

"她打过来了。"他朝两人示意，马上滑了接听键，"羽工，你那边有进展了吗？"

林父林母忙振奋了精神，凑过耳朵仔细听着。

"这一次的复勘可以证实小林老师确实不存在纵火时间，对小林老师极为有利。江绥之，你帮我转告小林老师的爸妈一声。我也会尽快将这一情况总结在新的火调报告中跟警方反馈。"

羽姗的声音沉稳，隐约染上了几分经历几小时劳累之后的疲惫感。

当时起火点火势很大，即便有人为设置的痕迹，估计也已经被火烧得不见了踪迹。所以她二次复勘时几乎是将每一寸都揉碎了查看的。事实证明，火是一触即发的，电线短路后零星的火花迸发，在汽油的助燃之下火势愈演愈烈。现场确实是不存在人为控制火情的装置。

再加上小林老师对物理知识的匮乏，不懂得利用电线短路来纵火这一点，恰能证明当时正在给孩子们上课的小林老师不存在纵火时间。

如今需要解释的，便是她起火前为何手上会正好提着一个装着汽油的桶。

疑惑依旧重重，不过好在迎来转机了。

听着羽姗那番话，江绥之也合理地给出自己的猜测："或许小林老师在途经起火源所在教室时从窗口瞧见了里头有一个桶，闻到教室内强烈的汽油味时觉得不对劲，立刻对这个桶进行了处理。只不过等处理完桶回来时已经到了上课时间，所以没来得及将这件事汇报给园长。"

"你这个猜测从时间上可以对上，但是从逻辑上无法解释她为什么特意将桶扔入幼儿园后门那条街尽头的垃圾桶内。她如果真的闻到了汽油味察觉出了不对劲，就该抓紧时间进行处理，而不是舍近求远去扔这个桶。不扔在幼儿园内的垃圾桶，不扔在幼儿园前门的垃圾桶，也不扔在幼儿园后门的垃圾桶，而是走得更远，扔在后门那条街尽头的垃圾桶内，太反常了。"早前林秋雪具有纵火骗保嫌疑时，这一点反倒是加深了她纵火的嫌疑。可如今一点点排除她的纵火嫌疑时，这一点却让人费解。

一些疑点，想不通的依旧想不通。

不过好在事情有了极大的进展。

挂断电话，将聊天内容听了个大概的林父林母忙开始你一言我一语地询问他情况。

江绥之耐心地向他们解释，又仔细安抚了一番，见两人脸上终于露出了如释重负的神色，他才提出送他们去附近的酒店。

等到安顿好他们，他又马不停蹄地将车开去金葵花幼儿园接羽姗。

女人早就收拾妥当等候在幼儿园门口。

路灯微弱的光线下，她盈盈而立。脚边是她的火调工具箱，她身上的那套衣服以及脑袋上的那顶防护头盔，竟是格外显眼。

她似有所感，朝他的方向望来。暖黄的光芒笼罩在她脸上，她的侧脸柔和静谧，似浸染万千星光，璀璨夺目。

羽姗的行动力向来很强，当晚和老李、温庆天进行了沟通之后，连夜做了火调报告的补充说明。第二天到了单位，让领导看过之后，就和警方那边进行了对接。

经过一番沟通，她从警方那边得知了一个喜人的结果——警方从各方证据已经排除了林秋雪的嫌疑，有目击者疑似见过犯罪嫌疑人，正在做人像拼图。

因办案需要，所有的消息未进行公开披露，只在内部进行信息共享。

了解到这些之后，她第一反应就是给江绥之打电话。

等到号码拨出，才发现这样的做法欠妥。

江绥之接电话的速度很快："羽工？"

"报告已经递上去了，接下去你安抚下小林老师家属的工作，等待警方出调查结果就是了。"她说的话极为官方。

他知道她有些话只能点到即止，也不追问，转而说道："我现在人在去运城的高铁上。君君妈妈今早上跟我打电话说君君做了个噩梦想起了些什么，我打算去确认下。"

"运城？这么远？"她蹙眉。

"自从上次君君在医院被骚扰之后，君君爸妈就有心避开这些烦心事，所以出院之后，君君妈妈带着君君去了山西的姥娘家。"

"那你一切小心，有任何消息及时联系。"

"好，如果顺利的话我今晚的动车回南渝。"

从南渝到运城，车程是六七个小时，目前还在去的路上，到了那边肯定得下午三四点了。连夜回来的话，估摸着也得第二天凌晨才能到了。

他出差出得还真是连轴转，丝毫不给自己喘息的时间啊。

"刘浏，金葵花幼儿园火调案走访调查的笔录找给我。"

挂断电话，羽姗对另一头的刘浏说道。

刘浏立马从桌上那一堆文件中翻了一份资料出来："姗姐，给。我们几个走访的结果都汇总在这儿了。"

他们火调是严格按照四个步骤走的，环境勘察放在首位。当时到达火灾现场时消防人员还在灭火，他们便开始对火灾亲历者及目击者进行了走访调查。

各人有各人的判断与想法，所以这上头的笔录也仅供参考。但关键时刻也可成为火调的突破口。

下午快下班的时候，羽姗还在忙着，没想到却接到了她哥的来电。

依旧是老生常谈的话题，羽沛廷语气哀怨："姗姗，上次你可是答应我说继续相亲的。我这都给你安排了好几次时间了，你总推说没空，哥哥我委屈了！"

羽姗头疼道："我最近真挺忙的，等这个案子了了再说吧。"

"你最近手头比较棘手的一个火调案就是金葵花幼儿园的案子。这个不是已经查出火灾原因了吗？你的职责已经履行完了，接下去就是警方的事情了。"

羽姗心头警铃大作："你怎么这么清楚？"

"当然是你的好徒……"察觉到自己说漏了嘴，羽沛廷赶忙刹车。

"刘浏！"羽姗大声斥了一声，吓得正准备收拾东西下班的男人不知所措地戳在原地。

"姗、姗姐？你找我有事？我已经忙完了手头的活，今天就不用加班了吧？"刘浏小心翼翼开口，忙拖另两人当挡箭牌，"赵威武和她女朋友相恋一百天，我和沈青被抓壮丁去帮他准备惊喜呢。"

赵威武见状，非常"义气"地连连点头："对对对，姗姐，他鬼点子多，我拜托了好久才让他答应了呢。"

沈青也忙道："对对对，我们缺不了他。"

见刘浏、赵威武、沈青三人哥俩好地排排站着，羽姗一时间还真不好说什么。

"下次再将工作相关的事情随随便便透露给什么人，你就给我写个一万字检讨！"她板着脸训道。

心知不妙，刘浏硬着头皮为自己开脱："可廷哥是你哥，他说只是关心一下妹妹的工作情况。"

在羽姗越来越冷硬的视线下，他败下阵来。

好吧，就他里外不是人。

等三人离开，羽姗才察觉到还没挂断电话。

"哥，你别再跟刘浏打听我的工作了，这不符合规定。至于……"她压低了声音，"相亲这事，再过阵子吧，我手头……"她边说边收拾东西准备走人。

"工作是永远忙不完的，时间却是会在忙碌中流逝的。姗姗，女人的青春是不等人的。"羽沛廷充当老妈子的角色，苦口婆心道，"你别怪哥啰唆。爸妈对你是放养策略，哥不啰唆的话，这个妹夫估计都不知道在哪个犄角旮旯里钻着呢。"

不容她拒绝，他再接再厉："这次这个非常靠谱，检察官，已经来哥这边实名认证了，哥还看过他出庭的资料呢！他比你大五岁，对你的职业挺感兴趣的，你不是也挺喜欢公检法的吗？应该能聊得来。就这么说定了，这周日下午两点，地点我发你微信。"

羽姗就这么听着手机内传来的忙音，有些哭笑不得。

她哥还真是会赶鸭子上架啊。

取了车，她开车回江景府邸。

在小区门口，相熟的保安见她过来，忙说道："小羽你等一下！"

"王叔，怎么了？"她降下车窗。

"上次微波炉那事多亏了你，一直没来得及谢你。这不，你阿姨今儿个包了馄饨，让我给你送点。"

值班室里有微波炉，方便带饭的职工自己热菜热饭。上次王叔将铁盘子的冷菜放里头加热，结果伴随着一声爆裂声之后起火了。当时羽姗正巧回家取资料路过值班室，帮着处置了火情。

"王叔您和阿姨都太客气了，这都是小事。"

"这怎么能叫小事呢？要不是小羽你，值班室估计都要被我这把老骨头给毁了，我保不准也已经被开除了。现在我长记性了，再也不乱用铁啊钢的东西了，听你的劝去超市买了个耐热的玻璃饭盒，中午热饭的时候就不怕了。"

王保安跟她闲聊了几句，见她不收，忙将一个盒子塞到了车内。

羽姗无法，只得笑着道谢："替我谢谢阿姨。"

"对了小羽，我今天看了那个你教我下的微博，看到上头有个女娃子说被人顶替了高考成绩，这事情爆出来之后闹得挺大的，各个机关都被惊动了。你说，在网上爆一下真的有用吗？"

"有时候个人的力量太弱小，借助网络的力量确实是一个不错的途径。不过这个也得视情况而定。还有一些人滥用网络企图达到自己的不轨目的，骗取了网民信任的同时，也浪费许多调查所需的人力物力，甚至还可能造成网络暴力等危害。"

"这样啊，"王保安有些忧心地蹙紧了眉，"老郑醉酒时说过自己儿子当年被人顶替了成绩，可惜他也是直到最近才知道这事。我今儿个看到这个新闻还替他高兴了一阵。想着他也去微博上说一下，兴许就能找回他儿子当年的成绩了呢。"

"老郑？"

"是以前和我一起在商场当过保安的。之前我们碰到了就去聚了聚。啊对了，小羽你听过金葵花幼儿园吧？就是前阵子发生大火的那个。老郑后来跳槽去了那儿，不过现在这幼儿园暂时关停了，他还向我打听我们小区要不要人呢。"提起这个，王保安不免唏嘘，自己小区招保安的年龄限制卡得比较死，老郑今年六十七了，这不，没选上。

有些事在自己能力范围之外，羽姗只能稍微给一些意见。她跟王保安简单说了下帮老郑儿子维权的几个方案。后头有车催促，她匆匆和他告别，将车径自开入了地下车库。

对生活快节奏的都市人而言，这个时间点有些人还在忙碌加班，有些人还在聚餐约会。空旷的地下停车场，车停得并不太多。

羽姗锁车之后乘电梯上楼。电梯即将闭合前，手机铃声响起。她一看，竟是江绥之。

想到此前他说去运城找君君小朋友的事情，她赶忙接起。

抬眸时，电梯门一点点闭合，远处有穿着绿色马甲的小区大爷正在地下车库内洒水，似是要做车库清理作业。

电梯内的信号倒是挺强，一路上行，她听到江绥之难掩激动的磁性嗓音。

"君君那边有重大突破。"

心神一凛，羽姗追问道："具体怎样？君君他是不是……看到了些什么？"因着紧张，有个字出口时还破了音。

远在运城某县村的江绥之给出答案："君君他在昏迷时看到了小林老师和一个男人纠缠的一幕了。"

夕阳西下，斜晖脉脉，近处是土地肥沃的苹果园。枝繁叶茂，饱满红润的苹果悬于枝头，即将迎接喜人的丰收季。

而他此行，一如这些即将丰收的果实。

小孩子的记忆里有一道阀门。那道阀门一开，里头便是一个多彩的世界。而他们的记忆不论好坏，都存储在里头，可身为孩子的他们分不清哪些记忆对成人而言是重要的，所以一般而言需要成人循循善诱。

君君从出事到醒来，害怕占据了上风。许是内心有意逃避着什么，面对警方的询问时并不能想起什么。

在姥娘家时，恣意的农家乐让他放松了心情。夜里的一个噩梦，却突然将他带到了那个烟火弥漫的幼儿园。

"君君当时因为吸入过多有毒气体晕倒在教室外头的走廊上，后来迷迷糊糊中他看到了小林老师朝他走来抱起了他。只不过走到楼下，君君的教室在三楼，他说的楼下也就是最先起火的楼层二楼。在楼梯转角时，他说小林老师撞见了一个男人，和那个男人争执了起来。君君难受得睁不开眼，可他听声音认出了那个男人是幼儿园里的一个保安叔叔。他说小林老师说保安叔叔打算放火烧了幼儿园烧死小朋友，她要报警。再后来，那个男人恼怒起来，拦着小林老师不让她走，小林老师为了不伤害到他不得不先将他放下。再之后，君君就不清楚了。等到彻底清醒，已经是在医院。"

猛然间听到这样的惊人消息，羽姗的心脏犹如被什么给狠狠扼住。

有人丧心病狂到想要放火烧了幼儿园烧死幼儿园内师生，这一点他们都分析过了。可当真的听到时，还是觉得震惊难受。

如果君君的记忆没有出现差错，那么小林老师的死，可能另有隐情。恐怕，还需征得林父林母的同意做一个尸检，还小林老师一个真相的同时也还她一个公道。

英雄，需要被铭记与感恩，而非被人陷害冠上虚假的罪名。

"这个线索确实很关键，必须立刻告知警方。"

"放心，已经第一时间联系了警方。"

发现这一重要线索之后，他第一时间和君君妈妈一起打电话给陆棕说明了这一情况。

如此一来，林秋雪算是彻底洗清了嫌疑。如今，只剩下找出真正的纵火犯。

江绥之心里的大石也算是稍稍落下，和林父林母打过电话让二老放心之后，打算回南渝市赶紧继续跟进林秋雪的理赔案。

婉拒了君君妈妈在村里住一晚的提议，他此刻行走在乡间的路上，正赶往村里的董大爷家，打算蹭他的车去最近的公交站点，再从公交站点转到火车站。

他没忘记羽姗一直在等着他的消息，这才赶紧给她打了这一通电话。

"我现在去找人蹭车，还得转个车去火车站，希望能赶得上今晚唯一一班动车。"他见天色不早了，加快了步伐。

"实在赶不上的话你先在火车站附近旅馆住一晚，事情已经有了转机，不急在这一时半会儿的。"羽姗脑子里琢磨着事情，"照君君的记忆，极大可能就是那个保安纵了火。如果是保安……"

江绥之接过话："金葵花幼儿园内共有两名保安，两人轮流负责值班岗亭的值守工作和校内的巡查工作。君君辨认出的正是那名叫郑伯的保安。"

虽说孩子的证词证明效力极弱，但只要辅助有相关证据，那就可以构成完整的证据链。对于这一点，羽姗并不担心。

指纹解锁进了家门，她从平板上翻找出这个火调案中相关人员的电子资料。

很快，她找到了郑伯的档案资料。

照片上的人六十五岁左右的年纪，头发微白，面容上是历经沧桑的褶皱。从面相上来看，挺面善的，是那类极容易获得人好感的人。

郑……

她蓦地想起了王保安刚在小区门口时和她提及的保安老郑，他说他跳槽去了金葵花幼儿园当保安。

难不成这个郑伯就是王保安口中的老郑？

等等！

这个郑伯，她怎么觉得挺眼熟的……

脑中翻江倒海，她垂眸沉思。手机另一头的江绥之听得她这边没了声音，知道她有事要忙，便要挂断。

冷不防羽姗突然开了口："这个郑伯，打算二次纵火！"

"什么？"江绥之未反应及时。

"我们小区的地下停车场，我刚刚看到他了！"

羽姗语气急促，打开房间门便冲了出去。

她很确定，她刚刚看到的那个穿着绿色马甲在地库里进行洒水作业的人就是郑伯！不，那根本就不是洒水，而是洒汽油！地下停车场的汽车一旦集体着火，那将造成爆炸般的连锁效应，恐怕整栋楼都将迅速陷入火海。

金葵花幼儿园的纵火并没有达到纵火犯的预期目的，他们早就猜测真正的纵火犯不可能一直这么沉寂下去。他还会有第二次动作。

王保安说，老郑因为年龄问题没有应聘上江景府邸的保安。若是如此……他会将纵火地点选择在这儿，也就有了依据。

一个着急之下，羽姗的手肘狠狠撞击墙壁。疼痛袭来，她冷静下来，眼神一扫，迅速奔向一旁按下消防警铃。

下一瞬，刺耳的警铃声响彻楼层。

整栋楼，瞬间陷入慌乱中。

等到羽姗一路从逃生通道奔到地下停车场时，已经来不及了。火势已起，随着汽油的助燃，火舌一路扑向了几辆汽车。

她迅速从消火栓处拖了瓶灭火器往前奔去，奔跑间拔了保险销，没承想正巧撞见一个穿着绿色马甲的人。

两人打了个照面，羽姗因为心里已经有了一番计较，从他的面部轮廓中一下子就判断出对方正是郑伯。对方显然是刚纵火准备逃离，戴着口罩。

她心神一凛，对着火焰根部灭火的同时怒喝了一声："站住！"
郑伯几乎是落荒而逃。

羽姗不可能放任火情不管，只能无奈地看他离去。然而不经意间，她却瞧见了他手腕上的手表。那样式，竟是无比眼熟。尤其是表带上黏着的水印贴，让她印象深刻。

恍惚间，她想起了牺牲在工作岗位的师父陈诚。他为了庆祝结婚纪念日，给自己和师母定制了一款情侣手表。表盘内有乾坤，有着他和师母的彩绘像。师父每每当着他们的面炫耀。可他炫耀最多的，则是表盘上那张属于孩子的彩绘Q版水印贴。

"我家小倪的Q版图是不是萌呆了酷毙了？他妈给他在网上定制的，这小子一拿到手就非要往我们的手表上贴。这小祖宗这么一贴，寓意竟然还挺好的。一家三口都在这款表上了，齐齐整整呢。"

羽姗的瞳孔微缩，闪过一丝苦痛。

刚刚她分明瞧见了那男人手表的表带上，贴着疑似小倪的Q版水印贴！

因羽姗发现及时，郑伯刚纵火不久就被赶来的消防和警察及小区保安堵了个正着。

地下停车场的几辆车相继着火，虽然被及时扑灭，可损失到底还是造成了。唯一庆幸的是火势被迅速控制，没有造成更加难以挽回的人员伤亡及建筑损害。

羽姗是在警方进行全网通报时才了解郑伯犯案的动机的。后来又向合作的警察——自己的表弟陆棕打听了下，也算是了解了个十全十。

其实这是个老套却又悲伤的故事。正如王保安闲聊时谈到的顶替事件所言，郑伯犯案的动机，竟真的出自此。

郑伯是为了自己已故的儿子，才会犯下这样的大错。

他儿子那个年代，没有所谓的全国联网，本该是山沟沟里出的理科状元就这样被人冒名顶替了。他和老伴为了让儿子复读，起早贪黑继续攒复读费和生活费，结果在天蒙蒙亮时运山货到山脚时，老伴不慎摔下山涧丧了命。老伴的死，让他和儿子感触极大，父子俩相依为命，儿子也帮着减轻家里的负担，结果在打工时一条腿就这么栽了进去。失去了腿的儿子不愿意拖累父亲，选择了放弃复读重考，更选择了放弃自己的生命。

这一晃就是二十多年，郑伯是在一次偶然的机会去查询儿子的档案时，才发现当年自己的儿子竟被人冒名顶替了。然而他不知道该如何替自己的儿子申诉，不知道该如何让已经家破人亡的家庭再恢复原样。他心里悲凉，决定报复社会，这才有了金葵花幼儿园纵火事件。

至于这一次江景府邸的纵火事件，也是因为他被嫌弃年龄大拒了工作，才会恶意报复。

人性本善，可在四面八方的压力侵袭摧残之下，善意被外物一点点磨灭，有些人终是走上了一条让人扼腕痛惜的傻路。

而小林老师，成了报复事件的牺牲品，永远回不来了……

"根据各方线索以及事件当事人的口供，我们基本还原了案情始末。

"郑伯企图在那间暂时空置的教室浇灌汽油火烧金葵花幼儿园，这一切被途经的林秋雪发现。他刚浇灌了一点汽油，就被林秋雪一个急匆匆的电话给支开了。等郑伯走后，林秋雪第一时间将那个还有大半桶汽油的桶带离教室对其进行处理，阻止郑伯纵火。因为怕撞见郑伯，她只敢走幼儿园后门去处理那个汽油桶。等处理完桶回来，正好到了上课时间，她只得先将这事搁在一边去教室给孩子们上课。

"至于郑伯，等到重新回到那间教室，发现汽油桶不见了，只能暂时放弃纵火计划。然而他没想到的是，教室电线短路引发火星，他之前浇灌在室内的汽油成了助燃剂，直接加速了火情加大了火势。一切都无可挽回了……当听到小林老师说他纵火说要报警时他慌了，冲动之下对她做下了残忍的事。"

一些曾经看起来加深了小林老师纵火嫌疑的点，在真相揭晓时，又变得如此自然。之前羽姗他们始终想不透她为何不第一时间跟园长说此事，为何要先去处理那个桶，为何舍近求远要跑去幼儿园后门，如今一切都找到了原因。

听着电波另一头陆棕的话，羽姗心里头不是滋味。

一个才刚步入社会打算将善意释放给身边的孩子们的幼师，终是为了祖国的这些花骨朵，留下了在这世上最美最值得人称赞的肥料。

之前对她的那些误解，若是她泉下有知，该是何等寒心。

她突然想到另一个问题："警方查到那个桶时，里头只有沾在桶上的那丁点残留物。那桶内的汽油最终去了哪儿？"

"这事我们也查清了。之前不是有群众跟警方举报发现了纵火嫌犯吗？做出来的拼图是一名收废铁的老汉。从这名老汉的口中，我们知道他和林秋雪有过短暂的交流接触。两人是在幼儿园后门那条街遇上的。老汉听林秋雪说那白色的塑料桶里装的是汽油，告知她需用特殊的铁质桶承装汽油，要不然容易出事。恰巧老汉从加油站那边收了几个桶，林秋雪索性将汽油倒入了他电动三轮车装着的桶里，让他带走了。老汉的话我们也通过监控和相关加油站及路人走访证实了其真实性。"

羽姗远眺着落幕的夕阳，余晖的热度竟令她有些眩晕。

陆棕那边显然是有些忙，和她说这些已经是忙里偷闲了，他迅速说道："姐，一些案件细节我们不方便对外公布，你到时候走个流程签字补一下手续。我这边还有的忙，先不跟你多聊了。"

"哎等等！"羽姗在他挂电话前一秒赶忙出声，"你帮我一个忙。"

"什么？"

"郑伯被捕之后，他身上的一应私人物品都是暂时收缴的吧？我想看一眼。"

南渝市的夜晚降临，华灯初上，万家灯火，与天际的璀璨星辉融成一片光海。

羽姗开车回到江景府邸，换了身衣服之后就直奔对门。

自从被江绥之投喂过一次之后，她有种破罐子破摔的感觉，竟是时常到对面串门子。对方不嫌麻烦愿意多做她这一口饭，她索性就按月付个伙食费，乐得做个主动上门的常客。毕竟她的胃确实是得好好养了。

"小林老师的父母已经带着她的骨灰回老家了吗？"倚靠在半开放式厨房前，羽姗询问里头的男人。

戴着个围裙的江绥之正在煎蛋，闻言回道："他们今早的火车回去的，闺女死了那么久，如今总算是能够入土为安了。白发人送黑发人，最是让人唏嘘。"

警方那边做了尸检，郑伯也承认将林秋雪打晕后拖曳到了火势密集处。目前林秋雪的死因已经明了，江绥之这边已经走完流程将理赔款打了过去。早上他特意请了假去送二老到火车站，瞧见那将装着骨灰罐的背包紧紧抱着的两人，他一股热泪差点流下来。

"他们都是实诚人，CM人寿在警方定案前就撇清自己的关系，甚至还给人家寄了律师函，也亏得人家大度才没有将事情闹大。"他不无感慨。

正开门进来的宁南司听得这话，身子一僵，停在了玄关处。

"这件事我有很大责任。"他薅了下自己的头发，换了鞋之后将公文包往沙发上一扔，往厨房的方向走，"我当初见林秋雪纵火的小道消息满天飞，提到的证据都是有鼻子有眼的，料想着她纵火是板上钉钉了，只想着不让你蹚这趟浑水，让公司避免损失。事实证明，是我狭隘了，错估了人性，就这样往林秋雪父母的伤口上撒了盐。"

身为理赔人员，最重要的是做事严谨，还投保人和受益人一个公正客观的专业性处理结果。

他以为当时那样的情况下，这样的处理方式最为稳妥。

殊不知，他的做法太过于残忍，对本就承受着丧女之痛的二老而言，无异于雪上加霜。

宁南司已经对羽姗会出现在家里见惯不怪了，和她点头算是打了声招呼。而他的脸上，有着自责与难受。

江绥之对他的话没有置评，只是沉默着将煎蛋盛出，又趁着锅里的油还热乎着，往里头丢入肉丝、青豆、洋葱片。蚝油老抽生抽调味，融入些许盐小炒，随后加入蒜薹爆炒。

抽油烟机的轰鸣声，打破了尴尬的僵局。

被如此无视，宁南司无奈地摸了摸鼻子，扯高了嗓门："绥之，看在我知错能改第一时间追在财务小姐姐屁股后头给林秋雪父母打款的分上，咱能翻过这一篇了吗？"

这是他们公司理赔部自身的矛盾，羽姗深觉自己戳在这儿有些尴尬，眼尖地瞧见江绥之将菜出锅，忙帮着去端。等将菜放上桌，她索性躲在沙发那边等着了。

这头，江绥之揭开砂锅盖。

浓郁的香气瞬间飘散开来，让人口齿生津。

今日他做的是花旗参炖水鸭汤，是一道传统意义上的药膳，具有滋阴养胃的功效。他原本做菜倒也不太讲究这些，可羽姗的胃病放在那儿，他总不能让人家白交了这饭钱。所以他每天总会炖上一道汤，来帮她养胃。

"这事一开始咱们就理论过了，从你的立场出发，我能够明白你的难处，所以在你从我手中拿走这个理赔案时，我只能尽一切努力继续跟进这个案子。可南司，你扪心自问，当警方通报真正的纵火犯时，你的做法合适吗？CM人寿的做法合适吗？林秋雪的父母缺的是你的一声道歉，缺的是我们CM人寿的一声道歉，缺的是一个公道啊。"

江绥之停下手上的动作，望向厨房门口的男人，眸光深远。

"我……"宁南司一时间语塞。

"我们的做法寒了他们的心，不是将本该打给他们的理赔款打给他们就能够弥补的。你追着财务打款的时候，你有想过亲自跑到林秋雪父母跟前道个歉吗？你有想过跟总部递交报告派你当代表来道这个歉吗？你有想过怎么弥补他们吗？我错了，你错了，CM错了。错的人，却没有勇气承认错误。若非林家人老实本分不愿意将事情闹大，就冲着CM人寿曾经落井下石拒赔保险并且还向人家寄出律师函这两点，CM人寿绝对会被人人喊打了。"

一番话下来，宁南司脸上不由得一热。

他只想着尽快将理赔款打过去，省得被纠缠不清。他的私心里，其实是怕他们另外讹公司一笔的。所以他只想着速战速决，不愿意为此多费心。

"我会向总部说明，不过我估摸着总部不愿意低这个头认这个错。"

江绥之却不认同："这件事在网上的热度还未散去，虽然被保险人的家属并没有上网陈述，可网友们还在静观事态的发展。CM人寿想靠着时间来让网友遗忘，但热度摆在这儿呢，全网盯着它的表态，它不低这个头不认这个错，损失只会更大。"

宁南司长叹一声："还是你看得通透。这事其实公关部早该这样处理了，可总部那帮人基本都是一批倚老卖老的，谁没事乐意承认这种错啊。这一次，舆论的大刀会压着他们在砧板上低下他们那高贵的头颅。"想到自己，他立马弱弱伸出三根手指，"我这就打电话去跟他们道歉。"

"回来！"江绥之叫停他，"现在这个时间点他们应该刚下火车急着处理女儿的后事呢，你打过去不合适。"

"那我……明天再打？"他征询江绥之的意见。

"等过几天他们处理完了后事心情稍稍平复，我和你一起过去一趟。"

听他这话，宁南司心里大石落地。谢天谢地，他俩的革命友谊终于又回来了！

这件事一了，他开始卖惨："我跟你说，我媳妇儿都没着落了！这么多天了我都没将人哄好！下个月9日就是婚期了，我这喜帖都发出去了，你说到时候婚礼上我不会成个光杆新郎了吧？现在每天回来和你这只'单身狗'相依为命，我想想都替自己掬一把辛酸泪啊。"

婚期在即，准新娘和新郎还在闹矛盾，确实是有的头疼。

江绥之刚要安慰他几句，冷不防就听到他一惊一乍的声音。

"不对啊！你和那位羽工是不是有情况？每天给人家做饭菜，招呼人家来家里吃饭，是不是……"明明都是焦头烂额的状态了，竟然还有闲心八卦。

江绥之敛眸低斥："别瞎说。开饭了，赶紧将砂锅端出去。"

正坐在沙发上佯装自己很忙碌的羽姗一不小心听到宁南司口不择言的话，脸颊竟止不住发烫了起来。

第三章
夜半火起，亡者的悲鸣

　　随着金葵花幼儿园纵火案真凶的落网，警方通报，舆论反转，从一开始被大肆宣扬的"理赔骗局"到"见义勇为牺牲"，全网哗然。

　　网友们纷纷为之前自己的草率行为道歉。与此同时，网上突然传出CM人寿曾经还给林秋雪家人发过律师函。网民正是愤愤不平的时候，立刻将火力对准了拒赔保险并且落井下石要告林秋雪家人的CM人寿。CM人寿迫于压力，为之前自己的不当言论以及过激行为在微博上向投保人林秋雪及其家人道歉，并且派代表前往林秋雪老家对其父母进行慰问。

　　林秋雪所在老家的市民政部门接到南渝市公安部门提供的资料，对由县里提交的林秋雪见义勇为提案特事特办，以最快时间通过。媒体跟进，将林秋雪的英雄事迹登载，一时间，林秋雪之死被赋予了一种神圣的意义。

　　网上，网友们纷纷为她默哀，称赞她的壮举，甚至还有人征得其家人的同意，打算成立一个林秋雪基金会，致敬那些平凡的英雄。

迟来的真相，为英雄正名，让世人知晓了世上有这样一类人。他们为了自己从事的那份职业，为了自己心中秉持着的正义，为了自己在意的孩子们，哪怕势单力薄，也要拼尽自己最大的能力博上一博。

国庆长假后，羽姗依旧没有机会见到郑伯。

他如今被关押在看守所，等候法院开庭审理这起性质恶劣的纵火案。因他所犯案件严重危害了公共安全，除了他的辩护律师，他被禁止与外界任何人会面。

好在羽姗辗转联系到了郑伯的辩护律师孙律师，对方在今日终于给她确切的回复了。

孙律师刚从看守所出来就来找她了，两人约在羽姗单位附近的咖啡馆见面。

对方四十岁左右，国字脸，有些发福。一见面，他就开门见山："羽工，你让我帮忙打听的事我问出来了。我当事人说那块手表是他捡来的。大概是今年二月份吧，大年初二还是初三的样子，在咱们南渝市的一座古寺。"

闻言，羽姗当即面色一紧。她追问道："他有说具体是怎么捡来的吗？那古寺是哪一座古寺？"

当初帮着师父家人收敛师父遗体时，她的注意力主要集中在现场丢失的火调工具上，至于师父的手表，她当时并没留神。

自她瞧见了郑伯手腕上戴着的与师父陈诚一模一样款式的手表，她心里头就一直不太踏实。她打电话给师母，得知师父的那块手表在当年就不见。她心头越发疑惑起来。

在表弟陆棕的帮助下去亲眼瞧了，她才彻底确定下来郑伯手上的那块手表，确实是师父所有。

这块手表，是一块定制表。

样式和市面上流行的日月星辰轮换的手表没多大的差别，可它与众不同就与众不同在师父是为了送师母结婚纪念日礼物，所以在定制的时候特意让人将日月替换成了他和师母的彩绘像。两只情侣手表，师父和师母一人一只，每一只手表的表带上，都被粘上了小倪的彩绘Q版水印贴。这样一款结合了温馨的一家三口肖像的手表，可谓独一无二。

师父的表，就这么出现在了郑伯的手上。

所以，她才会想方设法见郑伯一面，询问他具体情况。

孙律师知她心切，将自己所知一一道出："郑伯说就是咱们南渝市那座远近闻名的法福寺。他老婆儿子都不在了，过年时冷冷清清，他每年都会到那儿去给他们上香。因着抢不到年三十的头香，所以他就会抢后面几天的头香，大晚上特意赶去的。直到去了那儿他才知道法福寺失了火已经闭门谢客了。他不甘心，见大门没关就溜了进去。结果在香炉那边捡到了这块手表。对了，他说当时天很暗，他捡到那块手表时还被一个两三米远的黑影给吓了一跳。"

黑影？

羽姗一惊："是动物还是人？现场还有其他人？"

"是人。他起先还以为是寺里的僧人，所以还叫住了人家。只不过那人听他一叫，脚步迈得更大了。他当时猜想对方可能耳背也没在意，后来和自己捡到的手表联系在一起，觉得对方可能是个贼。寺里冷清没有香火，黑漆漆的一片，他不敢久待提早回去了，也没再关注这事。我也仔细问过了，他说他没看到那人正脸，只看到那人的背影，大概有一米七五，可能有个四五十岁了。是个男人，穿着个皮夹克。"

那晚的古寺，曾出现过一个一米七五的鬼祟男人。

而那个男人，极可能与师父陈诚之死有关，且盗走了师父的手表，慌乱逃走之后手表被郑伯捡走。

羽姗脑中分析了一遍，面上神色严肃："孙律，郑伯他有说当时看到那个男人是从哪个位置出来的吗？是从哪个殿里出来的？"

"除了这些，他想不起来任何线索。"孙律师喝了口咖啡，不免好奇道，"羽工，容我问一句。按理说我当事人犯下了这样的大罪，他说出口的话在他人耳中听来可信度应该要打个折扣。你就不怀疑他口中的那个穿着皮夹克的一米七五的男人，是他杜撰的吗？也许那个犯下罪行偷了你师父手表的人是他本人呢？甚至，他还有可能……"

接下去的话他并没有说完，可羽姗已经明白了他的意思。

从发现郑伯手上出现了他师父的遗物开始，她似乎从没怀疑过郑伯杀了她师父。

她搁下手中的汤匙："郑伯其人，因为自己及家人的不幸而报复社会。可正因为如此，他有一个显著的软肋——他已故的家人。在给他已故的老婆儿子祈福的年节里，我相信他不会突然起了不合时宜的杀意。再者，他身上的两桩纵火案一死数伤，社会影响恶劣，他如今恐怕是破罐子破摔了，若真的还有其他的案底，应会坦白从宽。"

"但谁也无法保证他是否会为了减刑而隐瞒一些旧事。"孙律师补充道。

羽姗同意这一观点，不过坚持自己的判断："当然，这些都只是我的个人推测。我不是警察，学的和用的与警方的那套办案模式有所区别。但警方对我师父之死早就做出结论，我师父的死是个意外。郑伯所说的话，只是加深了我师父意外之死的那份人为性，可却不足以推翻已有的证据和结论。"

基于以上种种，她才未怀疑过郑伯杀了她师父，而是想要从他口中得知更多的线索，企图还原师父死亡现场的真相。

两人又针对这个问题谈论了一阵，孙律师想起一事："差点忘了。郑伯猜测我问这块手表的来历可能和失主有关。他说如果失主在寻，警方没将其列入证物允许他自行处置的话，他可以直接委托我将手表还给失主。"

因着要委托孙律师帮忙，所以羽姗才会同他说她师父的事。但孙律师询问郑伯时，则是隐去了陈诚之死。所以郑伯也只当是失主在寻这块手表。

羽姗一听，柔和的脸上当即添了几分欣慰之色："那就有劳孙律了。这块手表有着特殊的意义，如果能将它拿回来，对师母来说也算个念想。"

晚上回了江景府邸之后，羽姗几乎是条件反射去敲对门，过了好一会儿才反应过来江绥之请假去参加宁南司的婚礼了。

明天是宁南司大喜的日子。因着新娘子老家在汶霖县一个七弯八绕的小村庄，新郎和伴郎们接亲时多有不便，索性就提前一天过去住县里的酒店，第二天一早再去迎亲，将新娘子接到南渝市里。

她打开自己的家门，一低首，看到了门把手上挂着的一个熟悉的铝箔保温袋。

提着袋子进屋，当瞧见铝箔保温袋内被装在保温盒中热腾腾的饭菜时，她顿觉心里一暖。

一张便笺纸赫然入目。

　　按时用餐，记得善待自己的胃。

字体刚劲有力，没有多余的话语，却能够想象到江绥之落笔时那谆谆嘱咐的认真模样。

不知从什么时候开始，他这个搭伙小伙伴开始肩负营养师的职能，做出完美饭菜的同时还兼顾她需补充的各种营养元素，对她的胃病极为上心。

这样的邻居，让人暖胃又暖心。

她将晚餐拍了个照发到他微信。

"感谢江大厨投喂！"

她顺便还配了"哐哐哐磕头"和"手舞足蹈"的表情包。

对方应该在忙，并没有回复。

她去洗了个手又换了身居家服，这才开始用餐。

手机振动，桌面上方弹出微信提醒。

她点开，是江绥之的信息。

"我明天能抽身的话尽量早些回来给你做晚餐，不行的话按照我上次教你的，你简单做个山药粥。"结尾是一个"摸头"的表情包。

羽姗的视线聚焦在那个摸头的表情包上。

嗯……怎么有种真的被摸脑袋的感觉？

她翻了一下两人之间的微信聊天记录。从头到尾，江绥之的话都比较官方，是一个好邻居一个好的搭伙小伙伴的说话方式，没有任何的逾矩。唯一让她觉得怪的，是每次他发过来的那些表情包。

好吧，这可能是属于直男的表达方式。

也许人家是觉得自己的话太一板一眼了，所以特意丢几个表情包给她，借以调节气氛。

更何况，她也时常丢表情包，礼尚往来嘛。

她发送："你现在不忙？"

"刚办理入住，在准备明天迎亲的东西。"

人家正在忙，羽姗正准备说几句客套话就不打扰他了。没想到他竟直接发了两字过来。

"语音？"

还真是够言简意赅的。

下一秒，他的语音电话就打了过来。

她犹豫了两秒，接了起来："你忙的话我就……"

"和你通话，怎么着都该排在其他事之前。"江绥之的嗓音一如既往带着几分磁性，隐隐有几分调侃的意味，"再者，身为伴郎总不能将新郎的活儿都给揽了，其他的事情交给南司他自个儿去操心吧。"

他这话刚落，电波另一头又传来一道中气十足的声音："绥之你个见色忘义的，都不知道过来搭把手！"

一听，就是准新郎宁南司的声音。

羽姗失笑："就你俩在那边吗？"

"哪儿能呢！南司他家准备了一个迎亲车队，关系特别铁的朋友同学同事都来了，还有他们男方家的一些小辈也过来了。"言外之意，不差他这一个帮忙的。

另一头嘈杂的声音远去，应是他去了酒店的露天阳台。

"你这个伴郎当得好随性啊。"她感慨道。

"谁让我这个伴郎是被赶鸭子上架的呢。"按照他的打算，他是准备只做个捧场的客人，万万没想着成为伴郎和他一起迎接女方娘家的烦琐婚礼细节。然而，耐不住宁南司的软磨硬泡，他不得不披甲上场，和他荣辱与共一起来到汶霖县。

"之前这位准新郎还猜测这婚会被女方那边刁难，你明天陪他迎亲时悠着点，能躲则躲。"

这明显关心的语气，让男人一怔，他倏尔一笑，醇厚如佳酿的嗓音灌入她耳中："躲是躲不了的，我已经和他约定了，得身先士卒替他扫清迎亲路上的障碍。"

两人预想了一番明天迎亲时可能会被刁难的迎亲项目，时间竟流逝得格外快，不知不觉就语音了半个多小时。

他明天还有正事要忙，羽姗无意多耽搁他时间，劝他今晚早些休息养精蓄锐。

只不过临挂断前，她想到了今天从孙律师那儿得知的事情，下意识就有种向他倾诉与探讨的欲望。

"江绥之，你说，当有一天你发现你所坚持的信念快要被破土而出的真相证明时，你是什么感受？"

她一直都坚信师父陈诚的死另有隐情，如今郑伯的话，进一步证实了她的猜测。她现在需要做的，就是找出那个曾出现在师父死亡现场的鬼祟男人。

江绥之并没有急着回答，而是思索了片刻。

"如果是我，应是悲喜交加吧。自己的坚持终于有了意义，一切都得到了回应，而这，也进一步坚定了我接下去想走的路。"他语声一顿，眼前浮现了过往岁月的一幕幕，竟有种跨越时光的恍惚感，"说实话，我早年做理赔师，只凭借着一腔孤勇想要干好这一行，结果自己的坚持却遇到了他人的精心算计。那个涉及一百三十五万的理赔骗局，让我明白了人心也有被贪欲主宰的时刻。当时信念崩塌，我一蹶不振，陷入了自我怀疑与否定中。好在我最终走了出来，现在对人对事也不再会片面对待。无论被保险人是死于天灾还是人祸，都力求从蛛丝马迹中抽丝剥茧得出真相，无愧于心。"

无愧于心。

羽姗默默呢喃着这四字。

人活于世，可不就该无愧于心吗。

她一直以来执着于师父的死，也不外乎是想要一个真相，无愧于师父，无愧于心。

"看不出来啊，你也有被骗的时候。"

"谁还不是从青涩的年纪一步一个脚印走过来的呢？我怎么觉得在你眼里的我是个挺精明的人？"

"不不不，您那不叫精明，那叫……为人处事的圆滑与世故。"

"谬赞。"

"说起来，我们火调员与你们人寿保险的理赔师也算是有相似之处。同样是要在天灾人祸中寻找蛛丝马迹，探求真相。"

他笑应："是啊，如此说来也算是一种缘分。现在想想，我似乎该好好感谢下我们之间的那场乌龙相亲。"

她的心跳竟不自觉地骤然失序："感谢它让你得了个能交流心得的好邻居？"

"不，该是感谢它让我能够得个足以抱大腿的好邻居。"

这个……就过分了啊！

羽姗斥道："女人的大腿是能乱抱的吗？"

他替自己叫屈："此抱大腿非彼抱大腿。"

她"哼"了一声："你也太出息了吧！抱一个女人的大腿？我有什么大腿好让你抱的？"

"金葵花幼儿园的火灾案，若非抱紧了你的大腿，我也不能随时跟进火调进度，也就不能及时把控理赔方向，坚定自己的信念。你这大腿，可是给我提供了极大便利。"

说得……还挺像那么回事的。

羽姗一时间语塞，末了低声揶揄："那我也没见你有所表示啊？"

"为了配合你的时间每天提早一个小时起床给你准备早餐，每晚亲自给你下厨还不算有所表示？那要不，以后你的中餐我也负责到底了，亲自送去你单位？"

"咳咳咳，那就不必了。"要让单位的同事瞧见，不知会多出多少八卦。

等到结束通话之后，羽姗才反应过来不对劲。

她可是交了伙食费的人，他做点早餐晚餐不是应该的吗？怎么就成了对她的表示了？

这男人，还真是会偷换概念啊。

和江绥之通话之后，羽姗的心情竟难得松快起来。那些因师父之死而羁绊了她半年多的困扰，即将拨开云雾，现出真相一角。而她，也将继续坚持自己所坚持的信念，但求不负初心，无愧于心。

这一夜，她再次梦见了师父，不同于以往总是梦到师父被佛像砸倒在血泊中的惊魂一幕，今夜她梦到的是师父带她到陵园做火调的场景。

那并非她第一次和火灾现场的死人打交道，可却是她第一次和长眠地底的骨灰打交道。

火调结果出来，是一起伪装成祭祀引发火灾的案件。

邹某尊重过世的母亲的遗愿，将她树葬。因她公事缠身没有全程参与，所以不知道殡葬公司将她母亲与她父亲的骨灰葬在了同一棵树下。等到她发现之后去沟通调整，已经晚了。

她母亲生前被她父亲家暴，死后却还得和这个恶魔葬在同一棵树下，她替母亲悲哀。见无法为母亲迁移骨灰，她只能以祭奠放火的方式烧了那棵幼树，想借此机会掌握话语权，为母亲迁移骨灰。

火调结束回去的路上，师父无限感慨："如果是我啊，死后一抔骨灰撒在草坪上，可不愿意弄个劳什子的骨灰盒，麻烦。"

"这样的葬法，师父您甘心吗？"

"有什么不甘心的？人总归是要归于尘埃的。只要我生命的最后一秒是坚守在火调岗位上，这一生就没什么遗憾了。"师父的声音爽朗，"但这话可不能让你师母听到，一听到我提'死'字，她就要让我跪键盘。可怜我那笔记本电脑，生生被我跪坏了，心疼得我呀……"

半夜，客厅里传来窸窸窣窣的声音，瞬间将羽姗的梦境打碎。

她一惊，警觉起来，下意识看了眼床头的夜光时钟。

23：01。

这个时间点外头会传来那样的动静，不用多想，家里一定是进贼了。

江景府邸在上次郑伯纵火之后明明加强了安保，没想到还是让小偷有了可乘之机。

羽姗蹑手蹑脚起身，先抄起了柜子里的高尔夫球杆。这是她从他哥那儿搜刮来的。作为独自居住的单身女性，她总得在家里准备一些防身工具。

有杆在手，整个人仿佛都有了底气。她用短信报警，随后默默等待。

时间一分一秒过去，一直这样等待下去不是事，若不主动出击，小偷偷完之后立马溜了，她只有事后追悔的份。

羽姗估算了一下警方到达的时间，没有再多犹豫，一手紧握高尔夫球杆，一手悄悄拧动卧室的门把手。

随后，瞅准时机拉开门，高举杆子冲出，朝着客厅内晃悠的那个身影背部狠狠砸下。

体力劣势放在那儿，一击不中，她势必会吃亏。她需要做的就是出其不意迅速拿下对方，避免长时间的对峙让自己占据下风反受其害。

她这一击的力道不小，对方若是被打中，估计会断掉几根肋骨。

可偏偏，在球杆正要准确无误地砸中对方的背部时，对方警觉地往身旁一个侧移，竟是直接躲过了她的这一击，随后脚步微动，伸臂，向后一个擒拿手。

下一瞬，她手中的高尔夫球杆被截。

与此同时，她也借助廊道内几盏射灯那微弱的灯光瞧见了正与她面对面的人。

鸡窝头、休闲衫、半条裤腿被卷起、趿拉着拖鞋的男人。

不是她哥羽沛廷是谁？

"羽沛廷你有毛病啊！半夜三更当小偷来吓人！"警报解除，羽姗心神一松，就忍不住开始埋怨偷偷摸摸入室的男人了。

羽沛廷将球杆一扔，没好气道："我回自己买的公寓怎么就成小偷了？"

她瞧着他那鸡窝头，又上上下下打量他那邋里邋遢的狼狈样，忍不住往他身上使劲嗅了嗅："哥您老这副鬼样子，是从哪个垃圾堆里钻出来的？难不成是又和人去鬼混，没钱付账被老板扔垃圾桶了？"

"好汉不提当年勇，你再提信不信我翻脸？"

羽沛廷梗着脖子瞪了她一眼。

想当年他为了庆祝自己成年，呼朋唤友去了酒吧，结果被人招呼了七八瓶四位数的假酒。那时候他们一看账单集体傻眼了，又不敢和家里说，结果狼狈地被人扔去了垃圾堆。

也是直到后来他们才琢磨过味儿来，那酒吧老板如果真的要宰他们，肯定不会舍得下这么大的血本。那些四位数的酒，肯定是欺他们年少不知事兑的假酒。

十八岁的成人礼，是羽沛廷一生的奇耻大辱。

此后，他也就再没和人光顾过酒吧，如非应酬，也懒得喝酒。

羽姗偷觑他的神色，犹自不敢相信："真没去喝酒？"身上确实是没酒味。

扒拉了一下自己的头发，羽沛廷白了她一眼："废话！我加班忙得飞起，哪儿有时间去喝什么酒！你以为人人像你这样没个对象还这么心态平稳？那些个男男女女一个个都急得跟什么似的，我还因此被投诉了好几单。这不，客户一个投诉，我一个月的奖金没了，我亲自跑人家客户家打算求爷爷告奶奶地请人家高抬贵手。结果都等到半夜了也没见人家归家。那边距离我住的地方有点远，所以索性跑这边来睡了。"

"不是吧，就因为一个投诉，你把自己搞这么狼狈？"羽姗有些难以置信，"我怎么觉得人家是被你这副鬼样子吓得不敢归家？"

"滚滚滚，埋汰谁呢！这副样子是因为我路见不平见义勇为救了个小姑娘。现在那些作奸犯科的不法分子是越来越没有底线了，夜里逮着个单身出门的女性就要下毒手。人家小姑娘还是个初中生啊，他们竟然丧心病狂到这种程度！亏得你哥有两把刷子，才能救下人。后来我又送她去了趟警局报案做笔录，将她送回家之后才回来。一天下来，我已经快累虚脱了。没想到回来之后还要接受你的暴击。你自己说，你刚刚那一砸，是不是打算让我半身不遂？"

羽姗不免有些心虚："谁知道你会突然回来住。我以为进贼了，为了生命财产安全不受损失，当然得奋力一搏了。"

"你一个人住就是这样保护自己的？以为家里进贼了，胆子居然还大得飞起，抄起个杆子就敢往陌生男人身上砸？如果像我刚刚那样直接夺下了你的杆子，你打算怎么办？如果贼人见色起意甚至谋财害命怎么办？当初我就不该……"

突兀的门铃声响起，打断了他的喋喋不休。

羽姗猛然间想起了什么，飞快冲向了门口。

门外，果不其然站着好几名辖区的民警。

一场乌龙，羽姗满含歉意地送走警察，等重新回到客厅时，早就没了她哥的踪影。

浴室内，传来哗哗的水流声。

见已经没什么事了，她刚要回房，便听得羽沛廷的声音传来："帮我找件浴袍出来。妈上次过来是不是将我大半的东西都收走了？我衣橱里没找见。"

"你不是在单身公寓那边住着吗？妈将你这边的东西一收打算给你送过去来着。"羽姗没翻到浴袍，直接将一条浴巾递了进去，"那我先去睡了。"

"等等！你哥我还有话要跟你说呢。"

羽姗隔着一扇浴室门，颓丧地用脑袋敲了敲磨砂玻璃："哥，你可是我亲哥。刚刚扮演小偷让我经历了生死惊魂，这会儿还剥夺我睡觉的权利。你知道现在几点了吗？三更半夜的，有什么话咱能明天白天再说吗？我困啊。"

"等到明天，等我醒来你早跑没影了。我还有说话机会？"

"你自己赖床还怪我咯？行吧，你说，我听着。"

将自己用浴巾一裹，羽沛廷边走出浴室边用毛巾擦着湿发。

他见她乖乖等着，开门见山："知道我要说什么吧？"

羽姗装傻充愣："不知。"

"你就装吧！"羽沛廷坐在床上，大爷似的使唤她帮他擦头发，"你说说你这都放了我多少次鸽子了？就连我国庆给你安排的相亲，你都能以值班为由给我推了。姗姗，咱能有点诚信不？你这么欺骗你哥的感情，你的良心不会痛吗？"

提起这个，羽姗就理亏。

之前确实是答应了他，可单位确实是有事，私人情感问题在工作面前只能往后排了。

她手上动作没停，低垂着脑袋，乖乖聆听他的"训斥"。

"再这样下去，你哥被客户投诉的次数恐怕要成为公司红娘里的最高值了，行业艰难，且行且珍惜。你哥能混上红娘容易吗？那可是过五关斩六将才能当上的！自你哥我当上红娘后，促成的良缘少说也有七八十对了，我这个红娘老师在外的名头也算是响当当的了。上次跟你说的那个检察官还记得不？人家一再拜托我安排时间，想要见你一面的诚意十足，你……"

"哥，我好像听到我手机响了！"

将手上的毛巾丢在他脑袋上盖住他大半张脸，羽姗逃也似的奔出他的卧室。

等回到自己卧室，果真见到自己的手机屏幕闪着亮，来电显示是老李。

她的职业特殊，大半夜来电的事情一个月里总有那么几次。

"羽姗，出事了！你带好装备，现在我们立刻赶往汶霖县。"

一接通，老李严肃的声音迅速传来。

半夜里随警出动的事情羽姗这些年没少经历，她下意识问道："很严重？"

"目前死了好几个，具体伤亡情况还有待进一步确定。汶霖县当地警方和消防都出动了，但是当地缺火调人员，上头交代让我们接手此次火调工作。我们得立刻跟上大部队，在火灭之后迅速展开调查工作。赵威武去开单位的车了，大概十五分钟后到你小区，你做好准备。"

匆匆结束通话，羽姗忙开始换衣服。

等到她收拾好东西准备出门，冷不防见到了堵在卧室门口的羽沛廷。

"大半夜的你……"他的视线落在她的穿着上，不赞同地蹙紧了眉头，"你要去做火调？这三更半夜的就不能等到天亮再出发吗？当初你要做这一行的时候我就觉得太累了不适合你，你那胃病不就是被这份工作给折腾出来的吗？你……"

"哥，时间不等人，你有什么想唠叨的等我回来再说。"

羽姗忙打断他，飞快往玄关处走。

羽沛廷瞧着刚刚还跟她抱怨困想要睡觉的女人在接到一个电话之后就飞奔出门出任务，心里的怜惜之情一下子猛涨。他有心想要跟爸妈告个状让他们也跟着好好劝劝，可又觉这两个"宠女狂魔"指不定会集中火力对准他。

头疼不已，他回到卧室，直接将自己投到了床上。

"到了报个平安，有任何情况跟我打电话。"他没忍住，絮叨着发了一条短信过去。

南渝市汶霖县某农村的自建房发生大火，有五名租客因无法及时逃脱当场身亡，另有多人受伤严重。

这几年汶霖县进行了大改造，政府职能完善，招商引资工作也做得极为到位，当地经济飞速发展。投资商下场，开发商进驻，新的工厂和企业崛起，在吸收当地青壮年劳动力的同时也引来了大批外来务工人员。

此次发生火灾的出租房，里头租住的基本都是外来务工人员。

羽姗和同事连夜赶到时，警方已经封锁现场，火已经灭了，消防指战员们正在进行收尾工作，以防复燃的发生。

一番交接工作之后，羽姗等人得知身亡的五名租客分别住在二楼和三楼。这是一栋农村自建房，出租房的二层用彩钢板违章搭建，起火时蔓延速度极快。二、三楼的部分人员来不及逃出，葬身火海。

消防指战员们任务结束，打过招呼之后收队回去了。接下去，由身为火调员的羽姗他们与警方一起负责，分工合作，各司其职，努力找出真相。

刘浏、赵威武和沈青三人都来了，作为新人，光啃以前的老案例是没用的，还得结合实际，所以一遇到大大小小的火灾，老李和羽姗会分别带他出现场历练。像这类状况比较严重的，则会带他们全体出动。

羽姗对现场进行概貌照相，刘浏几人则分散开来，进行环境勘验。

"我听到狗吠声就醒了，这往窗外一看就吓得半死。火啊！一看就是老王头家那边的火。这不忙跑过来想看看情况，能搭把手的就搭把手。"

"老王头和他婆娘倒是老天保佑及时逃出来了，不过他家有几个租客就没那个运气了。"

"天可怜见！死了好几个啊！我看到消防员将他们一个个抬出来背出来的，那脸上身上全是黑漆漆的，辨不得了。救护车来了也不顶用啊，好几个都没救回来。"

"好好的人就这么没了，还都只是壮小伙啊！"

"里头还有个独居的小姑娘。这小姑娘人美嘴甜，每次瞧见我都会甜甜地打招呼的，还给我送他们单位发的水果呢！"

"这天杀的火灾啊！怎么就突然起火了呢！该不会是因为老王头家乱拉电线吧？"

"嘘！这人命关天的事情不能乱说的，还是等警方调查结果吧。"

…………

这场大火到底还是惊醒了这座沉睡的村庄，一些村民及租住在别家的外来务工人员纷纷前来围观。

周围风声哭声惊呼声错愕声抽气声惊恐声讨论声此起彼伏。

老李正和警方谈话，羽姗在几人会合之后，负责动员大家。

"这场火灾伤亡惨重，闹太大了。我们必须尽快找出火灾原因，给死者一个交代。"羽姗望了一眼黑沉沉的天空，"天还没亮，寻找起火原因的条件有些艰难。大家做好防护，别掉以轻心。"

"姗姐，五条人命啊！我第一次碰见火势引发这么严重的死亡率。"刘浏心头沉重。

赵威武和沈青心里也不是滋味："大火太无情了。"

"如果能再早点，或者努力做好防火工作……"

他们今年刚入行。此前，他们出现场碰到过的最大的伤亡案例，便是景林大厦商场火调案和金葵花幼儿园的火调案。但那时候救援及时火势被遏制，伤亡人数被控制在一个低值。

可如今，一个小小的农村自建房就因大火失去了五条人命啊！

这个数字还不包括受伤送医的其他人员！

"已经发生的事情无论怎么惆怅叹息都无法挽回了，我们需要做的就是履行我们的责任，找出火灾的真相，不让遇难者死得不明不白。"

"对！"几人异口同声。

"姗姐，这栋起火的房子与隔壁房子隔着一定的距离，隔壁并没有受到太大影响。"刘浏说道。

赵威武也紧跟着将自己刚刚负责的环境勘验结果告知："我查看了外部火源、电源的情况。从位置、高度、距离等进行判断，无飞火条件。进户线、高空线、临时电气线路等，暂无问题。"

沈青也道出自己的观察结果："这边的村庄还没安装天然气管道，所以排除这一外部起火因素。"

羽姗点头："暂时可以判定没有外部引火源的可能。"

她根据起火范围很快划定了勘验范围，开始安排任务。

"沈青，你负责周边群众及房东、租客的走访工作。可能会和警方的调查有些交叉，但也得做好记录。做完之后稍作休息和我们会合。"

"刘浏、威武，你们两个做好防护，跟我进现场，做进一步的勘验。"

安排好他们三人，羽姗朝着远处的老李道："李哥，我们先进现场了。"

老李恰和对方谈完，给她做了个手势，很快就走了过来："一起。"

夜色依旧，天地昏暗一片，经历过大火摧残的建筑发出阵阵呛人的臭味与焦味，还有隐隐的余烟在空中弥漫。

从建筑图纸来看，这栋农村自建房有三层，占地面积足有450平方米。然而，在建筑外部，房东又自行搭建了一个彩钢板楼梯，一路延伸到二楼的公共彩钢板晒衣间，另搭建有几个房间。

房东既出租内部的房间，也出租外部违章搭建的房间。住在外部违章搭建房间的租客们平常就是通过外部的那个钢楼梯上下楼的。

利用照明灯的光亮，可见连接着一楼二楼和二楼三楼的楼梯损毁，那个违章搭建的彩钢板晒衣间也已经烧得面目全非。

"李哥姗姐，外部的这个彩钢板楼梯金属变色严重，从楼梯的烧毁残留情况进行判断，起火点是在一楼。"刘浏凭借着这些日子进出火场废墟的经验得出结论。

外搭的楼梯是钢楼梯，内部以聚氨酯泡沫填充物作为夹层，属于可燃物。在大火来临时，不过短短时间就会令火势蔓延。伴随着有毒有害气体的产生，火势蔓延速度快，燃烧快，楼梯坍塌快。

二楼和三楼的租客在睡梦中惊醒想要逃生，奈何楼梯坍塌，唯一的逃生通道受阻，绝了他们的生路。有胆大的租客见逃生无望，索性破罐子破摔企图跳楼求生，但迎接他们的是伤残或死亡。有些幸存者终于等来了消防救援，可吸入过量毒烟，人一被救出去就被紧急送往了医院。

周围的喧嚣声断断续续地入耳，进入工作状态的羽姗自动将杂音屏蔽在外。

她借着照明灯的灯光，相机对准似乎随时都有可能塌下来一块的钢楼梯。上头的金属已经严重变形，且经历大火灼烧之后焦黑一片。若火是从二楼或者三楼起的，那么火势往上走，这边的楼梯不可能会损毁得如此严重。

"你小子这一次总算是出师了一回。"老李先羽姗一步，不吝夸奖了一句。

赵威武不服输，忙请示道："那咱们还去楼上检查吗？"他的视线落在了那早已不成形的楼梯上，还有那片被火烧毁的晒衣房。这恐怕，不好上去……

老李开口："先在一楼这一层检查，为了不错过线索，二楼和三楼也要查。等天亮了再去向附近的老乡们借个梯子。"

羽姗补充："做咱们这一行的，根据现场残留物情况判断起火点很必要，但找到了起火点未必能顺利找到起火源，需要地毯式搜索，不放过任何线索。"

"你小子仔细着点，待会儿还得由你来手工绘制现场图，这任务艰巨多了。"老李拍了拍赵威武的肩，玩笑了一句。

后者立马哀号一声："求饶过！每次一绘图我就头秃。"

这项任务一直以来都是沈青负责的，只不过老李有意历练他们，不会让他们每个人的工作范围固定在一个模式中。如此一来，也能够在出现突发情况时及时应变。

最终，四人分成两组，羽姗和刘浏、老李和赵威武一组，在一层进行勘察。

一层的杂物不少，有人为搭建的带搓板的洗衣台、一个洗水池、一个用砖头砌成的灶台，很显然平日里有人在这儿洗衣烧火做饭菜。有纸板箱空罐头塑料盒、老旧的电线、废弃的红灯笼、晾晒忘收的衣物被子、自行车、老旧三轮车、电瓶车……

羽姗和老李进行大方向的把控。刘浏拿着碳化深度测定仪取了多段木材进行简单的数据对比，时不时和羽姗进行讨论。赵威武则进行房屋数据测量做好平面图测绘的基本工作，时不时和老李进行沟通。

也不知过了多久，两组人有志一同地会合，齐刷刷将视线集中到了楼梯下方的三辆电瓶车。

电瓶车已经被火烧得焦黑，几人的灯打在烧毁的电瓶车上，眸光微深。

"会不会是电瓶车充电时引起了火灾？"刘浏和赵威武异口同声。

电瓶车在楼道内充电以及飞线充电等现象屡见不鲜，曾发生过不少因此引发的火灾事故。刘浏和赵威武会如此想，也是基于一些已知的案例以及自己处理过的案例。

这儿是农村，不比城市里为了争创文明城市，小区里有街道人员及物业人员管理电瓶车乱停乱放乱充电现象。也正是如此，更容易因为电瓶车充电而发生事故。

"你们是火灾调查员，是来调查火因的，而不是来提问的。既然有这样的怀疑，那就先对电瓶车周围的线路及燃烧残留物进行专项勘验。"老李板着脸发话。

刘浏和赵威武被训，面上一热，也不再猜想，开始付诸实践来验证自己的猜想是否为真。

以那停着的三辆被火烧毁的电瓶车为圆心，几人在焦黑的残骸中仔细查找了一番，发现了一层靠近地面的一个三角插座和多孔插线板。

经历过火灾之后，它们被烧灼严重，熏黑得不辨行迹。若非几人查找得仔细，恐怕就要错过了。

其间警方向村民借来了梯子，他们也跟着一起上了趟二楼和三楼做初步勘验。

从凌晨奋战到天明，仿佛也不过眨眼之间。

时间流逝，暗夜逐渐迎来曙光。

当黎明的第一缕微光投射到他们脸上，几人这才惊觉天已经亮了。

沈青询问过附近的人，没发现什么异常，将情况汇报后也加入了勘察的队列。

等他走到羽姗身旁时，悄咪咪对她说道："姗姐，我刚刚在一户人家门口看到那个曾经救过你的理赔师了。那个迎亲的排场哟，十几辆六十万以上的婚车呢！对了，他叫……叫江什么来着！"

羽姗的动作一滞，高速运转的大脑直到此时才反应过来一件事。

江绥之陪宁南司迎亲的地方，可不就是汶霖县吗？

汶霖县大大小小那么多镇那么多村庄，没想到竟这般巧，他们前来迎亲的女方家，就住在这个村上吗？

旭日东升，暖红的光线冲破地平线，照耀东边田地里那金黄色的麦穗，金黄一片，煞是喜人。热风拂过，麦穗荡漾，浪波滚滚。

此时村东头的一栋砖瓦房门口，浩浩荡荡停满了贴着喜字挂着彩带的一行婚车，将一条水泥道挤得满满当当。

大喜的日子，新郎官上门，本该敲锣打鼓鞭炮哄闹礼花齐鸣，可偏偏，这村东头的第一家房子没有任何动静。

门上没有任何的喜庆装饰，别说大红喜字以及彩带气球了，连大门都是紧闭的。至于周围，除了看热闹的几个村民，压根就没有女方家的亲朋好友出面。

这样的迎亲场面，别说是江绥之了，所有人都是头一次见到。

"是不是来错地儿了？"有人忍不住狐疑地开口询问。

新郎官宁南司眉头都要打成结了，声音中犹自有些不敢置信："没错的，之前见家长的时候阿珍就是带我来的她家，送彩礼的时候我和我家人都来过了。"

如果说迎亲的地址没错，那么，一切就变得有些微妙了。

"我们去隔壁几家问问情况。"

江绥之和其他三名伴郎分工合作，四处打听情况。

"小伙子，大妈偷偷告诉你。这婚啊，结不成的！昨晚他们家还闹着说不加彩礼不加套房绝对不开门呢！"一个刚去村西头老王家看过火灾现场的大妈迎面见江绥之来问，忙将他拉到了一旁，小声和他说着体己话。

江绥之不解地蹙眉："为什么？"

"还能是为什么？和男方家条件没谈拢，不愿意嫁闺女了呗！"大妈继续压低嗓门，"说来刘家媳妇也是厉害，生了两个女娃，个顶个的漂亮。按照老刘他们家的想法，大学毕业有出息的大娃是要留在家里头给他们养老的。可谁想到大娃会和城里有房有车有存款的小伙子好上了呢！看在人家小伙子家送的彩礼丰厚的分上，两人琢磨了一阵算是同意了这婚事，订了婚定了婚期，就差临门一脚。可后来老刘他们家一个

132

挺有文化的亲戚给老刘分析了一阵,老刘就觉得自己为了这么点彩礼将自己的大闺女嫁到了别人家实在是太吃亏了,想要男方将自己名下的一套房子过户给家里的二闺女,说二闺女将来是要代替出嫁的大闺女留在家里给他们养老的,必须得有一套房。这事情闹得挺大的,我们邻里邻居的都知道了。为了这事,大闺女阿珍和家里闹过几次,希望她爹娘别把她的婚事当成挣钱的筹码。婚期都定下了却做下这种见钱眼开的事情,她坚决不同意。可后来不知怎的,阿珍就被她爹娘给做通了思想工作……"

话说到这儿,一切也明了了。

准新娘刘珍珍被她爹娘做通了思想工作,所以在大喜的日子和她娘家人一起大门紧闭拒绝出嫁,有意以这样的方式来逼迫宁南司及其家人妥协。

自从宁南司和他女友闹矛盾跑来和他合租之后,江绥之其实隐隐约约也觉察到了这个矛盾会和他们的婚事有关。如今听着大妈说着这些八卦,突然之间替宁南司喘不过气来。

宁家人的钱不是大风刮来的,宁南司名下虽有几套房子,可也不是那种说送人一套房就能送人一套房的大款。一套房,涉及好几百万的事情,关乎的不仅仅是宁南司一个人,还有整个宁家人的利益。

据江绥之所知,宁南司早有意将自己的婚房写上他和他家阿珍的名字。而且,以他对宁南司的了解,如果刘家人说想要他除婚房外另送他们家阿珍一套房,他应该也会努力说服自己父母将这事敲定下来。可偏偏对方是希望另送一套房给阿珍的妹妹。

虽说阿珍没有沦为"扶弟魔",可"扶妹魔"与"扶弟魔"又有何区别?

"男女平等""女性当自强",这样的口号,不该只是口号,而应该落到实处。

既然阿珍的父母有意让她的妹妹顶替她给他们养老,那就该加倍努力地培养二闺女的才能,让她更好地学习知识,未来可期。而不是靠着捷径让她产生惰性,企图不事生产不劳而获。

阿珍父母索要天价彩礼的举动，与卖女儿何异？

江绥之心绪起伏，向大妈道谢之后就快步走向了还在那边苦苦等候的准新郎。

此时其他三名伴郎也回来了。

几个人将自己打听来的情报一股脑说了，得出一个一致的结论——女方家今天是杠上了，不加彩礼不嫁闺女。

时间一点点流逝，那扇门依旧没有开的趋势。斜射的朝阳一点点爬上高空，灼热的温度让一直站在室外的他们额头冒汗。

后面停着的那一排婚车上的人也早就坐不住了，从车内走了出来。有人抽烟，有人小声抱怨，有人议论，还有人则打电话给宁南司的父母报备这一突发情况。

"你再打个电话给你家阿珍。"江绥之说道。

"没用的，刚刚打了那么多通她都不接。"宁南司虽是如此说，还是打了过去。然而，依旧无人应答。

"我试试。"

江绥之也拿自己的手机打。

不过这一次，竟意外地接通了。

对方没等他开口就率先说道："江哥，你跟南司说，如果他不同意我阿爹阿娘的条件，我就不嫁了。"

宁南司听到她的声音，忙夺过江绥之的手机，对着另一头急急道："阿珍你是不是被你爸妈关起来了？他们逼你不让你嫁给我是不是？你别怕，我带着兄弟们冲进去……"

他的话还未说话，阿珍已经哽咽着打断他："不是的，南司，我……我阿爹阿娘说得对，我作为家里的大女儿，不能只管自己幸不幸福，我还得照顾妹妹，还得顾着这个家。"

宁南司情绪激动："咱们不是说好了吗？咱们好好过日子，我会对你好，好好孝顺你爸妈，以后等你妹妹工作了我也会好好帮衬她。"

"可女孩子还是得有套房。我妹如果要代替我给爸妈养老，那她肯定得招个上门女婿。咱们老家这条件，应该是招不到的。没有套房，她会受委屈的。"

追根究底，造成如今这一局面的矛盾根源还是房子问题。

"你妹妹她的学习成绩在中上游，再加把劲肯定能考个好大学。等毕业工作个几年，是有能力贷款买房的。如果买不起，我们到时候可以借款资助她。"

"南司，你这话真的很扎心。谁的妹妹谁心疼。我做互联网工作，'886''996'没少干，忙起来可能还要'007'，我不可能让我妹妹走我的老路去经受这些工作的苦。我想给她好的，为她创造好的条件，让她的将来没有忧虑。"

"阿珍，工作并不都是辛苦难熬的，很多人都在工作中成就了自我，甚至还对社会有了一番贡献。你不让你的妹妹试试，以后她会埋怨你的。兴许她并不愿意一直攀附着你……"

"她不愿是一回事，想让她未来无忧，想让她以后的人生少走一些弯路是另一回事。我只想做好自己这个姐姐的本分，为我妹妹的人生搭把手。"

"你想要你妹妹未来无忧，想要她少走弯路，但这样的捷径，你有考虑过我的感受考虑过我家人的感受吗？"

"说到底还是你不够爱我，不愿意付出这点彩礼。"

"谁的钱都不是大风刮来的。阿珍，你我都是农村出来的，更应该明白一套房对于农村人的意义。我小时候是跟着爸妈买房住到了城里，后来又碰到拆迁，爸妈索性又拿着自己大半的积蓄投资了房市，这才有了如今的家底。你觉得我名下的房子有三套，就应该拿出来一套送给你妹妹，可那些严格说起来并不算我的，而是属于我爸妈的。他们奋斗了一辈子，只想要将自己的财产留给他们唯一的儿子，在情感上，他们还无法接受将自己的一套房子送给儿子未来媳妇的娘家妹妹。"

宁南司努力和她摆事实讲道理。其实这些，两人闹别扭的这段时间里早就开诚布公地谈过了。之前阿珍明明表示能够理解他及他的家人，可以站在他们家的立场上考虑问题。可现在，为了筹备婚礼而回到娘家住了一周多的她却突然转变了口风。

"南司，你也得理解理解我的难处。我是家里的姐姐，我得为……"

"你为的都是你的家人，那我的家人呢？你有为他们着想过吗？你有理解过我的难处吗？"宁南司见她压根不愿意理解他的难处，也来了脾气。原本他父母希望他能找个门当户对的姑娘，可偏偏他只喜欢她，希望两人的校园长跑能有始有终。他父母见他将她夸得天上有地上无的，也对她满是好感。可现在……

他缓和了一下自己严厉的口吻，和她打着商量："阿珍，咱们这样好不好？我私底下再拿出二十万给你妹妹，这笔钱你家里人可以帮她先存银行或者做些小的投资，等到你妹妹工作了，攒够了首付的钱再去贷款买个房。"

另一头的人沉默了，似乎对他的这一提议有些松动。

只不过很快，电波那端传来了阿珍她爹中气十足的声音："小宁啊，如今这钱可是越来越不值钱喽，等到我家二丫毕业工作挣钱了，谁知道能贬值成啥个样子？而且这房价，'噌噌噌'涨得连我那早过世的爹妈都认不得喽。小宁啊，不是叔和婶子为难你，实在是咱们两个需要个闺女养老。养老的话，总得要钱吧？总得给二丫招个入赘的吧？总需要房子吧？你瞧瞧现在叔和你婶子住的这一套房子，就这邋遢的小门面，以后谁敢娶咱家二丫？你把本该给咱们养老的大丫给拐走了，总得弥补一下吧？"

"叔，弥补是应该的，不过……"

"小宁啊，你是读书人，讲道理一套一套的。叔我这脑子不好使，兴许一不小心就被你说得五迷三道听了你那话。所以你别说，你就听叔说。你们家如果同意叔这边的条件，那今儿个叔一定打开门敲锣打鼓放鞭炮将咱们家大丫送出门。以后你俩过个儿的小日子和和美美的，叔和你婶子也不去打扰你俩。"

"叔，您这边的房价应该还没涨得太离谱。那这样，我们各退一步，我私底下给阿珍她妹妹出个首付的钱行不？"

"不行！你只肯给首付，这不是往我家二丫背上压个沉重的包袱吗？以后她得还多少钱啊，她读书都没精力去读啦，成天就琢磨着怎么还债了。"

"叔，我……"

"你做不得主，你跟你爹娘商量去。商量不成的话，这婚甭结了，我家大丫就和你一刀两断！"

通话被挂断，只传来一阵"嘟嘟"的忙音。

边上的众人面面相觑，都瞧着那个被挂断电话后低垂着脑袋的人。有心想要劝慰几句，可又觉得劝慰的话过于单薄。

还是江绥之率先出谋划策起来："虽然我不赞成女方家这种颇有些强盗行径的做法，可一切都在你。你如果对阿珍的感情很深，非她不可，那么你就需要妥协。你们可以再好好谈谈，先约定由你来付这个首付，以后由你和阿珍共同替她妹妹还贷。或者，约定以阿珍妹妹三年的劳动力作为补偿之类的。"

另一人却不赞同："对方这么狮子大开口，存心讹人啊！哪儿有这样嫁女儿的，分明是卖女儿！买卖婚姻！"

"以后你俩过日子，每次想到这事，不是添堵吗？夫妻感情也未必会如意。"

"南司，你可别犯浑啊！这婚今天还真就不结了，看最后到底是谁后悔！"

"真以为他们家女儿那么吃香呢！看离了你她还怎么嫁个比你更好的！"

…………

听着他们的话，宁南司抬眸，那张脸上神情麻木，仿佛看淡了一切。他将手机还给江绥之，艰难地做出一个决定："看来今天，我注定只能当个光杆新郎了，辛苦你们陪我走这一遭了。"他嘴角艰难地扯出一个笑来。

江绥之闻言，心里并不好受。

虽说他总听宁南司自我调侃说届时可能会当个光杆新郎，可他一直以为这终归只是调侃罢了。没承想这一切竟然成了真。

"我以为我们这些年的感情能够让她抵住家庭的压力，没想到她还是为了她的家人放弃了我们的感情。我可以狠心不顾我父母的意见强行将父母留给我的房子过户一套给她妹妹，可我的心自此也就有了裂缝，我和她之间的矛盾也将越来越深。这不是我想要和她结婚的初衷。我想要的是一个幸福温馨的家，和我的爱人共度一生。而不是此后和她三天一小吵五天一大吵，家宅不宁。

"其实阿珍这样的做法，我也不能说她错。对她的家人而言，她是个为家人着想的好女儿好姐姐。可她，却不能算是一个百分百的好女友好太太。

"经过这么一遭我算是看开了。如果纯粹只是谈个风花雪月的恋爱，甭管人家是什么家庭。可真要结婚一辈子在一起，还是得找个门当户对的，家里最好人口简单些，没有复杂难缠的家庭背景的。"

宁南司每说一句，仿佛就放开了一分，似要将从大学到工作后为女友投入的所有感情都努力放下。

他唇角的弧度扯得越发大了几分："恭喜我吧，恢复了单身。不用在一棵树上吊死，从今以后又能有更多选择了呢。现在让我们出发回去吧，订好的酒席总不能缺席。喜宴变单身宴，希望我爸妈那心脏能够承受得住，希望亲朋好友们见到只有我这个新郎出现时不会太心疼自己提前给的份子钱。"

他的所说所做，都给人一种拿得起放得下的感觉。

几个伴郎见他想开，也稍稍放下了心。有个平日里最喜欢出鬼主意的立刻从后备厢拿出了一串电子鞭炮。

开关一开，瞬间传出噼里啪啦的爆竹声。

随即，又传出一道高昂振奋的搞怪声。

"太开心啦！今天我要单身啦！今天我要单身啦……"电子爆竹声与搞怪声此起彼伏，交相响起，极具喜感。

众人："……"

那人嘻嘻哈哈："当初买来是为了庆祝自己哪天能够摆脱女友魔爪的，没想到我没用到，提前给南司这家伙用上了。便宜他啦！"

被迫捡了这个大便宜的宁南司嫌弃地捂住了自己的耳朵。

最终，在一片哄闹声中，一行人重新上了车。

这条水泥路不好掉头，他们索性发动车辆往右拐，浩浩荡荡的婚车队伍也紧随其后。

一如来时的高调，车队们走时亦是极为高调，电子爆竹声不绝于耳，传入家家户户。"喜大普奔，今天我要单身啦"的声音，仿若魔音贯耳。

隐隐的，不知谁家传来一声叹息："老刘家这做法不地道啊！活生生拆了自己闺女的一桩好姻缘。她家闺女啊，也不知该说她傻还是该说她太惦念家里了。"

回程的路并没有什么结婚的忌讳，司机开着车，江绥之和另一个伴郎一起挤在打头的第一辆车上，宁南司坐副驾，三人谈着话。

只不过车子很快被前方几辆随意停在路中央的车子给挡住了道。

司机没辙了，只得停了下来。后头紧跟着的车队也不得不停下。

几人下了车，想找车主挪车。

只不过打听了一圈，才从一位当地的年轻人口中知道这车不是他们这边的。

"王叔家半夜起了火，警察同志连夜通知了遇难者家属。这是人家奔丧的亲属刚从外地赶来的车子，这不，西边那头的路上一溜儿停着警车和消防调查的车，停不下了，人家奔丧得急，只能暂时停这边了。"

江绥之他们刚刚是从村东头绕了一圈之后绕到了中心路段，此刻站在这边半道往西边一瞧，那边确实是挺热闹的。

他突然间就想到了几个小时前在刘珍珍家门口远远瞧见的一个人——沈青。

之前在调查金葵花幼儿园的火灾案时，江绥之和他有过一面之缘，也知晓他是羽姗的同事。

如今他在这儿，那羽姗是不是也来了这边？

"这么一直等下去不是个事，我先去前头找找车主。"他说道。

"我和你一起过去。"宁南司也开了口。今天的他经历了大起大落，可在那些不得不面对生离死别的人面前，又觉得自己的这点糟心事实在是渺小得不值一提。人生的路说不定哪天就迎来了终点，与其颓废丧气，不如以着积极乐观的心态往前走。

他们毕竟不是本地人，那边起过火死了人，一伙人全都过去肯定不像话，其他人也就原地等着了。

江绥之和宁南司过去时，瞧见围了一圈村民。而人群中央，应是发生了争执，隐隐传来焦躁的怒骂声。

等到两人终于站定在了警戒线外时，才闹明白究竟是怎么回事。

前来给遇难者收敛遗体的一家人和房东撕扯了起来。

房东两口子脸红脖子粗，遗属含着泪怒不可遏，双方对骂，一言不合就要动手。有两名穿着制服的警员拦在双方之间努力想要调解矛盾。

"俺兄弟好端端在你家住着，如果不是你家着火，他能就这样没了？你没责任？你不该赔偿？你良心给狗吃了？"

"家里着火是我愿意的吗？如果这把火是我放的，那我就认，该我的错该我的责任我肯定背！可这火跟我毛子关系都没有，我也损失很重！我房子都快要烧没了！"房东六十岁左右的年纪，是个执拗的性子，扯着嗓门替自己叫屈。

房东太太接口道："这起火死了人谁还能不难过？咱自个儿也险些没命了呢！咱也是受害者！赔不赔偿的，这个能叫咱咋整？咱找谁说理去？"

"租的是你们家的房子，人是死在你们家的，能和你们没关系？今天这事必须得有个说法！"

"要钱没有要命一条！有本事就拿去！"

"行啊，那俺们几个就动手了，让你们给汪子他偿命！"

场面一度失控，两名警员拦在中间，在这双方你来我往中没少挨上几下。死者遗属这边来的人多，至于房东这边，因着两人的子女都在市里工作，来帮忙的是几个亲戚。

其他警员还在调查此次火灾案件，只来得及抽出两人来负责调解纠纷。眼看两名警员有些招架不住,羽姗带着刘浏过来一起帮忙拉架。

"各位叔伯婶子大哥大姐,先消消火。火灾原因还没调查清楚,你们也希望能弄清楚是怎么回事吧?人不能白死,所以当务之急是查清楚起火原因,不是在这儿干群架……"

然而她那声音,在那些愤怒的人群中是如此渺小。她才刚挤入身子,不知被谁抬臂一推,人就被掀了出去。

刘浏是从另一个方向进入吵闹的人群的,这会儿想要接住她完全是有心无力,只能隔着人急切地喊了声:"姗姐小心!"

羽姗想借着后退的力道稳住身形的,可偏偏身体由不得她的意志所控制。眼见自己歪了身子即将倒地,她轻叹了一声,暗暗祈祷千万别太狼狈。

下一瞬,有什么撑在了她的后背,硬生生阻住了她后退的趋势。

隔着衣物,她感觉出来了,是一只属于男性的宽大手掌。

这个动作,没有丝毫的暧昧,却让人产生无限的感激。

回眸,她刚要道谢,恰对上江绥之熟悉的眸眼。

这场争执闹得太大,原本还分散在四处进行现场调查的警方又增派了两人过来劝架。

如此一来,倒是让当事人双方都稍稍冷静了下来。

"刚刚的事情,谢了。"羽姗见没自己什么事了,远离争执区,去隔壁家门口用井水洗了把脸。

江绥之跟在她旁边:"小事而已。倒是你,别总是冲在前头。这种事交给警察,你只负责你应该做的就行。"

他到底还是没忍住,明知道自己没立场,可还是委婉建议了两句。

见她洗完了脸,他便将水桶里的水往菜地里一倒,又拎着绳子将水桶往井里一扔,重新打了一桶上来。

羽姗看他如此上道,也就欣然接受了他的"关心"。

灾后废墟的味道并不好闻,在做检查时也极容易令自己沾染污垢。即便做好了防护,脸上发上还是不能幸免。

她将马尾解散，又用水梳理了一番发梢，利落地三两下重新扎好马尾。

"我先去忙了，你不是还得陪宁南司迎亲吗？赶紧过去吧。"

"婚礼取消了，我现在有大把时间。"江绥之坦言。

"取消？为什么？什么情况？"

"事情有些复杂，如果非要简而言之，那就是——一切都是钱的'锅'。"

人性、理念、利益，将一切都推向了一个方向——钱。

羽姗想象了一下那画面，突然间有些懂了。

不过现在不是多谈这事的时候，她边走边问："那你们现在不急着回去吗？还要在这边县城待上几天？"

江绥之望了一眼正和人打着商量的宁南司："其实正要出发回去，不过路被人家的车拦了。"

循着他的视线望去，羽姗瞧见了宁南司。

对方亲属显然正是情绪上头的时候，对他的话没什么感触，时不时对房东夫妻骂骂咧咧几句。好在警方这边一直维持秩序，对方朝地上吐了一口痰，随后气吼吼地丢下一句："挪！我这就给新郎官去挪车！"

一个是为了白事连夜奔波到这儿，一个是为了红事被折腾得精疲力竭。

为白事忙碌的人心绪不佳，看着人家大红喜事就堵得慌，口气也难免冲得很。

宁南司适时地抹了把辛酸泪："别提什么新郎官了，这婚事吹了！我这喜宴也摆了，亲朋好友都上门了，前一天就带着一大帮子兄弟大老远开着婚车来这儿接亲，今早上门却被人家拦在门外不让进。活了二十多个年头，这还是人生中第一次混得这么惨烈！"

为了不拉仇恨值，宁南司忙开始卖惨。

他这话一出，对方一怔，原本蛮横的口吻也改成了几分走心的安慰："大兄弟，你不容易啊！要不留个联系方式，等改明儿我家汪子的事情一了，我给你介绍个好对象。"

"那敢情好啊！哥们还是你懂我。"

…………

见着他们一个挪车的工夫就快要交心地当上好兄弟了，羽姗由衷道："你们保险行业的人，嘴皮子真不是吹的。"

江绥之并不认同："这都是他的亲身经历，顶多就是夸张了些，并没有作伪的成分。"

"行，你怎么说都有理。"羽姗朝他挥手，"那你赶紧跟过去吧，我去忙了。"

"你早餐吃过了？"

他突如其来的一句，让她停下脚步。

这会儿已经九点半了，阳光打在她脸上，她那生动的眸眼就这般与他对视。

因着长发微微束起，她莹白的脖颈和耳垂就这么在他眼前晃荡。与那马尾一道，晃荡着晃荡着，就那般与天际斜射的光线融为了一体，精致炫目。

他的眸光微微一滞，随即才找回自己的声音："还记得自个儿因为胃病住院的事情吗？在外出差，该不会又开始虐待你的胃了吧？"

这男人，还真是一针见血啊！

羽姗干笑两声："你这一天到晚地督促我，比我亲哥还勤啊。"

"谁让你是我的搭伙对象呢，我总得对你负责不是？"

她听着"搭伙对象""负责"几字，莫名有点脸热。

是她让他费心了。

改明儿得多给他转点伙食费。

"你放心，夜里我有吃饼干果腹的。现在李哥他们先去用早餐，会带饭给我和刘浏的。"羽姗解释道，"夜里这场火不仅烧没了村民财产，还带走了五条人命。上头格外重视，勒令我们尽快找出火因，统计好财产损失和伤亡损失，给出详尽的调查报告。我们没有多余的时间耽误。"

江绥之往自己的西装裤袋里掏了掏，只掏出一把喜糖和几粒杏脯。

他不由分说将喜糖和杏脯往她手上拿着的防护帽里一丢："工作时咬着玩。等着我，车里有牛奶和面包，我去给你拿。"

她又不是小孩，工作时咬糖玩？

羽姗还没来得及吐槽，就见他已经快步越过人群跑向了远处的车队。

"不用了。"

风中，是她轻轻的低语。

不过瞧着那几粒杏脯，她突然皱了皱眉。

他似乎……格外偏爱杏脯。

她将防护帽中的喜糖和杏脯取出，戴正帽子。随后拆开小包装，将一粒杏脯扔进口中，酸酸甜甜的，不该是他一个大男人喜欢的口味才对啊。

转身，她越过警戒线，走向那个她需要奋战的工作场地。

"姗姐！你没事吧？没摔到哪儿吧？"

刘浏见她过来，忙迎了上去。

刚刚羽姗挤入吵闹的房东和死者家属之中企图劝架却差点摔了，他急得跟什么似的。好在关键时刻人没倒地，要不然他这个徒弟当得也太不称职了些。后来人太多争吵得太厉害架都干上了，四名警察一起，才将吵吵闹闹有可能衍变成流血冲突的事件给控制了下来。他一个转眼，也就没顾上自己的师父。

羽姗将手上的喜糖塞给他："没事，幸亏江绥之搭了把手。"

刘浏莫名其妙地瞧着这把糖，还在思考着此前一直纠结在脑中的问题："刚刚我可是瞧得真真的了，关键时刻英雄救美呢！可是这位江先生救人的时候也太规矩了，害我那天马行空的脑袋都没来得及脑补出个三千字英雄救美引发的爱恨情仇！"

羽姗："瞧把你给闲的！脑子里都是些什么废料？"

"别瞧不起我脑子里的废料啊！赵威武这个钢铁直男就因为没这点废料，被她女朋友给埋汰了呢！多亏了我给他支着，他才凭借着风花雪月的招数将女朋友给哄回来了！"

"那你是够能耐的。"

"那是。"

"既然如此，等回去后就给我写个三千字检讨。"

"姗姐！"冷不防兜头冷水泼下，刘浏一声哀号。

羽姗补刀："手写。"

刘浏："……"

他剥了颗糖塞嘴里，自我安慰道："姗姐你对我是恨铁不成钢，我懂！不过瞧你有口吃的都不忘我这个徒弟，我一定好好给你争气。这个火调案，我绝对好好使出本事，将蛛丝马迹给寻出来！不过话说回来，这糖哪儿来的？喜糖哎？难道是……"

突然间，他意识到了什么。

他觉得，他被投喂的不是喜糖，是狗粮。

浑然不觉他脑中又开始了新一轮脑补的羽姗将视线投到面前的这片废墟中。

地面一层的这片区域他们已经搜寻了多次，也进行过专项分析，——推翻了几个根据线索设想的火因。

这儿的东西堆得杂，起火后被烧毁得严重，焦黑的痕迹将真相掩埋。

"走吧，上楼看看。"羽姗指挥。

警方为了调查五名死者的死因，找村民借来了梯子进行现场勘验。

他们做火调的，与警方的分工不同，在某些方面却是殊途同归。在第一时间随警方上楼过后，更加确定了起火点在一楼。

如今在查找一楼的起火源时遇到了瓶颈，她只能另辟蹊径，希望能通过二楼三楼的一些线索找出真正的火因。

"羽姗、刘浏！过来吃早餐！"老李的大嗓门传了过来，中气十足。

早餐是豆浆油条包子和糯米团，以速食为主。村上没得卖，他们是开车去了镇上才买回来的。

赵威武麻利地将手上的东西递给两人："我们在回来的路上吃过

了，姗姐刘浏你们赶紧吃。"

两人也不客气。

羽姗的胃口小，一杯豆浆一个包子。刘浏在旁边指着自己直叫唤的肚子卖惨，狼吞虎咽起来。

"李哥，我打算再上二楼和三楼看看。"羽姗边吃边说道。

"地面一层暂时没有头绪，也行，再上去看看。不过得小心，楼层已经不太牢固，很有可能会发生坍塌危险。"

囫囵吃过早餐之后，羽姗忍不住看向一个方向，疑惑说好去给她拿牛奶和面包的男人怎么一直没有回来。

宁南司这婚没结成，回去之后还有一堆烂摊子得处理，时间紧迫，江绥之作为好友肯定得帮忙。想至此，她也就释然了。

几人踩着梯子上了二楼。

用彩钢板搭建的公共晒衣间被烧毁变形，与钢楼梯一道被烧得面目全非，随时都可能坍塌。因着缺了落脚的地方，登楼时颇为费劲。等到双脚落到了二楼的水泥实地，羽姗才松了口气。

入目所及，二楼一片狼藉。

变形的晒衣间地面上是一片乌黑的残痕。烧毁的衣物、塑料水桶、晾衣竿、架、拖把……

头顶是天花板，一路往前，是一条幽深的走廊，没有丝毫光亮。从黑漆漆的墙上那摇摇欲坠的一盏灯泡可以猜想，此前应是安装了声控灯用来照明。

几人打着照明灯往前照去。走廊长度约有十米，走廊的右手边是出租房。一路到走廊的尽头左拐，另有一条楼梯通往三楼。

简而言之，无论是二楼还是三楼的出租房都是临时搭建的，是在原本的农村自建房的基础上重新在外围扩展了空间，搭建了房间。

这边的房间和自建房内部的房间分别用不同的楼梯，彼此互不干扰。

这也就是为什么在起火时，这边的租户绝大多数不能幸免，而在民

146

宅内部的房东夫妻和一部分租户则可以走房子内部的楼梯而侥幸逃生。

违章搭建的几个房间每一间有十几个平方米，内有卫生间。一张床一个柜子一张桌子是标配，其余的则是租户自己的一应用品。而每个房间的外头墙上，则安装着一个电器箱。里头是每一户的电表和水表，记录着使用情况。

电器箱已经变形，里头的电表有部分的电线已经被烧。

刘浏打开手里的器材箱，取出数字万用表做起了"校线"工作。羽姗几人则继续往前走。

没几步，他们停了下来，视线落在了前方用铅笔标绘的两个人形图上。

人形图代表的手脚歪七扭八，是他们死前的状态。

五名死者，两人死在二楼的走廊，一人死在二楼自己的房间，一人死在三楼自己的房间。第五名则因孤注一掷跳楼脑袋砸在了楼下的碎石上当场身亡。相比于其他几名跳楼逃生后摔胳膊断腿的租户，那第五名死者的运气则明显没那么好了。

如果排除外部因素，单纯是火灾的话，五名死者死亡的场地会有所区别，不难理解。

有人选择不管不顾地在浓烟中逃生，却因着火的彩钢板晒衣间及钢楼梯而被阻住逃生的去路，最终因吸入过多有毒气体在走廊里丧生。有人选择躲在自己房内等待救援，可房内烟雾弥漫，最终没能斗过死神。

几人分散开来，分别进行各自的勘验。

等到重新会合时，羽姗提出一个新的勘验方向："暂时查不出头绪，有没有可能是内部有人纵火？"之前已经排除过外部引火源，可房子内部，却有许多变数。

对于这个，沈青最有发言权。

他根据自己走访的结果说道："我询问过房东夫妻，他们说有个姓唐的男租客，是做帮人拉遗体的活儿的，晦气。因为这个他们不止一次希望他搬走，可对方仗着签了合同交了房租不愿意搬。他们退钱对方也不愿，总不能将他东西扔出门。他们觉得如果有人纵火的话，最大的嫌疑就是他，他是存心报复他们火烧他们的房子。"

之前他简单汇报时只说了火灾目击者的一些目击情况，并没有提及这些。如今听他这么一说，众人有些唏嘘。

"应该……不至于吧？这么点小事。"赵威武不敢深入想象。

"还真别说，有时候一点小口角就可能闹出人命。一些人性子拧巴，被人说几句容易上头，会丧失理智。事后他可能会追悔莫及，可当时一时冲动就会做傻事。"刘浏想起了自己曾经的所见所闻，"我之前看到过一个新闻，某个村上的寡妇翠婶子就是这样的，明明挺热心善良的一人，对人和和气气的，对小辈更是时常塞些零食。可偏偏村里的有些男人嘴巴太毒，一个劲调笑她该改嫁了，一些人则暗地里说她和谁谁谁有一腿。她后来被说得狠了，就拿了把菜刀直接上了嘲笑她最凶的那一家，砍伤了人家的一条手臂。这事上了社会热点，翠婶子后来坦言自己后悔了，不该那么冲动给自己的孩子做了个坏榜样。可当时她脑子里只想着让那些人闭嘴，浑浑噩噩的，就那么犯下了大错……"

冲动使人犯罪。

小矛盾处理不慎也会闹出大争端，引发祸事。

究竟是天灾还是人祸，需要根据线索逐一排查。

羽姗站在走廊里，抬眸四顾。蓦地，她的双眸定格在某一处。那是一个老旧的五孔开关插座，一般用来插两孔和三孔的电器。可它安装的高度却足有两米五，几乎快要挨到二楼天花板了。它周围又没有什么需要插电的电器。似乎，有些古怪。

"大家往上看。"羽姗突然开口，声音沉稳有力，手指着那个开关插座，"现在关掉照明灯。"

众人不明就里，却也一一照做。

很快，他们便察觉到不对劲了。

"插孔里似乎安装有摄像头。我需要做进一步检查。"刘浏说道。

很快，众人重新打开照明灯。

刘浏往租户的房间去寻椅子，打算借着椅子站上去查看开关插座。

只不过基本上每个房间的家具都被烧过，椅子缺胳膊少腿，已经不堪大用。他拖了两把椅子架到一起，在沈青的帮忙下才勉强站了上去，开始用螺丝刀打开开关插座进行检查。

"是针孔摄像头！"很快，他从插座里拖出一个小小的物件，得出结论。

有些出租的民宅，以防万一会安装有摄像头。既是保护房东和租户的财产安危，也有利于防范外来偷盗等行径。

只不过一般人家安装摄像头都是光明正大安装的，不会安装得如此隐蔽。

这里头，是否有什么隐情？

恰在此时，老李的手机响了起来。

他接听，等到挂断，沉声道："警方那边查到了纵火嫌疑人，现在派人去紧急逮捕了。目前还有许多疑点，需要我们双方信息共享。"

几人一听，心里咯噔一下。

没想到事情竟还真的朝着人为纵火的方向发展了。

只不过当羽姗爬着梯子下了楼，却见到了两个熟悉的人。

一个，是她表弟陆棕。

另一个，则是正和陆棕谈着话的江绥之。

江绥之的手中，还提着一个装满了水果面包小零食的袋子。

老王头家三楼的书房。

相比于外部二楼租客房间的一片狼藉，这栋自建房内部的烧毁程度稍稍好了些。不过因着这间房是老王头家儿子的书房，藏书比较多，所以火起时不可避免地烧得狠了些。

"也亏得我前一天晚上心血来潮想要看看电脑上存着的老照片。电脑放在我们房间，才没被烧了。"老王头提起这事时，稍稍庆幸了下。可很快他就又愁眉苦脸起来，这场火，不仅毁了他的家，还毁了五条人命。

此刻，电脑屏幕上，正播放着一段监控。

"这是租户二楼的监控。我们在排查监控时发现了一些疑点。"负责此案的钱队着重指出了一个人，"这是老王头家的一名租客唐国峰。我们发现他在起火前的夜里做出的举动有些不正常。22点58分，他从外边回来上了二楼，却并没有回自己房间，在走廊里走动一分多钟，神色焦躁，似乎在纠结着什么。23点，他回自己房间。23点02分，他从房间出来，手上拖着一个行李箱，步伐急切，匆匆离开。23点04分，有租客发现蹿起了大火，从房间里着急忙慌地跑出来。23点08分，租客陆陆续续聚集，走廊里一片兵荒马乱。接下去，有租客发现正烧着的楼梯无法顺利逃生之后，有人躲回了自己的房间，有人则依旧在走廊里来回走动直到吸入过多有毒气体……"

老李皱眉："从这段监控来看，这个唐国峰确实是有纵火嫌疑。"

"不仅如此，我们还查到他订了夜里两点的火车票去淮埠，极有可能是纵火潜逃。现在我的人已经去了淮埠逮他。"

无疑，对方订票去外地的举动，加深了他的纵火嫌疑。

房东老王头适时开口："这个唐国峰他是做死人生意，给人跑腿运遗体的。平日里阴阳怪气，对人爱答不理的。我之前因为他的职业说了他几句，跟他说退他钱，让他搬到其他地儿去住。他脾气躁，死活不搬，我也拿他没法子，就让他一天天住着呗。这不，他都拖欠了我半月的房租了，肯定是对我记恨上了。所以这小子一不做二不休放了这把火！"

老王头这话一出，唐国峰纵火的动机也有了。

如今，就只等着将唐国峰逮住对他审讯一番了。

毕竟此次火灾导致的人命案不在自己的辖区，不属于自己负责的案子，原本陆棕只是一门心思来旁听的，可还是忍不住撑上了老王头："人家做死人生意怎么了？你这职业歧视也太严重了些吧？如果这世上没人做这活儿，你让那些家里死了人的怎么办？入土为安不就成句废话了吗？"

老王头一噎，讷讷道："可成天跟死人打交道，太晦气了些。"

"他挣的那些个血汗钱是跟死人打交道挣来的，也没见你不收他交的房租啊。"

这下子，王老头彻底被噎住了。

钱队轻咳了一声："这唐国峰的职业问题，咱们先放一边不去讨论。我看这监控视频也只能表明他的举动有些不对劲，并没有他纵火的实证。等到去淮埠抓到人估计还得费一番功夫，不能将所有的精力都放在他身上，还是得重点查火因，看究竟是否有人为纵火的痕迹。"

羽姗接口："目前没有发现人为纵火的痕迹物证，根据各项线索，我们可以肯定起火点在一楼。只不过如今遇到了瓶颈，火调的脚步停滞在起火源上头了。"

火调工作并不是一蹴而就的。有时候仅仅需要半天一天就能查明火因，有时候却需要三四天甚至十天半个月，更有甚者，火因成为一桩无头公案。作为火调人，他们的工作时间不固定，有时候也会日夜颠倒，一切都以火调案的轻重缓急以及难易程度为准。

这一次，他们确实是被难住了。

"不过我有个疑问。这个监控是怎么回事？我们刚刚发现这个二楼的摄像头安装得格外隐蔽，有必要这么偷偷摸摸的吗？"刘浏忍不住提了一嘴。

被问及这个，老王头开始倒起了苦水："我也不想搞得这么偷偷摸摸的，搞这个费了我不少钱呢！起先我安装监控，主要是因为租客们鱼龙混杂的，也算是给大家一个保障，让他们安个心。可后来吧，这个唐国峰非说我是为了监视他们才安上的，侵犯了他们的隐私权什么的，还撺掇着其他租客拆掉监控。没办法，我和我儿子闺女打电话商量了一下，就趁着他们白天都出去上班了，找师傅上门安了个针孔摄像头。花这么多冤枉钱，我是为了谁啊！还不是为了家宅安宁，少点偷鸡摸狗的事情啊！"

他的观点很简单。安装摄像头，不仅对他还是对租客，都算是有好处。可他却吃力不讨好被一些不明是非的租客埋怨，只能偷偷这么干。

不得不说，他的未雨绸缪还是有些用的。起码发生了火灾之后，警方能够迅速通过监控来进行排查，锁定嫌疑人。

"警察同志，你们可一定得抓到唐国峰这小子啊！我房子成了这副样子，他必须得赔！还有那么多条人命，这小子心肠太狠太黑了，被判个死刑也不为过！我和我那口子平常没少吃素，没想到还是给自己家里头招了这么个大祸患，这老天爷不开眼啊！"

钱队长一个头两个大："我们还在查着，你先别急。情况咱们先了解到这儿。至于你和你老婆，得跟我们走一趟。"

"凭什么？我们又没犯事，凭什么要让我们去警局？我们才是受害者！！"

"你的房子不合规才导致了这么多人无法逃生，这就是最大的问题！你作为直接责任人，该你担的责任你跑不了。"

老王头薅了把自己本就稀少的头发，声音中满是震惊："可我也是受害者！"

"你让家人亲戚朋友清点好损失之后跟他们说，他们负责做记录。"钱队长指了指羽姗他们，随后继续板着脸，"但这件事死伤那么多，你和你那口子作为房东，必须配合我们走一趟。"

两名警员带着老王头两口子离开后，老李这才说道："钱队，那我们继续去勘验了。有任何消息，咱们第一时间互通有无。"

"好好好，咱们一起努力，还不信拿不下这个案子了！"

"一直忘了问了，这位……"老李指了指角落里全程当透明人的江绥之。

钱队长一拍自己脑门："瞧我这记性，忘记说明情况了。这位是CM人寿保险公司的理赔师江绥之。他们的一位客户李……"一时间忘了那名死者的姓名了。

江绥之忙补充："李荣韦。"

"对对对，叫李荣韦。李荣韦是这儿的租客，不幸死于这场火灾。CM人寿这边已经取得了上头的同意，他们的这位理赔师被允许参与调查。他主要是负责查找他们客户的死亡真相，判断是意外还是人为。和我们的工作并不冲突。他不会破坏现场，一切都会以我们的工作为先。"

钱队长将他想要做的保证给说了，江绥之只能微笑着向各位打招呼："希望各位能多多指点帮忙。"

老李他们早就和他见过了，之前见他站在角落没有说话，他们以案件为主，也就没有多问。

如今见他竟是冲着调查客户死因来的，不免打趣了一句："又见面了。江先生真是敬业，每见一次面我就觉得自愧不如几分。"

"李哥谬赞了，我只不过是一个打工人，哪里需要就往哪里去。查明客户的死因固然重要，可我追根究底也不过是一个俗人，混口饭吃而已。"

在私底下和羽姗闲聊时听惯了她喊老李、李哥，他下意识也跟着喊上了。

老李一怔，若非场合和时间不对，他恐怕真要继续和他聊下去。

做好安排之后，一行人陆陆续续下楼。

羽姗走在后头，蹙着眉对陆棕道："你怎么突然来这儿了？"

"你大晚上的出任务一夜未归，廷哥担心你打电话到了我这边，让我务必查查你出的是什么任务。一知道闹出了五条人命，他放心不下，非得让我过来打探一下情况，就把我踹到了这边。"

"我哥他太小题大做了。"

"姐，你毕竟是一个女孩家，廷哥会担心是正常的。只可怜了我，手头还有一堆事得处理，这耽误的半天工夫，领导估计要将我批死。"

"行了，别卖惨了。现在见我没事，你赶紧回去复命吧。让我哥消停些，别跟爸妈乱说让他们担心。"

"行！那我就滚回去给廷哥复命了。"

他往前快走了几步，率先走下楼去。

他的身后，江绥之从袋子里掏出一个保温盒，递给羽姗："羽工，你该用餐了。"

"我才刚吃过早餐不久。"

"如果我记得没错，你用早餐时将近十点，现在已经十一点五十，你该饿了。"

"我还不饿。"

"不，你饿了。"

世上有一种饿叫作——江绥之觉得你饿。

羽姗有些哭笑不得，他这算不算是惊弓之鸟？因为撞见过她胃疼发作，所以比她这个当事人还要多几分担忧？

想到自己胃疼发作时的惨样，她的手已经下意识地接过了他递过来的保温盒："那我多少吃点，里头是什么？说真的，自从得了你的投喂，我那胃疼的老毛病竟然没怎么犯过了。你可是大功臣啊，回头我就给你多转点伙食费。"

原以为他会拒绝，没想到他却笑纳："感谢羽工体恤我这个在外奔波赚钱养家的异乡人，这么算下来，年底回家过年的时候我可以多买些年货回去了。四舍五入，也算是羽工给我家人买了礼物和年货。让羽工破费了。"

啥啥啥？

羽姗头顶滑过一串问号。她不过就是吃人嘴软，觉得他准备的那些食材和精力的价值远超于她给的伙食费，所以过意不去打算再添点。

怎么到了他口里，她就成了花钱给他家人买礼物了？

这算账不是这么个算法啊喂！

"对了，我发现你挺偏爱杏脯啊，这里头有什么缘故吗？"她将口袋里还留着的几粒杏脯往他跟前晃了晃。

"戒烟后的替代品而已。"

万万没想到竟是这个原因。羽姗唏嘘："那这个你还是自个儿留着吧。回头我给你买一箱子，聊表谢意。"

他笑着接过："如果羽工非得这么客气，那我就等着你的杏脯投喂了。"

男人的笑纯粹自然，却又隐隐有点勾人的味道。

羽姗瞧着他脸上的那抹笑，竟不自觉心跳漏了半拍。

两人说话间已经下了楼，午后的阳光毒辣，让人有些不适地眯了眯眼。

江绥之不知何时取出一个保温盒："你将就吃些，这是红薯粥，里头放了些枸杞和玉米粒。我路过一户人家，见人家大娘哄孙子吃却被嫌弃不甜，就没脸没皮地讨要了来。"

羽姗不得不叹服："你的脸呢？"

"为了能让你吃上一口热乎的，脸可以暂且不要。"

男人的声音温润磁性，调侃的话语却无端让羽姗的心跳失序了刹那。他的俊脸线条柔软，头微微往她的方向倾着，低垂的眸眼与她对视。

那一眼，似乎连空气都变得胶着了起来。

她忙打破尴尬："冲着你这番心意，我一定好好善待自己的胃。"

"等这儿的事情结束了，回去后我继续给你好好调理。"

"我说你们两个，似乎挺熟的？"

蓦地，一道声音闯入两人之间。声音的主人视线带着几分审视的意味，直直地射向面前相谈甚欢的两人。

发现自己将对方给忽略了，羽姗忙给两人介绍："陆棕，这是我邻居兼搭伙人江绥之，他这人特热心，自从和他搭伙吃饭，我的胃病都不怎么闹腾了。"

转而向江绥之介绍陆棕时，羽姗则简单多了："这是陆棕，我表弟，当警察的。"想了想，她又补上一句，"如果你以后遇到什么麻烦，倒是可以找他帮忙。"

原以为两个男人会握个手，没想到江绥之却突然道："还真是太巧了。我这几年没少受到陆警官的帮助。"

羽姗看看这个又看看那个，突然福至心灵："你调查客户的理赔案时，一直都是和我弟打的交道？"

"对。"

怪不得，她之前从二楼爬梯子下来时瞧见两人熟络地谈着话，原来早就认识啊。

陆棕有些不是滋味："姐，夸别人的话倒是不要钱似的往外冒，就不能顺带着也夸夸自个儿表弟？"

"别了，我怕夸得狠了你会骄傲，还是需要给你留一些进步空间的。"

陆棕见羽姗安然无恙，叮嘱了几句之后就回去向羽沛廷复命了。

至于江绥之，则留下来跟进调查结果，以便第一时间处理被保险人李荣韦的理赔事宜。

在去给羽姗拿牛奶面包的时候，他就接到了理赔部上级的来电，说是被保险人李荣韦的邻居打来了理赔电话，几个自发过来帮忙的村民正在赶来接遗体的途中，希望他们的理赔能够跟上。

投保了CM人寿保险的被保险人李荣韦正是汶霖县出租房的遇难者。家里只有一个年近八十的老母亲和一个刚上小学的女儿，家里的情况比较特殊。

CM人寿上级知晓江绥之在汶霖县，将这个理赔案分配给了他，让他直接在现场跟进警方的调查结果。江绥之一接手这个理赔案，则火速跟这边的警方打好了交道，征得同意之后加入了进来。

正是午饭的点，大家轮流用餐。

羽姗用着江绥之讨要来的红薯粥，而他则啃着她从刘浏那儿搜刮来的一个糯米团。

"宁南司呢？"

"他先回去了。今天这婚事告吹，还有一大堆事情等着他去处理，他正焦头烂额着呢。"

"他也……"她斟酌了一下用词，"挺不容易的。"

"是啊，他一直觉得他的爱情长跑应该是从校园到婚纱，没想到临门一脚了，却是以这样的方式结束。"

"一切都是不对等的门第产生的。"

"你也觉得两个人的结合应该秉持着门当户对的原则？"

"这个是非必要条件，但也不能全然不考虑在内。"望着他，她不知想到了什么，又补上几句，"无论是本地人和外地人的结合，还是本地市区的和本地农村的结合，其实最重要的还是结合的双方。只要他们足够相爱，意志坚定，能够承受住家庭压力和外部压力，那也就无所谓了。"

他凝视着她，刹那，唇角勾了勾："我赞同。"

用过午餐后，羽姗一行人又投入火调中。江绥之得了特许，跟着他们一起。

一楼的勘验工作并不顺利，但不妨碍他们重新整合线索，进行一一排查。他们将炭化物用编织袋放好，分别用水清洗，艰难地筛选查找，找出珍珠大小的熔珠。

而这些熔珠，有助于他们分析判断究竟是形成于火起之前，还是在之后，从而帮助鉴定火因。

细小的熔珠太过于难找，一个个累得额上滴汗，却是没个停歇。

工作间隙，他们看到有几名受伤的租客回来了，听见了他们互相抱怨着自己的惨境。

"我是因为这儿有人才购房租房补贴，政府招商引资新建的公司福利待遇好，才跑来这儿发展的。工作才刚稳定呢，住的地儿就没了。我女友之前还说下个月也过来，和我一起在这儿打拼，这下子肯定不能够了。"

"我刚交了一个月的房租呢，房东总该退我钱吧？还有我那押金……"

"总不至于不退钱吧？我就是个一月拿小几千的车间工人。不退我钱的话，我哪儿还有钱去重新租房子？"

"房东家不着火，咱几个能沦落到现在这副鬼样子？我今天还不得不请假，两百块'搬砖'钱没了。这个月吃方便面的钱都不够了。"

逃生获救之后，他们或多或少受了些伤，随着救护车去了趟县里的医院。见没什么大碍之后，几人就一起包了辆小面包车回来了。

他们找不着房东，只得找警察。

"这个是你们和房东的纠纷。目前房东夫妇被带去了警局，我们可以带你们过去和房东调解一下矛盾，双方都想想有没有什么折中的法子解决这个问题。"

两名小警察被派了出来负责这事，见他们没异议，带着他们离开。

等到脚步声远去，羽姗蹙眉："这事，悬。"

江绥之附和："涉及利益纠纷，尤其在一个个都是苦主的情况下想要获得满意的赔偿，谈判时很难达成一致。"

"这种时候，就得看民警调解纠纷的能力了。"

不过令他们没想到的是，事情竟顺利解决了。

房东老王头一方面因第一责任人的重帽扣下来担惊受怕，另一方面也觉得他们和自己一样不容易，承诺会退他们钱。双方自此达成了一致。与此同时，政府出面找了个安置房让他们临时租住。

羽姗见江绥之一直盯着那烧毁的钢楼梯底下的三辆烧损严重的电瓶车瞧，不由得说道："电瓶车我们勘验过了，根据周围的线路以及燃烧残留物来看，已经确定并非是因为充电引起的火灾。"

这一楼的物品很杂，自行车、老旧的三轮车、洗衣台、洗水池，老旧的电线和地上烧损的红灯笼、纸板箱塑料盒等，人走过，落下满地残黑。唯一庆幸的是并没有下雨，不用担心增加勘验难度。

江绥之并没有穿防护靴，脚上套着一双鞋套，听了羽姗的话，他的视线继而落在了距离电瓶车一米左右的物件上。

"这条棉被……"他开口。

棉被紧贴着地面，一片焦黑，已然全部毁了。从残留物隐约可以推断出是条被子。

"应该是租户晾晒的被子，夜里忘了收进去，在起火时被烧得一塌糊涂了。"

江绥之望着那条炭化得极其严重的被子，若有所思。

良久，他开了口："羽姗，你们已经在一楼起火点排查了许多容易引起火灾的物件，却依旧没有进展。我不太确定你们火调过程中能不能使用排除法，不过我想，与其一筹莫展，不如试试。"

"可以使用排除法来认定火灾原因，不过有约束条件。起火点处其他原因已经排除，只剩下一种可能性无法被排除的情况下才能够使用。但凡剩下的火因可能性有两种或者两种以上，排除法都不能与直接认定法结合使用。"羽姗向他简单解释道。

"勘验进行到现阶段，其他原因基本已经排除了吧，可能现在，只剩下一种了。"

"哪种？"

"被子阴燃。"他的眸光犀利而直接，射向那被烧得面目全非的被子。

这条被子会出现在这儿，本身就增加了一种起火的可能性。

只不过，想要证实阴燃，他们很难找到相应的痕迹物证。

"这个可能性我们确实是列入在内的，可是……"

两人正说话间，有租户冲他们说道："同志帮忙搭把手扶着点梯子，我上楼去收一下东西，得搬去其他地儿住。"

为了上下楼方便，借来的梯子一直搁在那边。只不过爬上去时如果没人在底下扶着，还挺危险的。

来人是个小伙子，二十五岁左右，看上去一米六五，皮肤黝黑，挺憨厚的样子。

江绥之离他近，忙道了声好。

刚要走过去，对方的眼睛却盯着地上的一堆焦黑物瞧："这个好像是我的被子。"

江绥之心念一动，随口接了句："可惜了，都烧成这样了。如果没忘记收回房，好歹还能得个囫囵样。"

小伙子跟着道："可不嘛！我当时怎么作死往被子上倒了水呢！唉，要怪就怪那蚊香！好端端的，怎么就将我被子给弄着了呢。害得我不得不将水泼上去灭了火，又将被子拿下楼晒。这一晒，没晒干被子，反倒被一场大火给毁了。好在我福大命大捡回了一条命，也算是老天对得住我了。"

他的声音不大，话也没问题。若是旁的人听着，定然察觉不出不对。可随着他的话出口，羽姗脑中却是电光石火想到了什么，连带着老李他们也走了过来。

"你刚刚说，你的被子被蚊香点着过，你用水泼灭了？"羽姗再次向他确认。

小伙子点了点头："没错呀。"

下一秒，他似怕她误会，忙连连摆手："不是我放的火啊。你们可不能怀疑我！我的被子着过火不假，可我用水给它泼灭了的呀！你们可都是有知识有文化的人，不带冤枉我们这些小老百姓的呀。"

"可能是阴燃。"老李的声音中多了几分接近真相之后的激动，"棉被炭化得非常厉害，再进行一下勘验。沈青，你给他做个笔录。"

一个新的方向突然放在了几人眼前，几人都浑身一震，麻利地应声："好！"

一时间，所有人都动了起来。

那小伙子不明所以，身体哆哆嗦嗦起来："别、别吓我啊……我，我这床棉被被烧了，我也差点被烧死了，我是受害者，受害者啊！"

一只宽厚的大掌在他肩头轻拍了两下，江绥之的声音带着几分安抚的意味。

"别着急，没说你放火。他们只是发现了一个极为接近真相的火因，需要求证下。"为了缓解他的压力，他继续道，"你不是要去楼上收拾东西？你先跟这位沈青小兄弟去做个笔录，做完后我帮你扶着梯子，咱们上楼拿东西。"

"谢、谢谢大兄弟。"

"我叫江绥之，你唤我小江就行了。你怎么称呼？"

见他和善客气，小伙子也少了几分担忧害怕，他回道："我叫铁树。"

铁这个姓氏，倒是挺罕见的。

"你不是本地人？"

"我辛集的。"

"那边经济发展不是挺好的吗？怎么跑来这儿了？"

"我喜欢的姑娘在这儿。"

铁树放松下来，和江绥之聊过之后，便跟着沈青到一旁去做笔录了。

找准了方向，希望近在眼前，所有人都劲头十足。

排除法与直接认定法相互印证，结合使用，效果甚佳。

日暮西山，夕阳霞光染照在这座村庄，为这片灾后的废墟添上了一层静谧与祥和。与此同时，警方也带来了一个好消息，进一步证明了是棉被阴燃导致的火灾。

"找到唐国峰了！我们的人直接在淮埠当地的派出所对他进行了突击审讯。他交代他在昨晚回到出租屋时瞧见一楼掉在地上的被子在冒烟。因为他前几天刚跟房东老王头有过口角，所以犹豫着是去灭掉它，还是任由它烧着给老王头弄出一点经济损失。后来脑子里的小人战胜了他的那点善心。眼不见为净，他还欠着老王头半个月房租，索性收拾东西走人了，下楼时那被子已经着火，周边物件也烧起来了。他狠狠心，没去管。淮埠那边有他一哥们儿，给他介绍了一个不错的活儿，他就直接去了淮埠。"

在排除了其他火因的情况下，结合铁树和唐国峰的证词，棉被阴燃导致火灾这一点就彻底对上了！

"这场大火虽然不是人为，可却比人为还要残忍惊心。"老李不免唏嘘喟叹，"五条人命啊！只需要唐国峰稍微搭把手，一切的伤害和灾难就能被扼杀了。可他却因为个人恩怨选择了袖手旁观，最终酿成这一惨剧。"

羽姗收拾整理着手头的资料，语气也有些微哽："是啊，本可以避免的。"

职业无贵贱。谁都希望自己能做些光鲜体面的活儿，可这世上总有一些脏活累活需要人去干。如果老王头能对唐国峰多一些包容和理解，如果唐国峰能对老王头多一些宽容和善意，那么这一场火灾，也许就可以避免。

可惜，唐国峰因为老王头的冷漠和嘲讽而心有怨怼，所以在察觉到火灾的苗头时并没有第一时间扑灭那小火，而是在走廊里犹豫纠结了好一会儿，最终选择了出门远离这是非之地。

他的这一举动，让这栋房子陷入了火灾的深渊，也让那五条人命沦落人间炼狱，至死难以瞑目。

汶霖县出租房火灾事故调查结果出来，又委托了第三方鉴定机构做了评估报告，向受灾户讲解了鉴定的依据、理由，面对面沟通交流解释疑惑。

在进行责任认定方面，由羽姗负责。

"房东老王头违章搭建彩钢板楼梯及扩建自家建筑，房屋功能混乱且租户房内未配有灭火器，疏散通道形同虚设。作为消防安全第一责任人，他未履行防火责任，致使五死七伤，需要承担刑事责任。"

作为房东的老王头被判刑是没跑了。

对此，刘浏不胜唏嘘。

恐怕在老王头那一辈的人眼中，房东只需要每月收收租就行。一场大火烧了他家，明明他损失惨重他才是受害人，他是无论如何没料到自己不仅得被罚款，还得面临被判刑的地步。

刘浏想到了另一个人。

"姗姐，铁树这小子用蚊香时蚊香点燃了被子，泼水灭火后被子自燃，引起大火，造成了巨大的经济损失和伤亡。这样他算不算犯了失火罪？"刘浏有些不解，"可如果他犯了失火罪，又觉得对他太不公平了。他也不想的，别说他文化水平有限不了解被子可能会阴燃，就连我们这些了解阴燃的，在日常生活中也会出现疏漏，对这些阴燃现象防不胜防。一条失火罪安在他头上，又替他觉得冤。"

这起案件造成五人死亡，五人重伤，两人轻伤，无论是房东的损失还是房客的损失，以及医疗费、误工费、护理费，死亡者直系亲属的抚恤金、亲属奔丧费、丧葬费，残疾赔偿金、精神损害抚慰金等，直接经济损失和间接经济损失远超百万。

从失火罪的几个客观要件来看，这起火灾案中的铁树都符合。

羽姗耐心对他解释："此案中得注意一个关键点。在蚊香不慎点燃被子之后，铁树及时发现并且灭火，也就是在当时境况下，他及时灭火这一点，已经规避了失火罪这一条。"

"可他将湿掉的棉被晾晒出去，棉被最终阴燃，造成了大火。"刘浏说道。

"这一点，根据《中华人民共和国消防法》第六十四条规定，过失引起火灾，尚不构成犯罪的，处十日以上十五日以下拘留，可以并处五百元以下罚款。"

刘浏不免多看了羽姗几眼，随即傻憨憨地摸了把自己的后脑勺："说真的，我真替铁树松了口气。"

"身为火调专员，在责任认定的时候，你不能夹带私人感情。你不客观，谁来信服你给出的鉴定结果？"

"我一定努力！"刘浏点头如捣蒜，蓦地想到了一个问题，"那唐国峰呢？他明明发现了潜在的火灾，之后离开时又看到小火蔓延，却不及时扑灭或者警示他人，任由事态继续恶化，小火酿成大火，死伤惨重。他这样，算不算是犯了不作为的放火罪？"

对于他的这一问题，羽姗直接丢给他一份资料。

看着手上的《消防法》，刘浏有些一头雾水。

"看第五条，念。"

刘浏照办，念出声："任何单位和个人都有维护消防安全、保护消防设施、预防火灾、报告火警的义务。任何单位和成年人都有参加有组织的灭火工作的义务。"

羽姗解释："报警义务不代表救助义务。仅在行为人创设了危险或者具有保护、救助法益的义务时，其他法律、法规规定的义务，才能构成刑法上的不作为的义务来源。在汶霖县老王家的出租屋火灾案中，起火原因是铁树的棉被阴燃，唐国峰只是路过一楼时发现火情，不具备刑法上的作为义务。"

"所以，唐国峰不构成不作为的放火罪？"

"对，不构成。"

"可他的所作所为实在是太过于可恨了，如果他能够第一时间将棉被泼盆水，肯定不至于闹出人命。五条活生生的人命啊，就这样没了！

难道法律就不能定他的罪吗？"

"不能，但也并非全无可能。"

"哎？"刘浏忙虚心求教，"怎么说？"

"在道德层面上，他会遭受谴责。如果舆论盛行，他可能会遭受舆论的恶果。"羽姗补充道，"此次火灾，当地政府也脱不了责任。在老王头的房屋进行不合规改造时他们就该第一时间制止。而出租屋内未配备灭火器及安全的疏散通道，相应的消防责任未落实，可能还需要抓典型。"

第二天，羽姗带着刘浏又赶去了汶霖县，在当地村干部们的见证下，先讲解了火灾原因，继而又解释了各方的责任。

只不过在谈及责任问题时，大家的反应极大。

无论是房东还是租客、死者家属，情绪都格外激动。大家先将矛头对准了铁树，又对准了唐国峰，忽而又对准了房东，继而又对准了租客及遗属。

一时间，责任问题及赔偿问题，让一群人闹翻了天。

好在有警方在场，局面才没有失控。

回去的路上，刘浏开车，羽姗则闭目养神。

倏地，她睁开了眼，给江绶之发了条微信过去。

"汶霖县出租房的这个火案，你那个当事人的理赔案，你跟进得顺利吗？都处理完了？"

"出了点小状况，等你晚上回来再聊。"

她这边的事情虽然有些不顺，但根据她的经验，他的客户，也就是被保险人是死于这场火灾中的，按理说火调结果出来，警方的鉴定结果出来，他那边该一切顺利才对。

没理由和她一样不顺啊。

在羽姗疑惑时，江绶之正在公司的小会议室内，听着宁南司苦口婆心的规劝。

"绥之，这笔钱我们不能赔，应该由火灾责任方去赔这笔钱！二十七万不是一笔小数目，既然有理由替公司省下来，就该省下来。"

"你说的理由，站不住脚。"

"怎么就站不住脚了？我查过李荣韦和我们公司签的合同了，这份合同他是上周四签的，我们南渝分部的盖章时间也是上周四。但是我们递交总部，总部是在火灾案发生当天的上午九点多盖章通过的。我们向来是以总部走完流程签完字盖完章的日子为准，合同才算正式生效。也就是说，在合同生效之前，李荣韦已经死于这场火灾中了，这是一份无效合同。"

"南司，账不该是这么算的。既然我们CM人寿南渝分部已经签字盖章，那相应的责任就该负起来，而不是拿出总部签字盖章在李荣韦死亡之后的理由来进行推脱。"

"闹上法庭，我们可以将总部签字盖章的那份文件销毁。"

"可我们分部签的那一份却是生效的！"江绥之忍不住加重了语气，"因为金钱让你失去了爱情，所以你就越发想要抓住金钱这个物质？"

"我只是觉得你非得支出这笔没必要的赔偿金，是给公司制造麻烦，让公司亏损。"

"上次金葵花幼儿园林秋雪的理赔案已经让我们CM承受了巨大的舆论压力，负面影响巨大。如果这一次因为拒赔李荣韦的死亡案闹上法庭引发舆论轰动的话，CM的信誉将岌岌可危，出乱子只是早晚问题。绝对不能因小失大。"

"对方家属手头也只是掌握着我们南渝分部签的那份合同而已，上面有一些约束条款，能帮我们争取到最大的权益。根据那些约束条款，可以拒赔……"

"约束条款是在总部尚未签字盖章的条件下才生效。可现在总部已经签字盖章，你能为了这笔理赔金昧着良心毁了总部签字盖章的文件，我却不能。"

"江绥之！现在不是你个人英雄主义的时候！CM人寿的资金链出

现问题，如果我们理赔部不帮着节省开支，总部可能会直接撤掉南渝分部。届时关乎的是我们分部上上下下几十人的生计问题！"

江绥之望向他，语气坚定："人无信不立，做保险这一行的，更该如此。我不认为区区二十七万就能成为压垮CM人寿的最后一根稻草，我也不认为区区二十七万能让人丧失做人最起码的信誉和良知。时间不早了，我先下班了。"

他站起身，率先离开。

身后，宁南司直视着他离开的身影，脸色紧绷，握紧了身侧的拳头。

"江绥之，你就非得和我唱反调吗？我当你是朋友才会给你建议和忠告。"

顿步，江绥之没有转身，语声凝重："我也同样当你是朋友，所以我不希望自己的好友因为物质而舍弃了自己的道德底线，做出一些利欲熏心的事情。南司，我不希望失去你这个好友。"

直到开车回江景府邸的路上，江绥之的心绪都有些起伏不定。

他和宁南司可以无话不谈，可以成为知心的好哥们儿。

可一旦涉及理赔问题，却总是会产生一些分歧。

江绥之可以不干涉宁南司的理赔案，对于宁南司的那些做法睁一只眼闭一只眼。可是宁南司却越界干涉他接手的理赔案，左右他的想法。若是宁南司提出的意见是正确的，他倒也愿意采纳。可宁南司提出的意见却与他的理念背道而驰，违背他做人的准则，违背他入这一行的初衷，他无论如何都无法同意。

突然间，他觉得他和宁南司之间的关系不知何时竟有了裂痕。自从宁南司和刘珍珍的婚事告吹之后，宁南司似乎越发急功近利了些。

宁南司有着他的理由，江绥之他却有着他的初心。

江绥之担心他俩之间迟早会因为这些分歧深化矛盾。

届时，他将彻底失去这个好友。

坐电梯上楼时，江绥之脑中还在翻来覆去想着宁南司的问题。直到出了电梯走了几步，他的脚步蓦地停了下来，蹙眉，他的视线盯紧了墙上的涂鸦。

那上头一些骂人的字眼，不堪入目。

他疾步走到羽姗家门口，发现大门紧闭，门上被泼了油漆。

心里有些不安，江绥之赶忙按了门铃，又担心门铃坏了，大力拍打门板。

"羽姗，你在里边吗？你还好吗？"

如此这般持续了好几分钟，门内没有丝毫动静，似乎还没下班回来。他又给她打电话，却提示她的手机已关机。

无奈之下，他只得先回自己家门。一边做着饭，一边却是努力支棱起双耳听着对门的动静。

也不知过了多久，对门突然传来一道什么东西碎裂的声音。

他一急，差点将煤气灶上的砂锅给掀了下来。静下心来，他第一时间关了火，随后不假思索地冲了出去。

对面大门敞开，隐约可以听到争执吵闹的声音。

"你这娘们儿有病吧！我招你惹你了要这么对我！你给我改了！"

"不可能！"

"不改的话今儿个我就和你拼了，大不了鱼死网破谁也别想好过！"

唐国峰钳制着羽姗的手臂，螺丝刀的尖端抵着女人的脖子，显得格外激动。

趁着他高举的时候，羽姗瞅准时机，一手去夺他手上的利器，另一手用手肘撞击他的胸腹部。

然而，她错估了男人常年搬运遗体养成的体力以及抗打能力。

她一手肘下去，男人不仅没有因为胸腹吃痛躲避，反而怒气值暴涨，见她抢夺他手上的螺丝刀，直接就狠狠朝着她的脸划去。

一切都发生得太快。

电光石火间，羽姗瞧见一只男人的手直接截住了螺丝刀的去向，随后将唐国峰的手腕往反方向大力一拧，趁着他吃痛一把夺下他手中的螺丝刀，随手扔远了。

"江绥之！"羽姗乍然见到他，心下一喜，刚刚的那丝沉郁与紧张竟奇迹般地消失了。

"你去找条绳子来。"男人出手的速度极快，竟是三两下就钳制住了不安分的唐国峰。

二十分钟后，警方赶到，将被捆绑了的唐国峰带走，并对两人做了简单的询问。

虚惊一场，羽姗坐在沙发上，真诚地朝站着的男人道谢："谢了，还好你及时赶到。"

虽说她也曾接受过训练，但那些都只是基础的体能训练，勉强能够让自己手能提肩能挑，比一般人强些罢了。碰到这类危险情况，想要全身而退并制服对方，还是有着女性天然的体力弱势。

江绥之给她倒了杯温开水："他尾随你回家并对你实施威胁，是因为这场火灾？"

羽姗喝了口温水缓和了下情绪。自己这个房主不待客，反倒让他这个客人照顾她，还真挺过意不去的。

"今天我们又去了趟当地，跟他们说明了责任划分。"

"你这一次的火调，损害了他的利益？"

"算是吧。责任明确下来了，他成为众矢之的。其实也不能说是众矢之的，死里逃生的房客指责房东没有做好房屋的防火工作，房东指责铁树让被子阴燃导致火灾，铁树指责唐国峰明明看见起火了却不扑灭，唐国峰指责房东看不起他，遗属指责唐国峰害了他们亲人的命……一团乱麻。一堆责任问题，还有一堆赔偿问题。最终大家又统一口径，将矛头对准了最先开始发现被子冒烟起火却不施救的唐国峰。只不过涉及赔偿时，所有利益受损人又对我们给出的结果不满意，我们这些火调人员也惹来争议。"

于是，也就有了今晚这一遭。

唐国峰想要她更改责任，不惜做出威胁人生命的举动。

不过……

"你门上的油漆和墙上的涂鸦，得查查究竟是谁干的。"

"左不过就是我经手过的火调案中一些不满我调查结果的当事人。干我们这一行的，不仅得查明火因，还得明确火灾责任，牵扯到利益纠纷，容易遭人恨。"

江绥之不免深有同感："我们做理赔的，又何尝不是呢？不过那些人可以查到你的住址，不能小觑。以防万一，你还是得报警查查监控。"

屋内有着打斗之后的狼藉，有几个瓷器碎了一地。江绥之帮着打扫，垃圾分类了一下。又打电话给物业，让他们安排人清理墙门上的痕迹。物业对于自己的失责连声道歉，承诺第二天一定让人清理。

"走吧，先去我那边用晚餐。"打扫完，江绥之牵起羽姗的手就去了对面。

砂锅内的炖汤被他炖了一半就关了火，他重新开火，继续准备食材炒菜。

羽姗靠在半开放式厨房门口，眸眼低垂，视线落在刚刚被他牵过的手上。

女性的手纤细白皙，柔软娇嫩，那手背上，却似乎还残留着他大掌的余温。他牵她时，动作竟是格外自然，仿佛那于他而言是一件稀松平常的事情。

察觉到她的异样，江绥之问道："怎么了？还在担心今天的事情？"

"没。"羽姗忙找了个话题，"宁南司没在？"

江绥之解释道："他恢复单身之后就搬回他那套婚房去住了。他觉得他得给自己暖暖房，兴许暖着暖着就能给自己暖回一个新娘了。"

她忍不住笑出声："他还真是……够迷信的啊。"

"这一次他确实是被伤得狠了，那么多年的感情，不是能轻易割舍的。迷信，兴许能助他早日走出来。"

"那你呢？有没有想过给自己暖回一个新娘？"她揶揄道。

"我还早着。南渝这座城市寸土寸金，想要在这儿生存立业，任重而道远。"

"友情建议，趁着现在房价暂且受控，你不妨先考虑买一套小户型。"

"我好像还没告诉过你，我即将成为一名拆一代？"

"哎？"羽姗听得来了兴趣，"怎么说？"

于是，江绥之将自己早年就盯准了房市在南渝买了一套老破小的事情对她说了。老破小占据的地理位置在城中心区域，开发价值可观，他们这一批拆迁户获得的赔偿也极为丰厚。

"恭喜啊，你这个新南渝市人不动声色就要成为人生赢家了。"

"不不不，装修一下新房，拆迁补偿也就用个七七八八了。若是装修得好些，自己还得将积蓄贴进去。所以，人生赢家，谈何容易？说到底，还是得继续奋斗事业啊。"

是啊，有多少人觉得拆迁能够一夜暴富，可又有多少人知晓，有些地方的拆迁，对拆迁户而言，背井离乡不说，兴许还要贴钱造房装修。

一夜暴富，那是属于不愿付出百倍千倍努力的人的美梦。在现实生活中，却不实际。

"对了，这周末我打算去一趟李荣韦老家，将赔偿金给他母亲和女儿送去。你的餐食不得不暂停一天了，我先向你请个假告个罪。"

听得这个名字，羽姗多了几分沉重。

这次火灾事故的五名死者，死得何其悲。只是不知，若人生能够重来，唐国峰是会因着和房东的矛盾继续选择袖手旁观，还是会选择给那些脆弱的生命一个继续生机勃勃的机会。

她突然提议："我这周末应该有时间，和你一起过去吧。"

"嗯？"江绥之始料未及，停下了切菜的动作。

"替他们难受，想找个能宣泄情绪的出口。"

女人的声音平缓柔和，却又隐隐蕴藏着对于无辜的生命不幸流逝的伤春悲秋之情。

第四章

私欲作祟，隐藏的易燃易爆真凶

　　往羽姗家门口泼油漆的人抓到了，正是她曾经调查的火灾案的当事人。在警方审讯之后，他道出的原因和羽姗猜想的一致。

　　经了这一茬之后，江绥之每天早晚做得最多的一件事，就是聆听对门的动静，给羽姗发送信息和打电话的频率也增加了。两人之间隐隐形成了某种默契。

　　周日，羽姗和江绥之一起去了一趟李荣韦的老家。

　　他的老家在邻市的山沟沟，地处偏远，两人下了高速之后又大概开了三个小时，走了二十多分钟的山路，才总算是到达了。

　　李荣韦今年四十九岁了，这几年一直在南渝这边打工，是一名水泥工，跟着包工头到处跑。做他这一行的，难免会有点危险，自从从脚手架上掉下来住了次医院，他就记下了教训，给自己投了寿险和意外伤害险。

　　他三岁的时候就没了父亲，四十多岁时才娶上媳妇，可惜媳妇又走得早，只给他留下了个女儿。所以，他理赔金的受益人是他七十八岁的老母亲和七岁的女儿。

老太太当时听到他葬身火海的死讯时，感觉天都要塌下来了。她行动不便，是邻居帮忙打的理赔电话。村里几个年轻小伙子又帮着去了趟南渝市的汶霖县将遗体给拉了回来，邻居们帮着料理了后事。

羽姗和江绥之向山里的村民打听了一阵，才在七拐八绕中找到了老太太家。

这是一个极为简陋的房子，前头用篱笆围出了一块地当作小院。院里的地面是长着青苔的泥土地，两旁种着些蔬菜和一棵橘子树。

老太太正在院里剥青豆，她那七岁的孙女则在旁边帮忙，嘴里头念念有词，正背诵着古诗。一张小矮凳上，搁着一本摊开的课本。她碰到忘词的地方，就看一眼书。

相依为命的祖孙俩黏在一起，竟显得格外和谐且幸福。

羽姗和江绥之的到来，打破了这方小小天地里的和谐。

两人去屋内给李荣韦上了炷香，望着那张黑白的照片，有些不是滋味。

将近五十岁的男人辛辛苦苦在外打拼，也不过是为了老家的母亲和女儿能过上好日子，可最终，却因一场大火没了生命。从今后，这祖孙俩的日子，终归是多了些艰难。

祭拜完，李奶奶让他们坐，给他们倒水拿水果。

"李奶奶，您别忙活了。"

"不麻烦不麻烦。这是咱自家树结出来的橘子，甜着哩，你和小姑娘都尝尝。"

李奶奶热情地招呼他们吃水果，脸上的褶子看着让人心酸。

拒绝不了这般的好意，两人都尝了尝。

橘子皮薄，每一瓣尝着都格外甜。

等到尝完，江绥之才道明来意。

"李奶奶，我们财务已经将您儿子的理赔款打到您的卡上了。怕您没有短信提醒，趁着我过来跟您说一声。"

"钱打、打过来了？"老太太有些难以置信，"咱村上的刘娃帮忙看过荣韦签的那份合同。他说合同里有个地方好像是有点问题的。如果没有一个什么签章，这个理赔可能会不太顺利。而且我家荣韦的死亡诊断书、户籍注销、火化证明这些东西，刘娃才刚给你寄过去，你们这么快就处理好了？"

"是的，CM人寿本着为每一名客户竭诚服务的原则，都是竭尽所能以最快的速度调查每一起理赔案的真相，处理妥当，让投保人和受益人得到保障。"

汶霖县老王家的出租房案件突发，被保险人李荣韦死亡。火灾死伤惨重，他正好在现场，一切都走了特事特办的流程。接案、立案、初审、调查四个环节都卡在了一起处理。理算、复核审批、结案归档，他都仔细盯着进度，走的流程都尽可能缩短了时间。

"谢谢！真的很感谢！谢谢你们！"老太太情绪激动，眼角发热，热泪盈出眼眶。

二十七万，于她而言，是一笔巨款。在失去儿子之后，她可以想象到她一个脚都快迈进棺材的人抚养孙女长大的艰难。两人的吃穿用度，学费书本费生活费，一系列开销，苦日子，似乎只能日复一日，消磨着她们。

有了这笔钱，她不仅可以养活她和孙女，如果孙女出息，还能够供孙女读完大学。听说现在好多大学生文凭都不值钱了，孙女如果能读个研究生就更好了，给他们老李家增光了。从他们这个山沟沟里走出去，孙女以后一定能够过得更好。

想必那个时候她早已经不在这个人世了，虽然不能亲眼看到孙女长大成人，可只要知道她未来一定能过得很好，她也就瞑目了。

她得存好这笔钱，可不能弄丢了。这可是她和孙女活下去的命根子啊！万万丢不得！有了这笔钱，哪怕她不在了，孙女也能够过活下去。绝对不能丢！

"下一趟山去镇上取一次钱不容易。李奶奶您腿脚不便，想必还是更愿意放一些现金在身边。我建议您平常可以放个一千左右在身边应急，但不要一下子就将大把的钱取出来放家里。虽然都是邻里邻居的，知根知底，可难保半夜里不会被外来的小偷偷摸进来。而且一旦发生火灾，大量纸币会直接化为灰烬，这钱也就没了。还有，现在有不少骗子专门针对老年群体行骗，我这边罗列了一些他们行骗的路数，您仔细听听。第一个，是最典型的……"

江绥之对老太太耐心地说着话，不急不躁，面色始终和缓温润。

羽姗在一旁默默看着，并没有插话，只不过望向他的眸光，不自觉多了几分深意。

"小江你有心了。"李老太太听着他长达半个多小时的"科普"，努力消化着那些自己从没听过的诈骗路数。她大为感动，连连向他道谢，又拉过孙女，教她，"囡囡，你江叔叔帮了咱们大忙了，以后你可以一直有书读有学上，再也不怕以后那些杂七杂八的费用了。奶奶给你攒着钱，以后咱们囡囡可是要上大学当大学生的。快，赶紧谢谢你江叔叔，如果没有他，你爸的理赔金也不知道……快谢谢江叔叔。"

七岁的小女孩虽然不太懂一些大人的事情，可经历了这般的苦痛，也明白从今后自己只能和奶奶相依为命了。相依为命的她俩，最缺的就是钱。

如今钱的问题解决了，她也格外感激帮了他们的大恩人。

"谢谢江叔叔！我一定好好读书，以后我要去当老师，给更多的小朋友上课，让他们和我一样能学到知识。"女孩的声音稚嫩，童言童语，却不会让人觉得过于天真，反倒觉得她这般的志向必有实现的那一天。

"不用谢叔叔，叔叔没帮什么忙，有关钱的问题都是按照正常流程走的。"江绥之摸了摸小女孩的脑袋，"叔叔相信你以后一定会是一个好老师，一定会有很多学生喜欢听你上课。"

小女孩甜甜地笑了："那以后我也要给江叔叔和阿姨的孩子上课，你们要快快生下小宝宝。不对，不能太快，我还太小，小宝宝如果这么快生的话我就当不了老师教他了。"

说到最后，小女孩苦恼地皱出了一张苦瓜脸，满是期盼地望向羽姗："阿姨，你和叔叔可不可以晚一点再生小宝宝呀？"

羽姗差点一口气没提上来。

好端端地在说江绥之的未来孩子，怎么突然扯到她身上？

她？

她和江绥之晚一点再生小宝宝？

这是什么跟什么啊！

"我和你江叔叔不是……"

解释的话，被江绥之扼杀在了摇篮里。

男人蓦地牵过她的手放在他掌心，柔和的眉眼冲她温柔一笑。他截住了她未说完的话："囡囡放心，我们目前没有生小宝宝的打算。如果以后我们的小宝宝出生了，一定让囡囡教他学知识。囡囡一定能成为我们宝宝的好老师。"

他就那般自然地握着她的手，说着让人心跳加速的话，却丝毫未觉他的言谈举止会给她带来多大的冲击。

这一瞬，羽姗突然有些恨他的自作主张。

直男，果真是撩人而不自知的生物。

临走前，江绥之和羽姗各自留下了一个白色的信封，里头分别装着九百块钱。

据说这边吊唁金需给单数才得体。他们今天过来也没带东西，唯有两个信封，作为满满的心意。

推拒了一番之后，老太太最终还是耐不住两人，无奈地收下了。

"那你们带点咱家的橘子回去。不值钱的小东西，但甜得很哩，我这就给你们摘新鲜的去。"

橘树高大，结满了黄色的果实。挂在上头的橘子压着枝丫，有一株枝丫竟被橘子给压得折断了。

江绥之哪儿好意思让上了年纪的老太太亲自给他们这些小辈摘橘子。见她拿来了篮子，他忙说道："李奶奶您别动，我自己来摘。说真的我都好多年没爬过树了。这棵橘树够高够大，枝干粗长，上头的橘子日照充足肯定更甜。我爬上树去摘吧。"

老人家摘不到高处的橘子，平日里摘低处枝丫上的橘子，更为方便。他若是将低处的给摘完了，反倒会给他们的生活带来不便。

老太太忙道："对对对，摘高处的，那上头的更甜。村里那几个虎小子就喜欢爬到树上去摘，说不喜欢低处的橘子。我的胃不太好，不能多吃橘子。我担心我家囡囡吃多了闹肚子，也不让她多尝。每年咱家的橘子基本就是给邻里邻居送送。你多摘些，给你们家人朋友都带些回去。"

江绥之边和老人说着话边爬上了树摘橘子，老太太怕他摘起来不方便，将篮子递给他，让他挂在树干上，方便放橘子。

羽姗也摘了几个低处的橘子体验了一把自己动手丰衣足食的农家乐，随后便站在橘树底下看着江绥之大展身手。

还真别说，他不顾形象地站在树干上摘橘子，倒有几分纯朴农家人的感觉。

正看得乐呵，便瞧见一个橘子不期然从江绥之的手中滑溜了下来。

羽姗忙走过去捡，垂首蹲身，冷不丁瞧见了橘树旁边的一个小木箱子。

箱子并没有密封，她可以清楚地瞧见里头装了一些日常的工具。

她正待收回视线，眸光却蓦地一滞，脚下的步子不由自主就朝着那个木箱走去。双眼，牢牢锁住箱子里头一把熟悉的小铁锹。

察觉到她的异样，老太太说道："这里头装着我家荣韦干活的家伙什。他是做水泥活的，跟着包工头走南闯北，这些惯用的家伙什却是怎么都会随身带着。村里的几个壮小伙帮我拉来了他的遗体，也将他的这些遗物给带了回来。我原本琢磨着将这些东西埋了给他做伴，可又觉得家里破烂了些，哪天就会用得上，也就先将东西搁在那儿了。"

羽姗伸出手，面对记忆中那个熟悉的小铁锹，竟有种近乡情怯的感觉。

她的声音颤抖了几分："我、我可以碰它们吗？"

"又不是什么大事，小姑娘你尽管碰就是了。如果你不觉得晦气用得上，也可以带回去。"

得了允许，羽姗才终是伸手触碰了那把小铁锹。怀着悸动的心情，她在它上头寻找着什么。

倏地，她眸光发亮，灿若星辰。

那把小铁锹上，刻着一个"诚"字！

不会有错的，她绝不会认错的，这分明就是她师父陈诚火调时的专用工具，这分明就是消失在师父死亡现场的那把小铁锹！

可为什么，这把小铁锹会出现在李荣韦的遗物中？李荣韦是怎么得到它的？

李荣韦在南渝市干着水泥工，平日里工作都是随着包工头走的，哪里有活儿就跟去哪里。有没有可能，他曾经去法福寺修缮过寺庙？师父出事那一晚，他也在现场！只是不知道他出于何种目的带走了这把小铁锹。

李荣韦年龄四十九，身高一米七五，与郑伯所说的曾经出现过的男人年龄身高相符。

"李奶奶，有个问题我想问您。"

羽姗的声音不自觉染上了几分哽咽。一想到师父的死，一想到她距离师父的死亡真相更近了一步，她浑身的血液都沸腾起来。

老太太有些担忧："小姑娘你这是怎么了？声音突然怪怪的，身体不舒服吗？"

"我没事。李奶奶，李叔他平常喜欢穿皮夹克吗？他的衣服里有没有一件皮夹克？"

不明白这小姑娘怎么突然问这些，李奶奶还是回答了："我儿子啊，人虽然上了年纪，却有一个古惑仔的梦，没活儿忙的时候，喜欢穿皮夹克耍酷。当初阿英就是因为看他耍酷才愿意嫁给比自己大了整整十三岁的他呢。"

对上了！

都对上了！

所以，李荣韦就是郑伯在法福寺，也就是师父死亡现场撞见的那个穿着皮夹克的一米七五的鬼祟男人？他偷走了师父的手表和小铁锹，惊慌之下掉落手表被郑伯捡去，可却一直保存着师父的小铁锹？

"那您之前见过这把小铁锹吗？知道他是从什么地方买来的吗？"她继续追问。

"这个不清楚，他做活儿用的家伙什我都不会管的。"

"那李叔今年春节的时候，是在家过节还是出门给人干活去了？"

提起这个，老太太就忍不住一叹："他压根就没回老家过年，留在南渝那边。说是春节有个活儿，工钱比平常高好多。为了给家里挣钱，他这孩子苦啊！"

"您知道是什么活儿吗？"

"这个他没讲。后来他打电话回家时我倒是问过他，可他说他没再去干了，让我别问了。"

话问到这儿，老太太显然也仅限于知道这些了。

羽姗陷入了沉思。

从年龄身高性别穿着等信息来看，都能够对上。李荣韦在她师父出事的时间段内在南渝市，也可以对上。只不过仅仅凭借着这些就下定论，太宽泛了。

说不定只是巧合呢？

说不定李荣韦也是从他人那里得到的这把师父的小铁锹呢？

目前这些还都只是自己的推测，她还需要更进一步的证据证明李荣韦确实曾在师父身亡的法福寺出现过。

想至此，她避开他们出了门，给表弟陆棕打了个电话。

婉拒了李老太太留下他们用晚餐的邀请，羽姗和江绥之拎着满满两大袋子橘子回去了。

下山的路并不好走，两人依旧花了较长时间才顺利来到之前停车的地方。

"好在这片地儿今年终于动土开始修路了，以后山里的人家去镇上也方便些。"

两人在山脚的小卖部买了点牛奶饼干面包薯片，江绥之刚解锁车子，就被羽姗拦了下来。

"来的时候是你开的车，又和老太太聊了太长时间，还爬上爬下地摘橘子。你先吃东西，吃完休息两小时，然后再和我换。"

女人颇有点说一不二的气势，江绥之无奈，只得坐上了副驾驶座。

天边的落霞瑰丽，火烧云滚滚，壮观中自成一抹让人怦然心动的风景。

"你向李奶奶打听这把小铁锹，又询问李荣韦的事情，末了还将它讨要了来，这把小铁锹很重要吗？"车子行出了一段距离，江绥之终是忍不住问出了口。

羽姗并没有隐瞒："这把小铁锹是我师父的火调工具，当时在我师父身亡的现场不见了踪影。"

她将有关于她师父之死以及她的一些怀疑向他一一述说。

很奇怪，明明这种事若非万不得已，她是不愿意对一个才认识没几个月的人说的。就好比孙律师，那是因为需要对方的帮忙，她才不得不透露。

可她却偏偏如此主动毫无保留地对江绥之诉说了她师父的死，她的怀疑，以及……她寻求真相时遇到的诸多阻碍。

他犹如一个最合格的听众，仔细聆听着她的话，落在她脸上的视线柔和至极。

"你的怀疑确实是有依据的，如今你发现的种种线索都指向你师父的死另有隐情。我觉得，这件事确实是该继续追查下去。"

"我以为你会因为警方给出了意外的定论而劝我放弃。"她诧异地转眸看了他两秒，随后又专注于前方路况。

"警方给出结案定论是一回事，你想要寻求一个真相是另一回事。再者，你在寻求这个真相的过程中确实是有所发现。你长久以来的坚持终于有了意义，我真心为你高兴。有任何需要帮忙的，你尽管对我开口。"

"你这话我可是记住了啊！到时候需要你帮忙，可别推脱。"

羽姗当即笑纳他的口头承诺，却并未放在心上。她和他终归是属于不同的行业领域，她寻求她师父的死亡真相，他应是帮不上忙的。

江绥之含笑望着她的侧脸：“在此之前，你能不能先帮我个忙？”

“什么？”

“张开嘴。”

“哎？”

他望向她从唇，含笑轻哄：“张嘴。”

“这是什么忙？我张个嘴就算是对你的帮忙？”羽姗觉得莫名其妙，不过还是照做。

下一瞬，她的嘴里一满，竟是直接被塞了一粒杏脯。

她竟被他亲手投喂了！

“你不咬吗？”他唇角勾起的弧度越发上扬了几分。

她在他的紧迫盯人之下，默默咀嚼起了杏脯。

这是她从网上下单给他买的一箱子杏脯，没想到他还真的每天都离不开这个戒烟的替代品，连车上都搁了好几包好几罐。

吃完杏脯，江绥之又给她投喂了饼干和面包，还没等她的胃空下来，一根剥开的火腿肠就被凑到了她嘴边。

好吧，既然他乐意投喂，那她也乐得享受。

然而，当她刚咬下一口，就发现他竟将她吃过的火腿肠直接往他自己嘴里送。霎时，她把着方向盘的手一紧，脸也忍不住有些发烫。

可偏偏男人一本正经，仿佛什么事都没发生，继续和她谈起了正事。

“虽然一连几天都没再发生你被人跟踪威胁的事情了，但你不能轻视大意。俗话说远亲不如近邻，我的手机二十四小时开机，你可以将我设置成紧急联络人，有危险随时向我求助。”

“嗯，好。”

“还有，你现在……”

夕阳落幕，夜色转浓，时间不知不觉流逝，车子在两人的交谈声中上了高速。

羽姗对夜里开车有些忌讳，总不敢开得过快，人也会跟着紧张。更何况高速路的车速极快，一不小心就会酿成灾难。

在她小心谨慎地又开了半个多小时之后，江绥之说道："我们在前方服务区简单地用个晚餐再继续上路，换我开车吧。"

羽姗完全没有异议，她确实是不太敢继续开下去了。

近在眼前的服务区让她缓缓降下车速，她打了个右转向进入服务区，恰与一辆货车擦着车身而过。

夜灯的照射下，货车驾驶座上的脸竟格外熟悉。

她冷不丁踩了刹车，有些失神地看着那货车司机开着车远去。

江绥之不解："怎么了？"

"我看到了个熟人。"她向他解释，指了指刚刚开出去的那辆货车，"是我外婆家那边的一个邻居小哥哥，也是我小时候玩得好的玩伴。他有些言语障碍，曾经自暴自弃做过傻事。看来他现在当了运输司机，顺利走出了人生的阴影，真的在认真地生活，认真地融入这个社会。"

她想起了刚刚匆匆一瞥时那辆运输车辆上的字样——云翔快递。

这是国内一家比较知名的快递公司。

老王家出租房的火调案结束，羽姗最终还是被她哥见缝插针地安排了一场相亲。

彼时，羽沛廷再次跑来了江景府邸，瘫在沙发上按着遥控器。

"姗姗，今儿个你哥我就将话给撂在这儿了。今晚六点，君庭三楼花好月圆包厢。不去的话咱俩这兄妹关系就走到头了！"

她有些无奈："哥，除了断绝兄妹关系这一条，你就不能想点其他的威胁手段吗？"

闻言，羽沛廷还真的认真思索了起来。别说，一分钟后还真被他重新想出了一条新的威胁手段："你不去的话，我明儿个就贴个出租广告。咱这公寓属于我的那个房间我直接租出去。你不是喜欢清静吗？你不是喜欢干净吗？我直接给你招个'抠脚大汉'进门。正好我手头有点紧，收点房租还能让自己松快松快。"

羽姗有点无语："你确定你招个'抠脚大汉'租客，能过得了爸妈那一关？敢让妹妹跟个男租客住一起，还是个'抠脚'男租客，看他们不扒你一层皮！"

刚得意地跷了一半的二郎腿被迫中断，羽沛廷突然有些头疼。

论威胁手段，他似乎远非自个儿亲妹妹的对手。

好在羽姗见好就收，她深知自己放了他不少鸽子，让他遭遇了一些投诉，业绩也受到了影响。他会如此不厌其烦地为她从资料库里精挑细选出一些优质对象，也不过是因为一份兄长的拳拳呵护之意。她若一味伤他，委实是不该。

"行了，我答应你，今晚我一定去相亲。"她将刚洗净的一盆草莓搁在茶几上，顺手将一颗奶油草莓塞他嘴里。

羽沛廷还震惊于她这一次竟然没有推三阻四，冷不防嘴里被撑满，想说话又不能，脸颊鼓鼓的，颇为狼狈。

好不容易将草莓咽下去了，他激动道："到时候你别给我临阵脱逃！成了的话，你结婚的行头，哥都替你包办了！"

两人在公寓窝了一下午，眼见相亲约会的时间还有一小时，羽沛廷催促羽姗去化妆换衣服，又亲力亲为将她送到了约定的饭店。

"有进一步发展可能的话给我报个喜讯。"他叮嘱。

羽姗朝他挥手："你赶紧回吧。"

"不不不，我还是留在停车场这边等你吧。你那车都没开出来，我待会儿载你回去。"

"如果这次相亲成了，不该是男方绅士地送我回家吗？哥，你这想法很危险啊，有点诅咒我相亲失败的味道啊。"

一听确实是这么个理，羽沛廷应声："行，那你成与不成都给我吱一声。如果需要哥临时救场，尽管差遣哥。"

"好。"

在羽沛廷紧迫盯人的视线下，羽姗挎着包步入君庭。

男女相亲时，双方出现的时间有些讲究。羽姗到时，距离约定的时间差不离，男方也刚到不久。

两人坐定，开始交谈。

她哥之前说的那位对她极感兴趣，且对与她相亲极有诚意的检察官，在她一再"鸽"了对方之后，对方已和别人牵手成功了。

这一次的相亲对象是个二十九岁的工程师，陈泓宇，做软件开发这一块的。他入职的互联网公司是龙头企业，竞争压力大，"996"工作制，据说他们公司有员工因为高强度的工作压力而猝死了。正因为他们这一行的压力大，好些这个年纪的发际线上移，有秃顶趋势。不过不得不说，陈泓宇挺耐看的，那张脸完全长在了羽姗的审美上。

据她哥说，陈泓宇之前处过两次对象，但对方都因为他工作太忙没时间约会无疾而终了。如此一看，他这人除了忙，似乎没有什么缺点。

陈泓宇有些犹豫地开了口："我是隔壁梧安市的，在南渝市贷款买的房，算是在这儿定居了，未来也是在这儿发展。不知道你会不会排斥这一点。还有，我工作比较忙碌，一般仅周日有时间，偶尔会调休。如果你需要一个天天与你约会的男友，我恐怕办不到。不过我厨艺不错，希望这能算个加分项。"

他开诚布公，将他的一些情况摆在明面上。

这些，其实羽姗都提前从她哥那儿了解过了。毕竟羽沛廷身为红娘，很多事情会和客户提前沟通过。

"其实我平日里也比较忙，周末节假日有时需要值班，遇到远在外地、要紧且有难度的火调案子，还得出差个一阵子。约会这种事，对我来说也是奢侈。"

在约会时间这一点上，双方都极有共识。

陈泓宇听后，那张俊脸微微发红："其实我这人比较无趣，之前交往过两任女友，被甩的话，没有时间约会是一方面，在相处时不太会哄人也是一方面。"

其实，这是一般的工科男典型的一类表现。

长得帅且能言善道的工科男，不是被别人捷足先登，就是把别人给捷足先登了。

羽姗适时打趣道："我还以为像你这样的优质男，约会时必定是女友哄着你围着你团团转呢。"

被这般一戴高帽，陈泓宇有些不好意思："我也就是普普通通一人，姗姗你过奖了。倒是你，长得漂亮性格又好，让人忍不住想要围着你转。"

羽姗注意到他这话里的两点。

第一，姗姗，他如此称呼她，用称谓拉近了彼此的距离。

第二，他毫不掩饰地赞了她。

看来，对方应是对她有几分满意的。

用餐期间，两人又相互交流了一下彼此的家庭、工作和生活情况，气氛倒是极为愉快，算得上和谐。

陈泓宇绅士地结账买单，并提议一起去看电影。

这是打算进一步交流的意思了。

羽姗并没有拒绝。既然已经出来相亲了，且她也不排斥他，倒是可以进一步相处看看。

他的车停在地面停车场，两人一道过去取车，边走边聊。

手机铃声冷不丁响起，羽姗从包内掏出手机，瞧着来电显示的"江绥之"三字，莫名有种做贼心虚的感觉。

"抱歉，我先接个电话。"她对陈泓宇道。

对方表示理解："那我先去取车，你在这边等我就行。"

等到陈泓宇离开，羽姗才接起电话："喂？"声音竟有些发虚。

江绥之问道："你在哪儿呢？"

这是来查岗了？

羽姗抬头看看暗沉的天："我……有点事，在外头呢。"

"看来你没看微信。"他突然说。

"啊？"

"我早先给你发微信说有应酬不能给你做饭了，问你需不需要我晚点给你带份外卖回去。"

这个，就有些尴尬了。

人家有应酬都没忘记向她报备一声，她却因为相亲而将两人搭伙的事情给抛到脑后了。

她忙说："不用啦，我已经在外头用过餐了。"

"好，那等我晚点回去再联系。"另一头有人在叫江绥之，他没再多说，匆匆挂断了电话。

羽姗总觉得两人之间的交流怪怪的。

他晚点回去之后，不该是洗漱一下，忙会儿工作或者休闲放松一下就该睡了吗？又不需要再做顿夜宵来邀请她这个搭伙小伙伴，怎么还要和她联系？且他还说得如此理所当然。

说起来，自从她被人入室威胁之后，他联系她的频率确实很高，她手机紧急联络人那里的快捷键也设置成了他的。

看来他到现在还放心不下她的安全。

想到他对她的担心，羽姗莫名有种微甜的滋味弥漫上心头。

一辆黑色的SUV停在她旁边，直到车窗降下露出陈泓宇那张脸，她才反应过来，赶忙上了副驾驶座。

不过，因着江绥之打电话过来的那段小插曲，她和陈泓宇看电影时就有些心不在焉起来了。脑子里竟想着回去之后如果江绥之联系她，她要不要跟他聊聊她今日的这场相亲。

说起来，她和江绥之曾经闹过乌龙相亲，也算是有共同话题了呢。或许她的相亲经验可以给他一些参考，助他相亲顺利。哎，等等！好像也没见他再相过亲啊。果然啊，相比女人而言，男人对自己的人生大事大多都不太着急。"先立业后成家"这词用在江绥之身上，倒是挺妥帖的。

江景府邸。

"再见，路上开车慢点。"

目送陈泓宇的车子远离，羽姗这才打算进公寓。

然而刚一转身，就被两尊保持着相同表情的大佛给震惊得连退两步。

“你、你们在这儿做什么！？”

面前的两个男人，赫然便是她哥和江绥之。一个浑身上下充斥着八卦之魂，那双眼里满是点燃的激动小火苗。另一个手里还提着个黑色垃圾袋，保持着僵硬的动作。

她这一惊一乍的，倒是让两个男人莫名其妙。彼此之间对视一眼，很快就反应过来。

“你们认识？”

“你们认识？”

异口同声。

看来这两人会一起出现在她面前，纯属巧合。羽姗不得不为两人做介绍。

当得知江绥之就是之前在金葵花幼儿园的废墟救过自家妹妹的乌龙相亲男之后，羽沛廷看待他的目光一下子就不同了。

“原来你就是救过我家姗姗的那个……恩人啊！”羽沛廷忙将“乌龙相亲男”几字咽回腹中，笑得格外激动，朝他伸出手，“谢谢，实在是太感谢了！”

江绥之右手上还提着个垃圾袋，一时间握也不是，不握也不是。

羽沛廷忙夺过他手上的垃圾袋往羽姗手里一放，打发她：“去去去，戳这儿干吗呢？赶紧去帮忙分个类扔了。”

羽姗白了她哥一眼，去扔垃圾了。

等到江绥之的手一空，羽沛廷热情地握了上去：“大恩人啊！之前我们家就说一定要亲自去向你感谢，不过又怕让你有负担，所以只能让姗姗去医院探望你。我妈还千叮咛万嘱咐让姗姗给你多熬点补身体的汤，她那手艺不行，肯定让你在吃食方面受罪了。”

熬汤……

江绥之不免想到了他住院期间羽姗为他点的那些个外卖，有些哭笑不得。

让她下厨，只能说，太为难她了。

她连自己的胃都能虐待，更别提给他熬什么汤了。

就冲着她毫无抵抗地同意和他搭伙这一点，他也可以断定她那厨房绝对是光洁如新。

"羽工还是挺有天赋的，只要她有时间多练练，满汉全席一定不在话下。"江绥之睁眼说瞎话。

一个愿意说瞎话，另一个则愿意听，且表示高度赞同。

"那是！我妹其实动手能力还是挺强的，就是她工作太忙，不会照顾自己。所以我给她介绍相亲对象时，还特意挑了些厨艺不错的优质男。"

相亲……

江绥之想到了刚刚瞧见的那一幕。

所以，羽姗今天是刚相亲回来吗？

话题扯远了，羽沛廷忙将话题给扯回来："等下回，下回我亲自给你煲个汤补补，我那手艺是在我妈的棍棒底下训练出来的，绝对没得说！"

两人相谈甚欢，羽姗扔完垃圾回来后就一直戳在旁边，上楼也不是，将两人扔这儿也不是。

这都入秋了，夜里在外头吹凉风还是颇有些冷的。

"哥，你是不是该回去了？"羽姗不得不打破两个男人之间的友好交流。

江绥之非常有眼力见地开口："我先上楼了，你们聊。"

等到他离开，羽姗说话也不再避讳："哥，容我问一句，你为了确定我这次相亲究竟能不能成，该不会在这儿蹲守了好几个小时了吧？从晚上六点到现在？"

"笑话！我又不是狗仔，犯得着给自己找这些罪受吗？"羽沛廷死鸭子嘴硬，不过还是忍不住问道，"看你这么晚才被他送回来，看来相处得还挺不错，有发展可能吗？"

不知怎的，羽姗眼前滑过江绥之那张脸。

她回答时就难免不走心起来："光看脸的话挺符合我的审美的，待人接物也挺让人舒服的。"

"说重点啊！到底能不能行？"

"不知道。"

"怎么能不知道呢！只要你不排斥，多处处也就能处出感情来了。要不我跟他联系下，让他多主动些约约你。你俩工作都太忙，没多少私人时间，你们都不主动的话，即便对对方有好感也要黄。"

"什么叫有好感？"

"觉得他这个人还行，觉得和他过余生不是那么难，有进一步发展的冲动。"

闻言，羽姗突然有点悲哀。

这就是相亲，有别于那些或寻死觅活或蜜里调油的恋爱，相亲需要的是稳定，仅仅对对方有好感就足矣。似乎，缺乏了恋爱这一步骤，也就少了点应有的甜蜜。

羽姗转移话题："不说这个了。我跟你说，上周我瞧见谷子哥了。"

羽沛廷果断被她带偏："你说陈谷？"

"对。自从外公外婆去世，我工作又忙，都好多年没去过老家那边了，我也和谷子哥断了联系。我上周在高速服务区见他开着一辆快递车，他应该是在跑运输了。"

听到这儿，羽沛廷叹了一声："这小子是个苦命的。看样子他应该是好转了。"

"可惜那天情况特殊我没能拦下他，也不知下次见面会是什么时候了。"

"如果你这一次春节不值班的话，咱们一家回去看看？再去给外公外婆扫个墓。"

"这个恐怕有些难度。春节期间火灾发生的频率会增高，我们单位得留人值班。等看看情况吧，如果到时候不忙的话，我跟领导卖卖惨争取回趟老家。"

"行。"

"太晚了你赶紧回去吧，警告你，别跟爸妈乱说话。"她忙推搡着赶人。

"好好好，我保证对你的相亲进度守口如瓶。但你也得给我保证相亲积极点。人家陈泓宇如果约你出去，你给我好好配合。"

等到好不容易将这位红娘给轰走，羽姗才上楼。

她一出电梯，刚走了几步，就瞧见了不远处正靠在墙边的江绥之。

他穿着一身居家针织毛衣和休闲裤，慵懒地斜靠在墙上，身姿修长清隽。紧闭的双眸遮掩了他的情绪，唯有那微微蹙着的眉头泄露着几分他的烦躁。

"在等我？"她走近。

男人的眸子睁开，静静地落在由远及近的她身上："嗯。"

她开门进屋："进来说。"

大晚上的，她对他倒是一点都没防备。

江绥之扬了扬唇，随着她进屋："你今天相亲的进展怎样？"

正喝水呢，羽姗差点喷出来。他还真是够直接的，特意等在她门口，就是为了问她这种私人问题？虽说她之前也曾想过要不要跟他交流下也方便她取取经，可想是一回事，被他这么主动相问是另一回事啊。

"还、还好吧。"她的声音不太自然。

"对方是做什么的？"

"什么？"

"我问的是对方的职业。"

"程序员。"

"猝死概率极高的行业啊。"江绥之拉长了语调，意味深长，"他没秃顶吧，发福了吗？有没有肚腩？"

羽姗抽了抽嘴角，艰难地回答："没有。"

"现在没有不代表未来没有，这一行的整体趋势摆在那儿呢。你如果择偶，还是得做好心理准备。"

她狐疑地盯着他瞧。今晚的他未免毒舌了些，竟然在背地里这么编派别人，而且还这么唱衰她的这场相亲。

"其实，如果坚持锻炼，饮食规律，保持营养均衡，应该不至于……"

"中年危机永远不会因为你做足了准备就不会发生。"

羽姗："似乎……还挺有道理的。"

"以防万一，选配偶还是得选一个不会让你在未来二十年内产生审美疲劳的对象才行。而且他还得足够了解你，还得有时间能调理你的胃。如果有可能，最好能在你工作时给你搭把手与你携手并进。"

男人的声音醇厚有力，羽姗竟然还真的随着他的话仔细思考了一番，然后不知不觉将他给代入了进去。

她赶忙刹车，断绝这个危险的念头。

"谢谢，我会参考你提出的建议的。"她友好表示感谢。

江绥之别有深意："不谢，乐意之至。如果有需要我参谋的，欢迎随时咨询我。"

情感问题找他参谋向他咨询？羽姗光是想想就觉得这场面太过于……不可描述。

她尴尬地笑笑，刚要拒绝，便听得手机响了。

一看来电显示是陆棕，她不敢怠慢。

上次找他帮忙调查的事情，至今他还没给她个结果呢！

"姐，你托我的那事查出来了。"

一接通，陆棕开门见山道。

羽姗催促道："具体怎样？赶紧说。"

因着之前和江绥之提过这事，她也不避讳他，索性开了免提。

"问过法福寺的师父了，因为春节寺庙里发生过火灾，他们就请了建筑公司来修缮一下。根据那家建筑公司，我们又查到了他们外包出去的施工团队。只不过这个施工队到处跑，行踪不定，我今天才联系上人亲自赶了过去。我刚从包工头那里出来，据他说，他们当时得配合火调，所以正式施工时间就延迟了，他们赶去寺庙的那批人暂时都歇着等待通知。至于李荣韦，确实是跟着他的施工队去过法福寺，但后来也不知怎么回事，他中途撂挑子不干，害得他们耽误了进度。他撂挑子不干的时间线，倒是和你师父死亡的时间线能对上，恰是在你师父死亡之后的第二天。"

李荣韦曾去过师父死亡的法福寺，在师父死亡之后的第二天就离开了施工团队。

李荣韦年近五十，身高一米七五，惯常穿皮夹克，满足郑伯在那夜看到的那个鬼祟男人的基本特征。且李荣韦的遗物中有属于师父的火调工具。

当一切的巧合串联起来，就变得不太巧合了。

若真是他，郑伯捡到的那块属于师父的手表，也是从他身上掉落的。那么他必定是接近过师父出事的法福寺主殿，从师父手腕上摘下了手表。

他要么就是害师父身亡的人，要么就是目击了师父身亡的人。抑或，他并没目击到，只不过见财起意。

可他并没有害师父的动机，似乎该排除他害师父身亡这一点。

羽姗脑子里翻江倒海，片刻不停地分析着。

倒是他旁边的江绥之问出声："李荣韦的照片让郑伯看过了吗？他能认出来吗？"

他不开口还好，一开口，电波另一头的陆棕直接惊叫出声。

"男的？谁？大晚上的怎么在我姐家？"

江绥之则比他淡定多了，自报家门："江绥之。"

陆棕瞬间陷入沉默。

大晚上的，孤男寡女，有猫腻。

这会儿羽姗回过神了，她拔高了声音："陆棕你给我收起你脑子里那些危险的想法，事情不是你想的那样的。你先回答，郑伯那边怎么说？"

"我让郑伯辨认过李荣韦的照片了，他说那夜天太暗，他就只看到个背影，且时间过去太久了，他认不出。他能给出之前的那些线索已经是他的极限了。"

羽姗顿觉挫败。

一切又进入了一个死胡同。

李荣韦已经死了，线索就这么断了。她又该从何处继续寻找师父之死的真相？

日子在每日的奔波忙碌中进入了十二月。

这期间羽姗倒是和陈泓宇约见过几次，只不过相处得不温不火的。再加上双方都忙，电话微信什么的也不太积极，也便没什么进展。

反倒是她和江绥之作为搭伙小伙伴，每日频繁地联系，倒是建立起了非一般的情谊。

中旬时下了一场大雪，鹅毛般的雪花纷纷扬扬，等到雪后初霁，天气都跟着明媚了起来。只不过空气却越发干燥，羽姗护肤不积极的后果就是，嘴唇都起皮了。

今日阳光明媚，郊区一家造纸厂的小仓库起火。好在火势被控制，过火面积不大，羽姗带着刘浏出现场，查出仓库内放置着一辆平衡车，车内的锂电池漏电导致了这场火灾。干完活已经下午四点多了，两人开车回单位。

刘浏看着仪表盘："姗姐，快没油了，咱们去前头加油站加个油。"

"好，加完油换我来开，你趁机眯会儿。"

"嘿！我一糙老爷们儿没事！"

然而不过是加个油的工夫，变故横生。

眼见着还有十几米就要到达加油站，前方加油站内的一辆车却突然着火。火势迅猛，隐隐有席卷车身的危险。车主顾不得自己的车子，拼命扑打着身上的火花，最终脱下衣服，狼狈地远离具有危险的车辆。

"快救火！"羽姗顾不得多加思考，车子还没停稳就解开安全带，从后备厢拿起灭火器飞快冲了出去。刘浏紧随其后。

好在一切有惊无险。加油站的工作人员一看不对就拿着灭火器冲了过去灭火，再加上他们的加入，起火的车子很快就被扑灭。

刚刚起火时火势挺猛的，火焰蹿起来挺高，所幸车子受损得并不严重。

车主心有余悸，连连道谢。

他臂弯上挂着那件灰扑扑的呢子大衣，不解道："怎么突然就着火了呢……"

羽姗向他了解情况："您仔细回忆一下，一开始火是从哪里着的呢？"

"油枪突然就着了，我离得近，衣服就着了起来。"

调取监控，几人发现车主手持油枪自助加油时，油枪突然起火。而在加油过程中，车主回到了车内，重新下车时又整理了一下身上的衣物。等到他再碰触油枪时，油枪就突然起火，车子着了起来，他身上的大衣也染上了火花。

加油站的工作人员显然对此极有经验，极为肯定地开口："是静电引起的。"

羽姗点头："确实是静电。"

车主在加油站自助加油静电引发火灾的案例，她接触过几起。防火部还特意做了好几期的视频放到网上做宣传，跟公众阐明静电的危害。

听着他们的话，车主却不认同："可我之前已经触摸过静电释放器了啊！没理由还会着火啊！"

提油枪前触摸自助加油机上配备的静电释放器，有利于将身上的静电释放。从视频中来看，他确实是这么做了。

"可你在加油过程中又回到了车内。车内空间密闭干燥，如果你触碰了皮椅方向盘等，本身就容易产生静电。再加上你下车后又整理了衣物，再次产生静电。等到你重新提起油枪时，也就因为静电而产生了火花，导致了这场无妄之灾。"

羽姗一番分析，顺便科普了一番静电知识。加油站的工作人员也明显接受过专业的培训，也时不时表达一些自己的看法，并将他在工作期间亲身经历的几个因为静电而引起的火例告知。

"对了，之前一位车主自助加油时，瞧见自己车上靠近油箱边有片落叶，他只是想要取下落叶，车子就突然着火了。"工作人员一阵唏嘘。

过于空洞的理论，往往不及亲身体会来得让人印象深刻。

经了这一次的意外，又有羽姗刘浏从旁的理论解释，以及加油站工作人员告知一些他亲身经历的几个加油站加油不慎起火的实际案例，车主明显是感受颇深。深有体会地离开前，他还连连向他们表达谢意。

"姗姐，咱们晚上去撮一顿吧，叫上威武沈青他们。李哥不知道有没有空，他还得陪老婆孩子呢。"加好油之后，换羽姗开车，副驾的刘浏开始做起了安排。

"李哥要陪老婆孩子，赵威武不是也得陪女友？"

"那不一样！赵威武可以将他女友带出来一起玩啊。李哥的话，他毕竟是领导，咱们不敢造次。"

"那对我怎么就敢造次了？我就不算是你领导了？"

"谁让姗姐你年轻呢，咱们就想和你打成一片。"

"这话传到李哥耳中，不是给我招仇恨吗？"

"咱又不搞拉帮结派那一套，李哥开明着呢。"

见羽姗没异议，刘浏果断掏手机，在几个人的小群里嚷嚷起来。

羽姗没阻止，不过她想着待会儿得抽空给江绥之报备一声。

上次相亲就忘记报备了，好在他那时候应酬也没做饭，要不然多做了她那一份晚餐，她更得过意不去了。

前方红灯，她停下车子，刘浏在旁边跟她交流群里小伙伴们提供的用餐地点。

"火锅不错，丽南路那家可以，口碑……"人多就该热闹，羽姗欣然同意他们的提议。

蓦地，她的声音戛然而止。

她的视线，随着前方穿过十字路口往东南方向开的货车而去。

她看得没错的话，开车的人正是陈谷。

而那辆货车上，有着云翔快递的字样。

上次在高速服务区见到他时，她就有些遗憾没能和他说上话。这一次再见他，偏偏他再次从她眼前直直地开了过去。

终于绿灯了，她带着一抹遗憾，缓缓将车提速，开往西南方向。

元旦的时候，羽姗和陈泓宇的相亲还是无疾而终了。

原因则在于两人都太忙。

两个太忙的人，若是未来结婚生儿育女，谁都没有时间顾家，这样的家庭，迟早会产生矛盾，分崩离析。

智者，就该及时止损。

而两人，显然都很充分理解这一点，双方和平结束这段相亲之旅。

羽沛廷为此颇为伤神，通过每餐只用一碗饭来表达自己的惆怅之情。

他甚至还趁着周末去了趟寺里许下宏愿——如果他在新的一年还不能给自家妹妹找到对象，他就咒自己桃花运不断！

日子一天天滑过，转眼春节在即，许多企业也开始放假了，外来务工人员陆陆续续返乡过年，南渝市这座城市倒是一下子清闲了下来。

除夕这天，羽姗和刘浏值班。

因这天情况特殊，只需值班半天。

中午要走人时，刘浏开始烦躁起来："我那快递还没到呢，唉，我得赶紧跟派件快递员打个电话催催。"说罢急急忙忙到茶水间去打电话了。

虽说由于春节大多数快递停运了，可也有好几家快递公司打出了"春节不打烊"的旗号拼命接单抢占市场。他下单的快递是次日中午12点前送达，按理该到了。

等他打完催促电话回来，羽姗忍不住问道："买什么了？你不是下午出发去你爸妈那边过年了吗？"

刘浏的家是本市农村的，行程大概在两个小时。他年初三还有值班任务，此次回父母家过年时间也比较紧张。

"都是些营养品。"他不好意思地笑笑，"网上购物折扣力度挺大的，多买了些方便送长辈。"

羽姗不免说教："你过个年买些礼物回家还踩着点，就不能提前些日子？或者直接寄到你父母家那边。"

"嘿！甭提了。"说起这个刘浏就特别不好意思，"我这工作也才半年没什么积蓄，只想着在商场超市买几箱坚果提回去。可前儿个跟我妈视频，我妈就说玲姐多么孝顺给她买了燕窝，让我也跟着好好学学，买点营养品回去孝敬几家长辈。"

怕羽姗没听明白，他又解释道："玲姐是我表姐，她比我大十来岁，工作好多年了，是一家国企的市场总监。我一个半年工龄的人跟我表姐去比，财力这一块肯定是不如她的。没办法，亲娘非得让我攀比，礼尚往来，我只能忍痛将我好不容易存下的那几千块掏出来。临时起意买的，昨天火急火燎地下单，说是次日达，那我索性就寄到我这边吧。起码回家的时候提着大包小包倍儿有面子。"

羽姗是彻底听明白了。

她打趣道："那你接下来该不会喝西北风了吧？还有钱交房租吗？"

"如果我说是，姗姐你要不要资助我一下？"

"我可以勉为其难替你在同事间发起一个众筹，等你发工资了可以双倍回报给资助过你的人。"

刘浏一脸哀怨："……一个月时间就利滚利到双倍，欺负老实人。"

说话间，他的快递总算是到了。

签收后，他们两个收拾东西，关电脑关灯关空调，只不过，一个紧急案件，阻住了他们奔赴大年三十团圆夜的步伐。

从南渝到邻市的高速路段，云翔快递的运输车辆刚过收费站几分钟就突发爆炸，车厢起火，司机减速刚要将车开往应急车道，后头就有车接二连三撞了上来。

所幸消防及时赶到，现场并未有人员伤亡，只不过财产损失尚未估量。

羽姗和刘浏赶到现场时，救完火后消防战斗员们已经离开，交警正在指挥交通，几辆追尾的车辆也暂时在交警的处理之下先行离开。那辆发生爆炸的运输车辆则被挪到了应急车道。从外观来看，车厢已经变形，里头一堆的箱子变得焦黑。现场满是黑色的污水流淌。

当瞧见车厢上勉强能够辨认出来的"云翔快递"四字时，羽姗怔了怔。

她最近，似乎和这家快递公司挺有缘的。

警方正在询问司机车厢发生爆炸时的情况，羽姗往那边走了几步，猛然止步。

那位司机，何其眼熟。

正是她屡次擦身而过遗憾没有叙旧的陈谷。

他脸上满是污黑，穿着一件快递公司的工装，头上戴着一顶黑色毛线帽。因为怕冷，那工装外套的拉链拉得极高，直接将脖子紧紧包裹。

听着警方的问询，陈谷一个劲地比画着手势，神色焦虑。

面对这种情况，警方也犯难了，其中一人提议道："你会写字吗？将当时的情况写在本子上吧。"

然而，陈谷只是连连摆手。

问询工作一时间陷入僵局。

羽姗的脚步声，让几人回过头去。陈谷一怔，随即就是一喜。他下意识就朝着羽姗的方向走了几步，手指一阵比画。

陈谷自小便有言语障碍，无法正常开口说话。为了治好这个毛病，他们家不知看过多少家医院。只不过，结果依旧不理想。也因此，他爸妈争吵不断，两人离了婚，他跟着他母亲生活。

小学时，陈谷渐渐记事，也明白了自己这病症的痛楚。周围人，明显对他抱有偏见。在被周围的小伙伴日复一日地嘲笑孤立后，他再也无法承受，自暴自弃，甚至还自杀过，所幸被抢救了回来。

羽姗的童年是在外婆家那边过的。她和他是小时候的玩伴，打小就感情深厚。在他出事之后，她就特意为了他学了手语，与他交流，让他明白他不是孤单一人。

只不过长大后两人见面的机会少了。

羽姗的外公外婆去世得早，她逢年过节也不怎么回老家，两人之间也就渐渐断了联系。

突然间在这儿见到，陈谷难免激动。

一阵比画之后，他就给了羽姗一个大大的拥抱。

羽姗也极为激动："谷子哥，其实我之前开车在路上的时候瞧见过你。只不过咱俩不顺路我不方便去追，就这样错过了。"

她掏出包湿纸巾，将他脸上的污黑给擦拭干净。

陈谷浑不在意脸上的脏污，他比画道："妈妈说我再不打工给自己攒钱就永远都娶不到媳妇儿了，所以让吴叔给我介绍了这个活儿，之后就把我给赶出了家。"

陈妈妈总有一天会老会死，不可能一辈子都护着自己的儿子。当妈的，自然是希望自家儿子能有个人照顾，能有个知冷知热的人永远陪着他。

羽姗完全能够想象到陈妈妈满目含泪地将自己儿子赶出家门时的场景。明明那样不舍，却还是要忍痛将他赶走，让他独自去外头闯荡。

一颗慈母心，最是让人感动。

现在不是叙旧的时候，现场还有一个烂摊子需要尽快处理。

因着羽姗会手语，由她负责对陈谷进行例行询问，并和警方资源共享。

"我也不知道怎么回事，车厢就着了。好像，好像是有什么爆炸了的声音。我朝四周看了看没什么异样。可是那声音又响了起来，我就又去看，然后发现车子起火了。"陈谷手指比画的速度极快，情绪有些激动，"我想要灭火，可车还没停下来。我想将车开到应急车道，可后头的车直接就撞了上来。一辆两辆三辆，太多了，太恐怖了。后来我抱着灭火器去灭火，有人打了119报警……"

"是怎样的爆炸声？"她追问。

他嘴拙，形容不出来，在那边抓着头发干着急。

羽姗忙拦住他的动作："谷子哥你别急，我们会查出来的。"

她交代刘浏："你先检查一下货车的几个轮胎，看看车胎是否爆了。"

随后她又跟警方交流了几句。

"姗姐，车胎没爆，正常着呢！我检查过了，也不是因为车胎摩擦导致的火灾。"刘浏很快就鉴定完毕。

起火部位不是车胎，那就有些棘手了。

羽姗绕着云翔快递车走了一圈，最终停在了敞开的车厢边。

"消防同志灭火时撬开这车厢门，里头涌出一股浓烟。那烟熏得人眼睛疼，鼻子里全是那刺鼻难闻的味道，好在他们做了防护。不过我们两个就惨了，虽然我们等火彻底被扑灭，等烟散了才过来查验，可还是被那气体给熏得差点晕倒，去吐了好几次。"

一名警察在旁诉说。

羽姗默默将这一切记在心内。

她深吸了口气，近在咫尺的车厢，里头燃烧过后产生的难闻气体一下子就入了鼻。那味道闻着，确实是让人有些不舒服。

她捂了下口鼻，双眼则扫过车厢内的物件。

里头的快递有大半已经被烧得面目全非，有一部分箱子损毁得厉害，仅有少部分得以幸存。此时，车厢内满是灭火过后残留的污水，正汩汩往下滴着。

刘浏对事故车辆做了概貌拍照，又换了双防护靴，戴上口罩上了车，对一些重点部位进行拍照。

"咦？这是什么？"蓦地，他在一堆燃烧后的残留物中发现了某样物质。

羽姗戴上了防护手套，也上车进行检查。

她看了一眼那物质："暂时无法辨别，先拍照存证，等送鉴定中心。"

刘浏点头，进行细目照相，随后将它提取到证物袋。

两人正忙碌着，远处跑来一群行色匆匆的人。

领头的那人直奔现场的警察。

"警察同志你们好，我们是云翔快递的，我是南渝市湖东新区网点这边的负责人沈平贵。"来人五十岁左右，穿着件黑色羽绒服，他急匆匆地赶到，身后还跟着四个穿着云翔快递工作制服的人。

警察跟他握了手，见他递烟过来，忙摆手。

讪讪地收回烟，沈平贵急切地说道："我这边一听说出事了就赶紧带了人过来。运输车上都是一些贵重物品，如果长时间泡在水里肯定会出事的，我们的损失将更严重。警察同志，我现在需要立刻将快递给挪到另一辆车上，抓紧时间挽回些损失，也好对一些客户有个交代。"

他指了指他们自己开来的那辆货车。

此刻应急车道上，除了事故车辆、警车和羽姗他们的单位用车，还有他带人开来的轿车和货车。

做快递行业的不容易，如今这一场火，损失肯定不可小觑。

两名警察有些犹豫："目前还没查出火因，需要再等等。"

"同志，这个真的等不了了。已经烧毁了好多了，再等下去那些幸存的快递箱子都要泡烂了，里头的物件也要毁了。所有的损失都是我们来赔的。这不是一笔小钱，我这个负责人是要担责的啊！你们不能因为要调查什么火因就让事态进一步恶化啊！"

他满是焦虑和担心，警察也不得不软和了态度："那你们搬运时注意保护现场，如果发现任何可疑痕迹第一时间告知我们和火调专员。"

"好的好的，一定一定，感谢警察同志！"沈平贵忙又伸出手握了上去，左手也紧跟着握住对方的手背，举手投足中满是放低的姿态。

得了准许，待命的四名快递人员忙一窝蜂地拥向了那辆满目疮痍的运输车。

羽姗才刚开始和刘浏在车厢内翻找线索就被打断。

不过人家确实是情有可原，碰到这种事情，尽快挽救损失挽回声誉才是重点。

羽姗和刘浏下车给他们腾位置，有心想要搭把手，却和有着同样想法的警察一样，被谢绝了。一旁的陈谷想要帮忙，则被挤了开去。

"谢谢警察同志，我带的人够多，可以很快搞定的。"沈平贵解释道，"车上脏，别把你们的制服给整坏了。"

四名快递工作人员都戴着口罩和防护手套，装备齐全。他们将快递从这辆运输车转移到另一辆运输车，来来回回往返了几次，动作极为麻利。

只不过，盯着他们的动作，羽姗却是眉头紧锁。

刘浏也察觉出了不对劲，和她咬耳朵："姗姐，我总觉得他们有些古怪。抢救快递的话，明知那些焦黑的快递已经被烧毁了，应该先抢救那些比较完好的快递才对啊。可他们一上车就开始将那些被烧得漆黑的箱子一股脑地用麻袋装了一袋又一袋，等将这些搬到另一辆货车上才开始抢救那些稍稍完好的快递。"

"确实是有问题。"羽姗点头，示意他跟上。

两人一起走向沈平贵。

"沈先生，打扰一下。我们需要查看一下这些快递。"

沈平贵正张罗着底下的员工赶紧搬运，闻言有些疑惑道："请问你是？"

旁边的一名警员向他介绍："这是防火处火灾调查科的羽工，负责这次的火灾调查。"

"幸会幸会！"沈平贵忙朝她伸手。

羽姗示意手上还戴着手套，不太方便。

"沈先生，想来您也是希望能尽快查清楚究竟是什么导致了这次的意外。希望您能配合一下，让我们查验一下快递。"

沈平贵一脸为难："羽工，不是我不愿意配合，实在是公司有规定。这是客户的私人物品，必须得尊重客户的隐私，我们无权拆看。"

理确实是这么个理。

一个侵犯隐私权摆在那儿，羽姗无法强求。

刘浏有些沉不住气："我挺不解的，沈先生你们抢救快递为什么先去抢救那些已经完全毁掉的货物，再去抢救那些还算完好的货物？沈先生能否帮我解答一下？"

沈平贵表情微微一僵，随即一脸无辜道："那些已经毁掉的，面单已经毁了，我们提前搬运出来统一管理也好方便统计损失。至于那些还算完好的，我们和客户沟通之后得另作安排。"

话并没什么错漏。

见四名员工搬运完毕，他也不久留，向他们打了声招呼："我还得回去紧急处理这批快递，给客户们一个交代。各位同志辛苦了，如果有什么进展，可以直接联系我。非常感谢！"

末了，他还将自己的名片挨个发了一圈。

望着他们一行人离开，羽姗的眸色转深。

陈谷有心想要解释什么，朝着沈平贵的车子追了几步。然而，自始至终，沈平贵一行人都不太在意他这个长途司机。

他有些急切地朝着羽姗用手比画了一阵，羽姗会意，安慰道："谷子哥你放心，我们一定会查清楚的。"

然而，等继续开展火调工作时，刘浏忍不住捂着鼻子爆粗。

"他们至于吗？搬快递就搬快递，连消毒液都用上了！"

被搬空的车厢内除了那些个污水以及秽物，便是一阵消毒液的刺鼻味道。

对于这个，那位沈平贵倒是理由充分。车子出了这么大的祸事，先消个毒总归是没错的。

于是，也就有了如今的局面。

"先戴上口罩。"刚刚用过的口罩外层已经受污染无法再用，羽姗去停在应急车道上的车内重新取出几个，给他递了一个过去。

"谢谢姗姐。"刘浏接过，率先跳上了车。

被搬空的车厢一目了然，当他的目光接触到污水中淌着的那小半截烟头时，他激动起来："姗姐，有线索！"

烟头在被拍照存证后放进了证物袋。

"难道是烟头引发的车辆起火？"搜索了一圈之后，刘浏望向陈谷，"这个是你吸烟后丢弃的烟头？"

瞧着那烟头，陈谷连连摆手，开始比画。

羽姗替他解释："他说他平常喜欢抽几根，但是如果开长途他是不会吸烟的，怕出事。"

刘浏继续问道："那你能做个DNA比对吗？"烟头尾部虽被烧，但还有些残留，应该还能提取DNA。

这是正规流程，羽姗并没有阻止刘浏。

见陈谷不解，她忙解释什么是DNA比对。

知道只要做了这个就可以证明他的清白了，陈谷忙点头同意。

两人又对车子底部、车厢上方、驾驶室等位置进行了一番调查。确认没有遗漏之后，羽姗在勘验笔录上写下勘验情况以及提取痕迹物证的情况，她和刘浏分别签字，随后问过陈谷的身份证号码，并让他签字。

"谷子哥，我们初步断定是烟头引发的火灾。你配合我们做个鉴定，有结果之后我会第一时间联系你。"工作暂时处理完了，羽姗便聊起了私事，"说起来我都还没你联系方式呢，趁着这次赶紧记下你号码。今天除夕，谷子哥你如果不回老家的话，到我家来过年吧。"

陈谷原本是要将一车快递送往邻市的。出了这事之后，他这一趟没走成，如今想要赶回家过年，也错过了时间。

在羽姗的盛情邀请之下，他答应了下来。

由拖车公司负责挪车，陈谷也就暂时不去管那辆运输车了。

回去时已近黄昏，车里多了一个陈谷。刘浏开着车，嘴里咀嚼着用来垫胃的饼干。可他的视线却是忍不住从内后视镜里窥探。

后座上，羽姗正和多年不见的好友叙旧，只不过车厢内自始至终只有她热情洋溢的声音。陈谷的脸上扬起大大的笑容回应着她，那张了又张的唇只能发出"啊啊"声，只能依靠着双手的比画表达自己重见旧友的激动心情。

到了市区，羽姗催促刘浏赶紧拎着他那大包小包回家过年，自己则带着陈谷去了趟鉴定中心找秦芳。

刘浏在事故车辆内寻到的不明物质需要鉴定，同时还需要做烟头和陈谷的DNA比对。

"我正要回去给家人做团圆饭呢，你就来给我出难题了。"秦芳一边给陈谷采集DNA，一边卖惨。

"走流程的话出结果有点慢，所以只能让芳姐你给我插个队帮个忙了。一品锅已经预约上了，就等着芳姐你春节期间哪天有空，咱们出去撮一顿。"

"行吧，谁让我怕被你再次揪领子呢。"秦芳再次拿她当初的事损她，"不过明天大年初一，我们一家人得出去玩。初二初三得去拜年。初四我值班。我尽量在初五前给到你结果。"

羽姗忙道谢："那就谢过芳姐啦！"

离开鉴定中心，夜幕已经降临，羽姗开着她的车直接将陈谷载回了父母家。

无疑，陈谷的出现，给这个大年夜增添了一份热闹与喜气。羽母亲自打电话给陈谷妈妈，跟她说了陈谷在自己家过年的事情，让她不要担心。两个老姐妹在那边煲了半个小时电话粥。

用过年夜饭后，羽沛廷、羽姗和陈谷这三个小辈凑在一起，开始疯玩。

春节禁燃烟花之后，少了几分热闹。不过羽沛廷也不知从哪儿搞来了个电子烟花，在小区里放了起来，惹来许多小区散步的人围观。周围的孩子们聚在一起，欢声笑语一片。

羽姗忍不住发了几张照片将这边的热闹传递给江绥之。

"新年快乐！让你感受一下我的欢乐！"

江绥之回老家过年了，腊月二十八那天回的。他正陪他爸守在电视机前看春节联欢晚会呢，瞧见羽姗发来的消息时，忍不住勾了勾唇。

然而，当他瞧见她和两个男人的自拍时，唇角的弧度瞬间被拉平。

照片中，灿烂的电子烟花点缀为背景。她的左右分别站着一个男人，与她贴得极近，姿态亲密。一个男人是羽沛廷，而另一个……他并不认识。

江绥之不免想到了羽姗的那个相亲对象。

叫什么来着？

对了，她之前说过他叫陈泓宇。

所以，站在她另一侧的那个男人，就是陈泓宇？他陪着她回家过年了？两人的关系已经上升到见家长的地步了？那下一步，是不是就要准备订婚了？

不能想，越是想就越是烦躁。

偏偏他还什么都不能做。

做了，便是有违道德。

"你旁边这两人，一个你哥，另一个，姓陈？"他思考良久，发了一条微信过去。

羽姗回过来的声音有些激动，有些难以置信："神了你，这都能猜到！赶紧告诉我你是靠着什么猜得这么精准的。"

果然是陈泓宇！

江绥之的眸光暗了暗，只得敷衍道："百家姓里姓陈的挺多的，随口猜的。"

"大佬你牛！你这嘴是开过光的吧！"

和羽姗有一搭没一搭地聊着，江绥之的心思完全没放在春节联欢晚会上。

一旁的江父默默瞧着这一幕，暗叹男大不中留。

今年春节，羽姗虽然依旧没有去成老家，不过能够和谷子哥相聚，她觉得圆满了。

正月初五轮到她值班，而她，也等来了秦芳那边的鉴定结果。

看着鉴定报告上的文字，她只觉脑中"嗡嗡嗡"的，炸得她脑仁疼。

在事故车辆车厢内发现的烟头，上头残留着陈谷的DNA！

这说明什么？

这说明那个烟头确实是陈谷抽烟后遗留下来的，甚至因此导致了这场火灾！

整个下午她都心神不宁，对于该如何书写火灾事故认定书有些犹豫不定。若坐实这一次的火灾是陈谷乱丢烟头引起的，先不说一系列追尾事故的损失，光是货车车损和快递损失，都不够他赔的。

他是她的发小，是她信任的小伙伴。

他说他不会在开车上路时抽烟，更不会乱扔烟头，她信。

可现场的证据，却让她不禁怀疑是否是他粗心大意导致的失误。

下了班回到公寓，羽姗还在烦恼着这个事，没想到门铃突然被按响。一开门，江绥之就这么戳在了她跟前。

男人长身玉立，英伦风高领黑色毛衣，高腰长裤，外搭一件灰色大衣，衬得他极有气质。他的眉眼温柔，含笑望着她："新年快乐，我回来了。"

醇厚的嗓音，竟染上了几分酒酿的醉意。

羽姗站在玄关处，与站在长廊上的他四目相对，脸上忍不住露出几分惊喜。

"新年快乐！恭喜你重新回到南渝进行发家致富之旅！"

她将人让进门，又从冰箱里拿出昨天和几个朋友们一起去草莓采摘园采摘的草莓。即便是清洗过了，她还是极为讲究地重新清洗了一番，又装了盘端上了茶几。

江绥之很给面子地一连尝了好几个："挺甜的。如果你每日的饮食能和吃水果小食一样规律，我也就不用发愁了。"

"埋汰谁呢！"羽姗不满地嘟囔了一声，随口问道，"你怎么提前两天回来了？"

"怕你虐待自己的胃，心有不忍就提前回来了。"

"我信了你的邪。"不知怎的，因着他这话，她的心有一瞬间的悸动，等平复下心跳，她揶揄道，"如果真的心有不忍，那你还不如直接留在南渝市过年，让我一直在你眼皮子底下呢。"

"我也想啊。可你得和家人一起过年，我如果留在南渝市过年，都没个能和我一起过节的，孤家寡人岂不是太惨了些？"

"你可以找你的朋友，你的同事，你的校友。"

"每个人都有每个人的家庭，过年期间忙着走亲戚拜年都来不及了，又怎么还有闲心顾及旁的人？"

"别扯了，像我，过年期间除了拜年走亲戚，就是和朋友们小聚。只要感情真，妥妥地能将人约出来。"

江绥之蓦地凝视着她的眸，似笑非笑。

她莫名其妙："你这什么表情？我哪句话说错了？"

"你这话没错。不过你得考虑到一个现实情况。我在南渝市的大多数朋友都已经结婚成家。结了婚的人不比单身自由，春节期间双方长辈家走动是必不可少的。有些亲戚甚至还在外地，还得到处跑。至于你……"

"行吧，身为单身人士的我不像你那样想得深远。我的锅，我背。"羽姗举手投降。

单身人士。

冷不丁听到这四字，江绥之的心绪起伏。

内心翻江倒海，他脱口而出："你和你那个相亲对象没成？"

"我没跟你说过吗？我们元旦那天就说开了，觉得彼此不合适，就没再继续相处下去了。"

她一拍自己脑门。

那阵子自己忙得昏天暗地，也就没再跟他交流过她的相亲结果了。

"那他除夕夜不是还上你家过年了吗？"

"哎？什么？"

"你不是发给了我几张照片吗？其中一张是三人的合影，你和你哥，还有一个男人。那男人不是陈泓宇吗？"

羽姗一下子就明白过来。

她收回赞他的嘴开过光的话。

敢情他一下子就猜到谷子哥姓陈，竟然只是因为他误会谷子哥就是陈泓宇！

这还真是个……美丽的误会啊。

"那个是谷子哥，我的发小。"

提起陈谷，羽姗的情绪难免低落下去。旧友重逢，她沉浸在喜悦中，可偏偏，现实却逼迫得她不得不做出选择。

困扰了她一下午的问题再次出现在她的脑中，她倏地有股倾诉的欲望。

旁边坐着江绥之，和他相处，她不会感到不自在，反倒处处都能感觉到舒适惬意。

也许，他是个不错的倾诉对象。

有关于此次火调案的具体内容，她不方便透露。她将一些过程简化，让他帮忙分析。

"你说，我现在该怎么做？如实记录，以他目前的经济实力，肯定无法承担，未来几十年都将面对无止境的赔偿，若是闹大，恐怕还得坐牢。陈妈妈年纪大了，为了帮儿子还债，肯定又得吃不少苦。她已经苦了大半生了，再继续苦下去，何时是个头啊？可我若选择帮他，对火调结果弄虚作假，就对不起自己的这份职业，对不起自己秉持的信念……"

羽姗将自己的纠结一股脑对他倾诉。

江绥之并没有立刻帮她做判断，而是问她："你能跟我说说他这人吗？你信任他吗？"

"之前我们从李荣韦老家回来的路上，高速服务区，你还记得吗？我说遇到的那个人，就是谷子哥。"

对于这个，江绥之有印象。

她那会儿还说对方有言语障碍，甚至还做过傻事。她见他开起了运输车努力地生活着，还为他高兴呢。

"在我的印象中，谷子哥这人其实挺自卑的，有言语障碍不会说话，从小就被周围的人孤立敌对。那年暑假我是在外婆家过的，那一天我去池塘游泳，一切就那么巧。我救了落水的他，将他拖上岸前腿抽筋差点让自己也栽了。他愧疚我为救他而差点丧命，这件事成为我们两个小孩子之间的秘密。从那以后，我开始学手语，努力学着聆听他那些无法宣之于口的语言。我开始成为他的至交好友。别人觉得他是异类没关系，只要他还有一个真心待他的朋友，那就该努力活下去。我希望他能

208

对人生重燃希望。"

一只大掌，忍不住盖住她那只白皙纤细的手。

那收紧的力道，似在无声地安慰她在那年夏天承受的惊吓与恐慌，安慰那些本不该是她那个年纪该承受的痛苦与忧愁。

羽姗只觉得一股暖意透过手背传入四肢百骸，一丝甜意不期然弥漫开来。

怦然，心动，不过刹那。

"我外公外婆相继离世后，我们回老家的次数屈指可数，我和谷子哥也就逐渐断了联系。不过我还是能够隐约听到他的一些消息，知道他这些年都有努力活下去。他读书没什么天赋，脑子又不灵光，遇到那些需要背的东西就头疼，所以只读到初中就没再读下去了。他在超市里打过工，在工地上搬过砖，在食堂打过杂，在酒店当过保安，在运输公司拉过货，他真的做到了我们当初约定的，很努力地活下去，很认真地过着生命中的每一天。陈妈妈希望他独立自强，让村里的吴叔给他介绍了云翔快递长途司机的活儿，忍痛将他赶出了家门。背井离乡，他依旧很努力地一个人养活自己，他真的很努力。他不会说谎，我相信他说的话！"

说到最后，羽姗的眼神坚定，语气中满是郑重。

江绥之伸手将她垂落的发丝拂到耳后："既然你信任他，那就不该轻易动摇。为什么不将这份信任坚持到底？"

沉浸在焦虑中的羽姗并未察觉到他这过分亲昵的小动作，她急急追问："你的意思是？"

"若出现了与这份信任相悖的地方，努力找出线索推翻它就是了。"

是了！

就该这样！

也本该这样！

羽姗瞬间有种豁然开朗的感觉。

工作中一旦掺杂了私人情感，理智就被撇到了一边。

当DNA鉴定结果出来，她不是不信谷子哥，而是觉得他可能是在他自己都不知道的情况下出现了失误。

一开始她就将这一点钉死在框架里了，潜意识里已经确信了是他的失误导致了火灾，所以也就忽略了另一种可能。

她现在需要做的，就是找出线索，推翻与这份信任相悖的地方！

她需要帮谷子哥。

但不是以权谋私利用一些不光彩的手段，而是光明正大，为他寻找一个真相！

正月初七，羽姗的春节假期正式结束，进入正常工作状态。

中午她和陈谷一起吃饭，才知道他已经被云翔快递那边开除了。

她站在朋友的立场上安慰了他一番，鼓励他重新找工作找回对生活的自信。不过这一次，她的安慰不再苍白无力，而是带着十足的信心。

回到单位，羽姗就开始调查事故车辆的行车记录仪，眼睛一刻不停地盯着拷贝的视频。

"姗姐！有新线索！"

当她的双眼疲惫得都快睁不开时，刘浏一脸兴奋地跑了过来，他示意她看平板上的照片。随后又将照片放大。

这是……

羽姗的眸睁大。

照片中的箱子残破，露出里头装着的快递。

"烟花？"

"这是那天事故车辆被挪走之后遗留在现场的。挪车的人在车底发现的这个，马上就打电话给警方。警方那边在年后走完了流程，刚将这一线索对接给我。我估摸着应该是那四个云翔快递的人在转移快递时将它一个不小心遗漏掉在车底了。看这个快递的外观，虽然先前着过火，但因及时被扑灭，这个烟花倒是没有毁掉。"

刘浏在旁边解释着。

羽姗听着却是心头一凛。

如果当时运输车内有烟花，那就不能排除是易燃易爆物品引发的火灾。

瞧着那张放大的照片，她的视线蓦地一凝。

"这个紫红色的小物质……"

"什么紫红色？"刘浏歪过脑袋，"我刚刚没发现其他的呀。"

"烟花的残骸中附着了一些物质。"羽姗给他指出位置，那抹紫红色混杂在烟花五颜六色的包装中，极容易被忽略，"看形貌，应该是红磷。"

刘浏一下子激动起来，他仔细查看，确定道："对！是红磷！"

对于这些易燃易爆物品，管制比较严格。云翔快递没有相关的运输资质，根本是不具备运输资格的。

所以，这明显是偷运。

将这些易燃易爆物品掺杂在其他快递中企图蒙混过关。

除了烟花和红磷这两样，不排除云翔快递还偷运了其他易燃易爆物品。

当时车厢内的货物燃烧，里头的快递分类杂七杂八的，被火烧后各种气味混合，他们一时间也就没有察觉到那抹混在其中的特殊气味。然而闻到那股味道产生的不适感，却是记忆尤深。

"沈平贵先是以抢救快递尽量挽救损失的名义将快递转移走了，以防我们抓到他偷运易燃易爆物品的证据。然后又让人往事故车辆上喷洒了消毒液，企图用消毒液的味道掩盖车上易燃物燃烧的味道。"

羽姗的大脑飞速运转，做出合理的分析。

刘浏连连点头，一脸气愤："对！我当时就觉得他们那些人先抢救那些已无法挽回的快递不符合常理，那老小子竟然还解释得头头是道，听起来挺像那么回事。喷消毒液那么积极，铁定心里头有鬼！"

说话间，羽姗桌上的座机响了起来。

她忙接起。

传来的，是秦芳的声音。

"姗姗，你上次给我的那个物质我们这边经过鉴定得出了结论，是十氧化四磷。"这是刘浏在事故车辆内发现的不明物质，当时和烟头一起送去了鉴定中心。

"什么？"乍然听到这个化学相关的词，羽姗有些蒙。

"简单点说，是磷在空气中燃烧产生的固体有机物。"

磷。

这边才刚发现红磷，那边秦芳便得出了鉴定结论，而这结论，恰能证实现场曾经出现过磷。

羽姗迅速在脑中提取自己学过的化学知识，与空气充分燃烧后形成十氧化四磷的只可能是白磷。

车内曾存在过白磷！

结合白磷的燃点以及车内的运输环境，那么白磷自燃引发火灾，现场的其他易燃易爆物品助燃，便有了依据。

只不过，现场出现的那个烟头，却致使她得出的火因没有唯一性，无法立足。

结束通话，羽姗和刘浏交流了一番。

"现在可以肯定的是，现场有烟花、红磷、白磷。除此之外，甚至还有其他易燃易爆物品。根据白磷的特性，我偏向于白磷自燃导致火灾这一点。可现场的烟头，却将火因掰成了两个，缺乏了唯一性，白磷自燃导致火灾这一点也就站不住脚了。"

羽姗说话时有些挫败。

好不容易获得了新的线索，可陈谷的嫌疑还是没能洗清。

这边两人颇为烦躁，心情也连带着郁闷起来。办公室内的赵威武朝沈青努了努嘴，两人交换一个眼神，忍不住提出建议。

"要不去诈一下那几个搬运快递的工作人员？努力让他们说实话，再录个音。"

这个案子不是他们负责的，不过他们既然听了这么一嘴，也忍不住想要出谋划策替他们分忧。

刘浏一拍桌案："没错！就这么办！我还不信他们的嘴会那么牢。估计他们的法律意识不强，即便是偷偷做了什么手脚也只以为没什么大不了的。撬开他们的嘴，应该不难。"

"不。"羽姗蓦地出声，否决了他的这一提议，在刘浏着急地打算劝说时，她红唇轻启，吐字清晰，坚定有力，"专业的事该交给专业的人去办。"

羽姗所说的专业的人，指的自然是警方。

这一次的火调工作需要借助到刑侦手段。作为刑侦人员，可以通过讯问技巧、心理变化的掌握，以及特殊手段，尽可能地达到查清事实真相的目的。

在接到羽姗这边的线索之后，警方第一时间传讯了那四名云翔快递的工作人员。

第二日一早，好消息传来。他们承认受沈平贵指使，在转运快递时往事故车辆内偷偷丢了烟头。对于他们搬运的快递，他们则表示不知里头装的究竟是什么。

"不愧是审讯经验丰富的人民警察啊！才一晚上他们就全都交代了。"刘浏兴奋不已，"沈平贵这个老小子还真是够狠的，竟然伪造证据嫁祸给别人。"

也不知是他早有预谋地采集了陈谷吸过的烟头，一出了事就让陈谷顶锅，还是临时起意正巧在快递站那边找到了陈谷吸过的这个烟头就拿来嫁祸他了。

内线响起，是温庆天让她进去一趟。

她敲门进办公室："老大，你找我？"

温庆天开门见山："刚接到的消息，今天上午十点，所有相关单位的工作人员在云翔快递南渝市湖东新区网点集合，一起搜查。这个案子是你和刘浏负责的，你们两个赶过去。"

这次调查的货车起火案涉及偷运易燃易爆物品，案子牵涉极广，除了火调部门，还有警方、市场监管部门、环保部门等相关单位都开始介入调查。

羽姗看了眼时间，距离十点还差半个小时。

她连忙道："好的，我们这就出发。"

"听说这次的火调案涉及你的发小，一开始的证据对他极为不利。你没有因此而走岔路，我很欣慰。"

突然的暖心之语，让羽姗转身离开的步子一顿。

她倏地回首，朝他一笑："因为有一个人对我说，既然我信任我的发小，那就该将这份信任坚持到底。若现有的证据与这份信任相悖，便努力找出线索推翻这个相悖点。"

"这个人的话倒是有些发人深省。"

羽姗颇有些骄傲地接口："是啊，他是我的指航灯。"

温庆天一下子就明白了些什么，颇有种自家大白菜终于要被拱走了的欣慰："有机会的话可以将人带出来见见。"

全国知名的快递公司云翔快递的运输车辆在高速路上起火，引出一场偷运易燃易爆物品的惊天大案。

相关部门在联合调查之后发布案件通报。

据调查，该网点负责人为了牟利，长期与多家厂家合作偷运易燃易爆物品。从快递收发网点到仓储物流，统统为合作方大开绿灯。这其中，涉及云翔快递总部多位高层。

为了掩盖运输车上载有易燃易爆物品的事实，云翔快递南渝市湖东新区的负责人沈某贵不惜铤而走险伪造证据，将货车司机陈某曾经吸过的烟头丢弃在现场，企图让人以为这是一场因烟头而引发的普通火灾。司机陈某对车上的易燃易爆物品一无所知，听从公司安排进行运输，却险成替罪羊。

案件真相被公布后，网上立刻有自称是云翔快递前员工的网友纷纷现身说法。有人说自己曾在云翔快递某网点工作过，因运输车起火落下终身残疾，不仅没得到赔偿还被领导要求赔偿公司所有损失。有人说自己匿名举报过云翔快递偷运易燃易爆物品，结果公司正好避过了检查，他却暴露，被揪了出来开除了。有人说自己老公被云翔快递偷运的医用酒精灼伤了眼睛，公司让他签了保密协议才肯给一半医药费。凡此种种，怨声一片。

云翔快递被官方媒体点名批评，各家媒体纷纷报道，引发全网热议。

云翔快递总部针对此次事件发微博道歉，然而事情已经失控，在公众中已经缺乏了信服力，想要再重新营造形象东山再起，极难。接下去等待他们的，是漫长的调查与审判。

哪里有需求，哪里就有商机。明明质量不达标资质不达标审核不过关，却因着私利而勾连。厂家们变着法地生产，经销商们变着法地销售，运输公司变着法地想要替自己牟利，也就有了这一次因偷运易燃易爆物品而发生爆炸的事件。

一场简单的偷运易燃易爆物品而引起的火灾，牵扯甚广，幕后真相让人震惊。

这一事件上了热搜，热度久久不散。

羽姗看到这些时，长长舒了口气。一切终于尘埃落定了。

这期间，陈谷也找到了新的工作，依旧是司机的活儿。不过不像长途司机那样需要熬夜甚至通宵，可以有正常的作息时间。

她由衷地替他高兴。

可高兴之余，她却总忍不住对着一个包裹发呆。

"先吃饭，别看了。"江绥之将她手边的包裹搁下，拉着她去饭厅，"按照你的口味，今天做了芦笋牛肉焗饭。你看看上头的芝士分量铺得还行吗？"

浓郁的芝士香混合着芦笋牛肉的香味，刺激着羽姗的食欲。她看着那秀色可餐的晚餐，忙坐下，挖了一大勺："可以。这芝士的拉丝感也挺足的。"

"尝尝？"他邀请。

她往自己口中送了一勺，瞬间，味蕾被打开，忍不住又尝了两口。

她的动作，无疑是对江绥之厨艺的肯定。

他唇角上扬起一丝弧度，眸中含了一抹笑意。

她似乎特别容易满足，对吃食也不挑。他明明只是最寻常不过的厨

215

艺，吃饱就行的那一类，可偏偏每一次都能够得到她极大的肯定。而正因为她的肯定，他竟然逼着自己在工作之余报了个班学厨艺，企图给她一些惊喜。

要抓住一个女人的心，得先抓住她的胃。

这句话，不合时宜地在他耳畔响起。

他突然问道："看你每次尝我的手艺都吃得这么香，我可不可以这样认为，我已经抓住了你的胃？"

羽姗不明所以，下意识道："当然！江大厨，妥妥的！"

她甚至还不吝朝他竖起了大拇指。

见此，男人唇角的笑意越发浓了几分："承蒙夸赞。"

她的胃都被他抓住了，那距离抓住她的心还远吗？

江绥之垂首继续用餐，掩下眸底的万千思绪。

饭后，羽姗并没有急着回对门自己家，而是坐在沙发上享受着他准备的饭后水果。

只不过她的视线，并没有对着墙上的液晶显示屏，而是紧盯着被搁在茶几上的包裹。脸上满是纠结，眉头都皱得快打成结了。

"你是不是有什么心事？需要我帮你参谋吗？"

她等着的就是他这句话！

羽姗示意他看包裹上的面单。

这是云翔快递的面单，面单上有收件人和发件人的相关信息。

"李荣韦？"江绥之看着发件人的名字，"是我们认识的那个李荣韦？"

"对，就是他！上头留下的手机号是他的。"

羽姗是在和相关部门一起搜查云翔快递南渝市湖东新区网点时无意中发现的这个包裹。

按照云翔快递的相关规定，若是快递被拒收后退回，在联系不到寄件方的情况下，快递公司最多为客户保留四十五天，逾期可自行做销毁处理。

她让快递方查了这个快递。系统显示快递被退回后，快递员曾多次联系发件人未果。

　　也正是因此，这个快递被一直存放在网点。只不过因着网点快递堆积，在定期清理无主的快递时难免有些疏漏，也就将这个件给遗漏了。

　　"你看上面的打单时间，是在去年五月份。我打听过了，他拒了修缮法福寺的活儿之后，包工头对他就不冷不热的，他后来脱离了那个施工队，找了另一家待着。五月份的时候，他跟着那个施工团队对湖东新区的一个娱乐场所进行修缮。他当时和工友们一起住在工地上临时搭建的彩钢板房子里，寄件地址就写了对面的商场。完工后他应是回到了汶霖县租住的民宅。快递被拒收退回，派件员根据这个地址也就没联系上他。而他的手机也打不通，这个件才被一直留在快递公司。"

　　江绥之静静地听着，适时提出自己的看法："他寄这个快递的时间和你师父的死亡时间线对不上。你怎么会对这个包裹产生兴趣？"

　　"李荣韦曾在我师父的死亡现场出现过，并且还偷走了我师父的火调工具及腕表。他在我师父之死中到底是担当了加害者还是旁观者抑或路人的角色，不得而知。既然他有极大的可能和我师父的死有关，那么我就该对他进行深挖。他不幸遭遇火灾意外去世了，所有的线索都断了，我以为查找师父死亡真相的路可能要就此终止了。可现在，我发现了转机。"羽姗的语气激动，指着这个包裹，"他在师父出事三个月后寄出了这个包裹，收件人的地址是南渝市曙光县森林消防站，收件人王涛。我让陆棕帮我查过王涛，曙光森林消防站那边没有这个人。按照收件人的手机号打过去，却是空号。我查过了，这个号码成为空号的时间线恰是在李荣韦给他寄出这个快递之后。也就是说，王涛拒收之后应该就立刻弃用了这个号码。"

　　"这能够说明什么？"他引着她继续往下说出她的发现。

　　"他为什么要给这个人寄快递，本身就是一个问题。为了保护隐私，填写收件人时可以随意取个名字代替，但为了让快递准确无误地寄到对方手上，收件地址和手机号是无论如何都该确认正确的。再者，曙光森林消防站地处偏僻，附近没什么人。若收件人不是消防站的人，这个快递基本只有投送失败的份。"

江绥之替她讲出结论："基于以上几点，你觉得李荣韦想要寄出的这个件，收件人一定在南渝曙光森林消防站。而他拒收快递后就立刻弃用了这个号码，显然是不愿让李荣韦联系上他。"

"对，对方不愿意李荣韦联系上他，这个原因值得推敲。我在想，这个包裹里是否会有答案。我犹豫着要不要拆开，可又担心一旦拆开这个包裹，就会犹如打开潘多拉魔盒一样，引出一些我无法承受的事。"

江绥之失笑："你不是早就有答案了吗？"

她眨巴了下眼，故作无辜道："谁说的？"

"从你将这个包裹从快递公司拿回来的那一刻，你就已决定要追查到底了。都查到这个份上了，以你的性子，会轻易放弃吗？"

是啊，她不会。

无论如何，她都会继续调查下去。

羽姗心底的那份犹豫在他简单的一两句话中荡然无存。她使唤他："你家的美工刀呢？帮我拆了这包裹。"

江绥之乐得被她使唤，帮她拆了快递。

快递箱被打开，里头是一双黑色的男士高筒防滑雨靴。

她的脸色霎时就有些不好看起来："就这？玩我呢？"

"如果这是李荣韦送给王涛的，那起码根据这双靴子，我们可以得出王涛的相关线索。"

她来了兴趣："怎么说？"

"这双靴子的尺码是44。身高与鞋的码数成一定的比例，一般穿44码鞋的男士，加上可能存在的增高垫、袜子、身体不良、个人偏好等因素，身高应在175厘米到185厘米之间，极少数则是例外。起码根据这双靴子，这个王涛的大致身高可以稍稍确定下来。"

"他就不能再多留点线索吗？真是的。"

"或许你可以摸下鞋子，兴许里头还藏了其他宝贝呢？"

羽姗还真的抱着试一试的心态从善如流地将手探进了靴子里。

这一探，她有些难以置信："江绥之，你的嘴真的是开过光的，鉴定完毕！"

她摸出来的，是一张被揉成团的纸团。

"别高兴得太早，这纸团兴许只是为了让靴子保持鞋型才放进去的呢？"

羽姗的兴奋劲一下子就退散了个彻底。

当她展开纸团后，脸色也彻底垮了下来。

"你的嘴就是乌鸦嘴，鉴定完毕！"

"或许另一只靴子会有收获呢？""乌鸦嘴"这个名头可不好听，江绥之不得不为了摘掉这个名头而继续鼓励她。

"是我之前想得太天真了。这个包裹里应该不会有太多的线索的，我……"羽姗将手探进另一只靴子，已经完全不抱希望地将一个纸团摸了出来。只不过，当她展开纸团时，脸上忍不住闪现一丝狂喜。

"天！有新线索了！江绥之，你那嘴绝对不是乌鸦嘴，绝对是开过光的圣嘴！我收起污蔑你的那些话！"

他有些好笑，不置一词。偏过脑袋，他与她一道看纸上的文字。

过于贴近的距离，彼此之间的呼吸亲近可闻。她一个转首打算和他讨论，冷不防他也转向她。猝不及防间，她的脸颊滑过他的唇。

轰——

有什么炸裂开来。

那一瞬而逝的触碰，让她的脸颊发烫，隐匿在长发之下的耳根也可耻地羞红了起来。

平静的湖面，终是因着这个意外的吻而被打破，荡起层层涟漪。

江绥之瞧着她那红到了耳根的表情，温润的眸眼中漾着醉人的暖意，极其自然地牵起了她的手。

似乎，本该如此。

心照不宣。

水到渠成。

第五章

以他之死，换人间大爱

　　"那晚的事情会永远烂在我肚子里。弟，哥希望你重新开始之后一切都好。"

　　这是羽姗从其中一只靴子里发现的线索。

　　字迹歪歪扭扭，却不影响阅读。

　　羽姗简单地将纸上的字迹和李荣韦的字迹进行过比对，确认是出自他的手。

　　"那晚"究竟指的是哪晚，而那晚的事情，又是什么事。羽姗下意识就对号入座了起来。

　　然而，李荣韦的亲属关系里并没有一个弟弟。

　　若是堂弟表弟，又对不上号。

　　她不得不将这个王涛重新定义。

　　这人，许是李荣韦在外打工期间认识的，称兄道弟的朋友。

　　只不过，这个人不好查。

　　"等我忙完了这阵子就休几天假，去一趟南渝曙光森林消防站。这一次，我一定要查个水落石出！"

然而，工作又岂是说能忙完就能忙完的？

直到时间滑到了三月份，羽姗都还一直抽不出时间。

可她万万没想到，她还没前往曙光县森林消防站调查，就被一个重磅消息砸晕。

3月15日，南渝市曙光县森林突发火灾，火势蔓延一发不可收拾。应急管理部第一时间调度部署火灾扑救工作，当地森林消防火速抽调消防力量前往救援。

去年三月份曙光县的一场森林大火，带走了二十五名消防烈士，全国轰动，泪水与悲痛却换不回那些年轻的生命。

而今年，同样是三月份，同样是曙光县，森林大火竟再次来袭。

一时间，媒体报道，微博话题"3·15曙光森林火灾""3·21曙光森林火灾一周年之际""坚守曙光"等迅速爬上热搜，居高不下。希望大火顺利扑灭，希望消防员平安归来的祝福洒满网络。

与此同时，网上有专家及网友指出，南渝森林北部有唐朝年间的古建筑遗址，是重要的历史文物，具有非一般的历史价值与意义。若森林大火一路蔓延，这座古建筑遗址将被大火淹没，中华千年传承留下的遗产将被付诸一炬。

这些议论声得到了官方的证实，而官方也发通稿说会尽一切力量挽救中华文化遗产。

这一夜，注定牵动无数人的心。

微博实时更新着最新的曙光森林火灾动态，直到第二日一早，一则被官方证实的新闻传来，让人几多欢喜几多唏嘘，几多悲恸几多缅怀。更多的，是肃然起敬。

"谁也未想到，此次曙光森林火灾中，一名值守森林消防站的彭姓工作人员竟力挽狂澜，在火情发生的第一时间组织站内的值班人员进行施救，在消防救援力量赶到前，人工开辟出一条隔离带，令森林北部唐朝年间的古建筑遗址得以保留。然而当他为赶来的消防引路时，察觉到瞬间风力变化，第一时间指导众人躲避，自己则不慎跌入山中深渊。"

视频里，现场记者的身后是还在冒着滚滚浓烟的曙光县森林，"据悉，这位英雄的名字叫彭涛，是去年三月末来到的这座森林消防站。值得一提的是，他主动请缨担任守林员的时间，正是去年'3·21'曙光森林火灾之后。为他的正能量点赞，也祈福英雄能平安无事。"

山中深渊，深，险，乱石多。

现实生活并非武侠剧，所有人都明白，掉下深渊后生还的概率约等于零。可依旧有人怀着微乎其微的希望，为这位叫彭涛的护林员英雄祈福着。

第二天刚到单位，羽姗就加入了办公室里的讨论。

讨论的话题，自然是昨晚突发的南渝曙光森林火灾。

大火发生在南渝市曙光县，唯有生活在这座城市的人，才能明白这场大火对他们而言究竟有多么令人震惊。

这场相当于发生在家门口的火灾，让火灾调查科的同事们唏嘘不已。大家各抒己见，但重点无一例外，皆是希望这场大火能够顺利被扑灭，不要再有人员伤亡了。

"老李、羽姗，你们两个进我办公室。"

温庆天抱着他的老干部水杯来到办公区，猛地出声。

霎时，讨论的一颗颗脑袋远离了彼此，回到自己的工位上忙碌。

羽姗和老李对视一眼，非常默契地一起进了温庆天的办公室。

带上门，室内只剩下他们三人。

"坐。"温庆天喝了口枸杞茶，示意他们坐下。

两人依言落座。

"曙光森林火灾，你们应该都知道了。去年的'3·21'曙光森林火灾事件，还历历在目，今年的3月15日，却再次发生大火。这警钟是敲了一次又一次，可森林大火却是防不胜防。"

老李说道："火灾原因还不清楚，老大，我这边想申请过去调查。"

羽姗也说道："算我一个。过火面积大，查找火因不是一朝一夕就能完成的，恐怕这次的火调工作需要加派人手。"

"火调方面我们已经做了安排。"曙光森林大火发生后，省里连夜召开了紧急会议，温庆天也参与其中。会议确定了各个单位的工作实施方案，上头发布了一些最新的指令。

老李和羽姗抬眸望着他，等待着他的安排。

"上级紧急成立火调专案组，将于明日抵达南渝市，由他们全权负责曙光森林火灾的火调工作。"

羽姗忍不住开口："那我们单位呢？"

"我已经推荐你以南渝市火灾调查科参谋身份加入专案组，配合北京前来的专家。"温庆天转向老李，"老李，你留在单位坐镇。"

老李有些为难："可我……也希望能够帮上忙。"

"这一次的火调工作可能需要十天半个月，我也得跟着过去和专家们做交流，短期内抽不出时间管这边。如果你和羽姗这两个当上级的也都跑出去了，若在此期间接到什么棘手的火调案，那几个皮猴子怎么办？咱们这边不是乱套了？

"再者，去年'3·21'曙光森林火灾你参与了，表现不俗。这一次，我这个老领导就将名额给了羽姗，她也需要历练下了。可不能让人觉得我重男轻女！

"老李你得留下来挑大梁。任重而道远，不能掉以轻心。"

一副重担就这么压了下来，老李有心想要再继续说，终究还是点了点头："听老大的，那我留下来。"

温庆天语重心长地拍了拍老李的肩，又从抽屉里取出一罐茶叶："是我那大徒弟送的，我喝不惯这个，还是觉得枸杞香。你拿回去喝，就当替我分忧了。"

老领导如此厚爱，老李也没推辞，谢着接了过来。

温庆天统共收了两个徒弟，一个徒弟是羽姗的师父陈诚，在工作中不幸亡故。另一个如今调任到了邻市，已是当地单位的二把手。

羽姗听着这位二级指挥长口中的"徒弟"二字，心头发堵，喉咙竟哽了哽。

如果师父还在，该有多好。

"羽姗，明天你和我一起接待专案组专家，再带他们前往曙光县。"温庆天说道。

"好的老大。"

从云翔快递处发现的包裹将线索指向了南渝曙光森林消防站。

她去这一趟，也可以在火调时着手调查一下那个隐匿起来的王涛。

距离师父死亡的真相又能近一步了。

她想，她一定可以的。

查清这一切。

无论是此次森林火灾的真相，还是师父之死的真相。

此次出差时间不定，羽姗简单收拾了一下行李，又跟父母那边报备了一声。

羽母在电话里叮嘱她一定注意安全，羽父则一个劲询问她能不能等火被扑灭了再去，被自家老婆给赶到了一旁。

新的一天到来，曙光森林火灾又传来了最新的消息。

经历一天两夜，消防力量采取地空结合模式进行了灭火作业，火势被遏制，以防林火复燃，又开始开设隔离带，组织纵深清理。

灭火工作，正在朝着好的方向发展。

然而，有关于彭涛的报道，却让人无尽悲恸。

当地搜救力量是在山涧寻到彭涛的遗体的。彼时，他的手脚摔断，身上的衣服遍布口子，因着摔下深渊时脸部着地，面目已经模糊，惨不忍睹。随行的医护人员当场宣布他的死讯。

彭涛这个名字，一时间遍布网络。

护林员彭涛，凭借着自己的当机立断守住了唐朝年间的古建筑遗址，守住了中国的千年传承。他的领路，为消防救火提供了极大的助力，他在林火爆燃瞬间风力变化时的指引，让消防人员及时躲避，避免了去年森林火灾时二十五名消防人员牺牲的悲剧重演。可他自己，却牺牲在了那片他守护的森林中。

羽姗看到这则新闻时，正和温庆天陪专案组前往曙光县的路上。她忍不住在朋友圈进行了转发，表达自己的悼念之情。

专案组共有六人，五男一女，皆是在火调这一行的翘楚。除了两位已经年近六十，其他四位皆是四十岁左右的年纪。

加上温庆天和羽姗，专案组成员统共八人。

羽姗的面相具有欺骗性，过了年已经二十八了，可看上去也不过像是个刚毕业的大学生。乍然见到她时，专案组成员还惊了一下。这位被温庆天亲自推荐加入专案组的火调参谋，竟然这么年轻？

一番交流下来，众人对她的能力表示了赞许，双方相谈甚欢。

专家们一路辛苦，彼此交流过后他们便闭目养神了。到了目的地之后，他们还有一场硬仗要打，需要养精蓄锐。

羽姗也打算在车上小憩一下，冷不防手机铃声响了。

是江绥之的来电。

自从两人那个错位的吻之后，窗户纸被捅破，两人之间的关系便悄然有了改变。他没有向她表白，她也同样没有向他言过爱，一切却仿佛水到渠成，两人自然而然地确定了恋爱关系。

相处时依旧和之前一样，没什么别扭的，聊天时舒心，彼此坦诚，毫无顾忌。

担心打扰到大家休息，羽姗忙拒接，又给他回了条消息过去。

昨晚她加班回来已经很晚，并没有去他那边用餐。只给父母报备了一声要出差的事情，竟是忘了跟他这个男友报备。

她突然觉得自己这个女友当得有些不称职。

在微信上说了自己出差的事情，她忙向他连连告饶。

"我的错，忘记告诉你了。"

"要打要骂随你，可以让暴风雨来得更猛烈些。我受得住！不过，弱弱打个商量，能不能让暴风雨来得晚一些？"

"我也是要面子的嘛！现在车里那么多领导呢！"

"警告你哦，不准现在就冲我发火，要不然我会忍不住单方面拉黑你。"

她这么连珠炮地发过去，对话框里原本还显示对方正在输入中，结果她这边连续不断地发送信息，对方的输入戛然而止，也迟迟不见他发条信息过来。

羽姗额上滑下黑线。

这是蹬鼻子上脸了？

这才当了她几天的男友，就开始对她实施冷暴力了？

所幸在她胡思乱想时，江绥之总算是发了信息过来。

"女友大人说完了，那容我说一下？"

"很不巧，我今天也要出差。是临时安排的任务，我刚收拾完东西准备出发。"

"聪明的羽工要不要猜猜我的目的地？"

羽姗瞠目，这还真是够巧的啊。

他特意让她猜，该不会他出差去的地方，也是曙光县吧？

"曙光县？"

"不愧是羽工，洞悉一切。"

联想到他的职业，羽姗很快就想明白了前因后果："你们的被保险人是曙光县那边的，你去那边处理调查？"

"你可以继续往深入了猜。"

继续猜？

难道这些还不够？

他总不至于让她连被保险人的身份都猜出来吧？没有更多的提示，让她再猜其他细节，怎么可能？他似乎太看得起她了。

等等！

曙光县，被保险人。

如果他觉得她能够猜到，那是不是意味着这个被保险人，很有可能确实是在她的印象中出现过的？目前长久盘亘在她脑中的，跟曙光县有关的人，就只有——

"彭涛？"

另一头的男人直接给她发了一个抚摸狗头的表情包。而表情包上，则是动态的"老婆太聪明真让人烦恼欸"几字。

看着那个表情包,她莫名觉得有些羞耻。

看不出来啊,明明闷葫芦没情趣的男人,还会秀恩爱。

不过,为什么是抚摸狗头?她是不是让他产生了什么误解,让他觉得她跟狗头有什么关系?

哼。

她回了一个皮笑肉不笑的表情。

身为直男的江绥之自然是瞧不出这个表情包的深刻寓意,他对她解释道:"当地乡镇为曙光县森林消防站的护林员们投保了CM人寿保险。这一次曙光森林大火,护林员彭涛牺牲,总部高度重视。"

"之前处理的理赔案给CM人寿带来了极大的负面影响,高层希望通过这一次的正面形象挽回损失,所以对于彭涛的理赔案特案特办,在得知消息的第一时间就主动安排处理。"

"我主动请缨,接了这个理赔案。"

他的能力有目共睹,公司早有传言他会被提拔为CM人寿南渝分部的理赔部总监。如今总监提前调离,这个位置一下子就竞争激烈了起来。

彭涛的事迹具有正能量,谁接了他的理赔案,在个人业绩这一项绝对能够加分。理赔部的同事以为他是想要将这个理赔案当作升职的跳板,可他们不知的是,他会主动请缨,与彭涛是曙光森林消防站的护林员脱不了干系。

羽姗师父的死,线索指向了这个森林消防站。

而他,想要急她所急,为她查明真相。

他想去一趟曙光森林消防站,想去找到那个叫王涛的人。

让江绥之没有想到的是,在他请缨之后,宁南司会主动站在他这边,将那些背地里说酸话的人给骂了个狗血淋头。

继李荣韦理赔案产生分歧之后,两人的关系终于实现了破冰。

"我仔细想过了,你可是陪着我在阿珍家门口受尽冷遇的人。这样的兄弟丢了,我这辈子哪里去找?以后咱俩如果再有分歧,咱们都摊开了说。实在是说服不了对方的话，那咱们就先冷静冷静，反正我就是个话痨，没个几天就又黏上你了。"

宁南司开口说这些话时，还有些扭捏。越说到最后越是坦然，还朝他挤了挤眼。

双方一笑，兄弟间击掌，一切尽在不言中。

江绥之在微信上并没有对羽姗多说，可羽姗隐约能够明白他会选择接这个理赔案，与她有着莫大的关系。

这个男人，在用他的方式来帮助她。

他爱人的方式很简单，却能让她心头发暖。

"到时候见。"

"到时候见。"

没有更多的话语，却胜似千言万语。

结束微信聊天，江绥之转首，望向车窗外的世界。

天依旧那么蓝，阳光依旧那么耀眼，南渝市依旧那么繁华。

而这一切的美好，背后有着默默付出的群体。

"江经理，咱们到了曙光县之后先去哪边？"这次出差，江绥之申请的公司用车，司机是老董。

老董每回给江绥之开车都能得些礼物，又见他正处于上升期前途不可限量，对待他也就更殷勤了些。

"董哥，咱们先去彭涛家慰问他的父母，走下理赔流程。沈哥那边给消防人员准备的慰问品在三小时内应该可以到位，届时再和他的车一起过去。"

江绥之接手这个理赔案之后，就与南渝市曙光县森林消防站取得联系，获知了彭涛在消防站的相关情况，并且表示希望能够代表CM人寿对现场的救火人员进行慰问。

同时，他从与彭涛签订的人寿保险协议中找到受益人的联系方式，企图先与其取得联系。然而对方的手机一直无人接听。

不得已，他在未与对方预约的情况下，打算按照协议上留的地址赶

228

赴彭涛在曙光县的家庭住址。

然而江绥之万万没想到,等他两个多小时后赶到彭涛家,接下去的一切竟会如此不顺……

羽姗一行人赶到南渝曙光森林消防站时,已经将近中午十二点。专案组成员们都是为了火调工作而来,心情急迫,与正参与救援的消防力量会合,双方针对现场情况进行了一番交流。

"15日晚间21点,我们赶到时西铭山坡急进地表火朝三个方向蔓延,火势迅猛,又是夜间,山路难行,对灭火工作的展开极为不利。幸得彭涛同志带路,我们才找准了方位,可他……"

"三架直升机实施吊桶作业,与我们地面人员打配合。地空结合模式下,灭火工作暂且算是顺利。17日凌晨3点,大火已经被遏制隔离,目前明火已全线扑灭,正对零星烟点实施各个击破。"

"天气预报明后天仍旧是干燥湿冷天气,空气湿度45%,阵风七级。风力因素对灭火工作极为不利,能赶在明天前完成这边的任务吗?"

"这个我们也考虑进去了,但曙光森林面积广,过火面积大,时不时又有复燃现象,现场的不确定因素太多,仍需时间清理守护现场。"

…………

一番互通有无之后已经是下午一点多,双方去用了个简单的午餐。负责接待的指挥员又投入了紧张的忙碌中,离去前给他们带来了一个人。

"各位领导同志,他是曙光消防站的护林员老冯,相信对你们的火调工作能帮上忙。"

老冯今年六十八岁,是曙光森林消防站最年长也最有资历的护林员。据他说,他从二十八岁那年从外地回到家乡之后就一直坚守着深山,干了四十年的护林工作。

他头发花白,常年的户外工作让他的脸被晒得极黑。再加上上了年纪,脸上满是饱经风霜的痕迹。

羽姗八人组成的专案组以钱老教授为首，他向老冯询问了这场森林大火的具体情况。

老冯竹筒倒豆子，将自己知道的一股脑倒了出来。

"这火是彭涛最先发现的。可发现时火势就已经大起来了，我们手头的工具不足，根本扑不灭。我第一时间打了火警电话。彭涛他吧，就拿着水枪、灭火器，冲过去好几次。可是，就是扑不灭，把我们五个护林员给急得啊！

"后来我看火势的走向，突然想到了北边那头还有个唐朝年间古建筑的遗址。那遗址在森林北边，以前还有不少考古学家去过，近些年来游客喜欢去那儿。如果火一路烧过去，那铁定是要出事的啊！人的话尚且能够逃走，可这建筑是个死物啊，没地方逃的啊！这可都是老祖宗们留下来的财富啊，被烧毁了可就完了！

"咱们几个老头子老胳膊老腿的，平时巡山护林没问题，可跟这么大的火斗，是真的没辙啊。我们叫了些村民过来帮忙，可不顶事啊，只能等待消防员们过来。他们有大家伙什，肯定能灭掉火。

"是彭涛率先提议，搞一条……叫什么来着？隔离带，对！他说我们动手搞个隔离带，让火不要往北边那儿的古建筑遗址去。虽然咱们灭不了火，但起码得做些什么，保护好这些具有历史价值的东西啊！

"他视察地形，避开大火，指挥着我们这些老骨头和村民搞隔离带。没想到还真搞成了，那火虽然凶，可它就是烧不到北边去！我们想，我们也算是打了场胜仗吧！

"可这火它还真是顽强，遇树就着，除了北边，其他地方都开始乱窜。我们光是搞北边的隔离带就要了老命了，实在是没力气再搞了。而且火势继续扩大了，再不远不近地搞下去的话我们的命也要交代进去。所以我们先组织村民下山，等待消防人员过来。

"只不过，我们将消防员盼来了，迎来了希望，万万没料到这被压制住的林火竟然还会爆燃。彭涛在给消防员们带路时就这么将自己的命给交待进去了。

"他今年也才二十三岁啊！比我那孙子还要小上八岁呢。就这么没了！这场火，真是害人不浅！"

老冯絮絮叨叨着，按照他的思维逻辑来讲述着他所知道的一切。想到哪儿讲到哪儿，有时候因着记忆衰退又重复了一些前边讲过的话。

对火调而言，其实最重要的就是抓取火势形成原因的关键线索，找出火因。

他们需要知道的重点，与老冯讲述的重点并不一致。

可他们并没有打断他，只是面色沉痛地听着这个由老冯讲述的真人真事。从新闻里知道这些是一回事，从老冯这个当事人口中听到这些是另一回事。

而有关于彭涛这个人，则越发鲜明立体了些。

了解得越多，便越觉得这个年轻人有着一种敢为人先的魄力，一种敢与林火战斗的斗志与信念。

老冯叹了一声，那张爬上了老年斑的脸皱着眉，脸上的沟壑越发深了几分。

"其实干护林员的，基本都是像我们这种上了年纪的，五六十岁的，家在本地，对工资没啥要求。既能给自己挣点钱维持个生计，又能为国家做点贡献。这份工作说苦不算苦，说累也不算特别累，就是吧，磨人。日复一日地走几公里山地巡视、记录、清理易燃枯草、记录被偷偷采伐的树木……工资也就一两千块，年轻人啊，待不住。

"彭涛这小伙子人实在，干活卖力，当初他刚来的时候就说了，他是看了'3·21曙光森林火灾'的新闻才来的，他见那些消防烈士为了救火而牺牲，心里头特难受，想杜绝这种事，想做点实事。我原本以为他肯定也会像其他年轻人一样最多坚持半年就要另找工作了，没想到他却坚持下来了，还越干越卖力。他脑子活络，还想出了不少好点子来降低林火发生概率。

"他在咱们森林消防站，满打满算也快满一年了。如果不是这场大火，他肯定还是要干下去的。对他们年轻人而言单调乏味的工作，他干起来却浑身充满干劲。恐怕以后，我们是再也遇不到这样的年轻小伙子了。可惜了这娃了，怎么就……唉……"

提起彭涛，老冯满是遗憾与悲痛。

那眼角发热发酸，他抹了下，怔怔地瞧着指腹上留下的泪渍。

"人老了，泪点就越来越低了。我就是替彭涛这小伙子觉得惋惜。他才二十三岁啊！他爹妈知道了该有多痛惜啊，也不知道有没有人去给他们报丧，他们应该是在赶来的路上了吧。"

羽姗忙掏出纸巾递给他。

"不需要的，小姑娘你收起来。手一抹泪就干了，别糟蹋了纸巾。"

见他执意拒绝，羽姗也就没坚持。

温庆天开口道："老冯啊，不瞒您说，我们是来做火调的。调查出这场森林火灾的起因，是我们的责任。您这边还能不能想起当时起火时的场景，具体这火是怎么着的，能回忆起来吗？"

"我们发现时火就大了，我是真不知道怎么起的火。"

"那您还记得一开始起火的位置吗？"

"这个我到死都不会忘！"老冯斩钉截铁，"我们的命都差点搭进去了，我将它记得牢牢的呢！我已经跟当时带队的那队长反映过了，离起火位置大概五十米的距离还有我们挖的隔离带呢！这可都是我们为了守护那古建筑用命拼下来的呢！"

钱老教授说道："能带我们过去吗？"

"这个……"老冯有些犹豫起来，"我听消防员说了，那边出现过复燃现象。明明火被扑灭了，又起了火，危险着呢！他们让我们不要过去，还让我们几个护林员也帮着阻止一些看热闹的村民。"

听完这一情况，钱老教授和吴老教授交换了一个眼神。

吴老教授对着那个四十来岁的女火调专家道："小巩，你去问问坐镇指挥的耿老。我们如果下午过去，行不行？迟迟不能过去的话，我们的火调工作就展开不了，这不是耽误事吗！"

那被称作小巩的刚要应声，羽姗已经先一步抢过了活儿："这哪儿能劳烦各位老师呢！我现在就去打听。"

说罢人已经疾步走了出去。

温庆天忙替她找补："她年纪轻，这种跑腿的活儿交给她就行了，也算是对她的一种历练。"

钱老教授打趣："老温你还真是护犊子啊。她愿意跑这个腿，我们感谢她还来不及呢。不过说起来，你这徒弟的资质确实是不错，小小年纪就能如此，日后前途无量啊。"

"羽姗是个踏实肯干能力出众的小姑娘。不过钱老您说错了，她不是我徒弟，是我徒孙。"

"徒孙？"这下子，其他五名火调专家也诧异了。

"她是我徒弟陈诚一手带出来的。"

陈诚这个名字，对火调界的众人而言都不陌生。这颗新星的陨落，是火调界的一大损失，每每想来都令人扼腕叹息。

"原来如此。"

怕勾起温庆天的伤心事，众人没有围绕着这个话题多聊。

羽姗这边沟通的结果是，众人可以去最先开始起火的位置调查，不过得注意安全。耿老还派了两名当地消防人员护着他们，以防林火复燃。

最开始起火的位置在西铭山坡。

山坡坡度适中，上头种植着成千上万的树木。受风力影响，火迅速扩大，向四面八方蔓延。唯有北边，因着一条护林人员与村民们齐心协力打造的隔离带，大火铩羽而归。

如今，森林大火已经被遏制，仅有少部分位置可以看到一些零星的烟点。而这些烟点，也在森林消防队伍和林业扑火队伍的攻击下，随着时间的推移被逐个击破。

一行人在老冯的带路下往前走着。

上了年纪的人，走路难免吃力些。温庆天一个不慎，往前一扑。好在羽姗眼疾手快扶稳了他，才险险避过一劫。

前头在小辈搀扶下的钱老教授和吴老教授回头："老温你没事吧？"

"没事没事。"

"这可不比咱们当年年轻那会儿了，一股蛮力和干劲。不服老不行哟。"

"可不嘛，一转眼咱们就和老温各奔东西了，没想到时隔三十多年又遇上了。能继续为同一个案子共事，也算少了一桩遗憾了。"

也是直到此时，羽姗才知晓这两位老教授和温庆天竟然有如此渊源。

其他四名火调专家显然也是第一次知道，纷纷表达自己的好奇。

还没到目的地，众人沿途说了几句闲话，最终话题又重新回到了此次火灾上。

老冯负责领路，不过他走惯了山路，挂着个拐当支撑没让人扶，倒也顺顺当当。

羽姗问道："冯大爷，你们护林员每天都是这样巡山的吗？"

老冯指了指一些纵横交错的小路："你看到这边的一些小路了吗？这都是几十年来我们这些人踩出来的。"

小路从无到有，中间经历的种种，让人动容。

一名火调专家说道："这片森林太大，路不好走，你们每天都辛苦了。你们年纪大了，可得注意别摔了，做好防护。"

"山路不好走，确实啊，摔跤免不了。人老了啊，腿脚不灵便喽，我有次摔在地上，好半天才缓过来爬起来。自那以后我老伴就劝我放弃这份工作。可我对护林这份工作有感情了，哪儿能轻易就舍掉啊！从我还是个帅小伙到现在有了白发，我可都是看着这些树这座山长大的啊！当年我还亲自在这儿和大家伙植过树，这里的每一寸土地上还有着我的烙印呢。我舍不得啊！"

一打开话匣子，老冯就没收住。

"我啊，就想着，到我真的干不动的那一天，就退下来。活这一辈子，能干出点对国家有利的事，那就值了。领导说的那句话，绿水青山就是金山银山，我可是牢牢记着呢！

"其实每年春暖花开的时候，也有不少游客来这儿赏景，这个时候我们就焦虑了。恨不得时时追在游客后面跑啊，就怕他们丢个烟头搞个野炊上坟烧香什么的。"

护林工作艰难且孤独。在保护国家森林资源这条路上，他们这群坚守在岗位上的人有着常人无法想象的毅力。

羽姗的心头突然沉甸甸的，有什么哽在喉咙口，想要说些什么，可又觉得那些语言也许过于苍白无力。

终于走到地儿了，老冯指着前方："就是这一片了。那晚的火蹿起来那叫一个大！把我们吓得啊！"

大火过后，这儿满是焦土与残树。

被烧断的草梗大多朝着来火的方向倒伏，却也可以发现一二线索。

确定了起火点的最小范围之后，八名专案组人员将脚下的某一处作为起点，开始划定勘验路线。

这个勘验过程，需要爬坡，且周围焦土树木如出一辙，想要在此寻找出关键线索，并不容易。

羽姗是第一次参与森林火灾的调查。她留神观察着灾后现场，也观察着专案组的几位专家的举动，努力学习着。

有人手上拿着一幅1：10000的地形图，走走停停间勾绘着，神色认真。

她知道，对方需要统计森林过火面积。

而有专家手中则拿着当地政府提供的该处种植的林木正常价格表、烧毁烧死林木的预估价表，届时需根据森林火灾的发生面积来统计烧毁烧死的木材清理后的出材量，再定此次曙光森林火灾林木的价值损失。

"是不是觉得自己需要学的还有许多？"温庆天猛地开口。

羽姗下意识回道："学无止境，我得向各位前辈老师们好好学习。"

"好好干！"温庆天拍了拍她的肩头，倏地，他对上某个方向，瞧见了什么，疑惑道，"那是……"

随着他的目光望去，羽姗瞧见了一个渐行渐近的男人。

江绥之穿着一身正装，从被烧得稀疏寥落的焦树中穿行，脚步略显缓慢，偶有踉跄，可他的步伐坚定，面色沉稳，望向他们这边时，眸光中含着一抹坚定。

对上她的视线时，他朝她微微一笑。

刹那，他的周身染上芳华，所有的残木仿佛都成了他的陪衬。

他正向她走来。

脚下的每一寸土壤，都似在宣示着他对她的在意。

每走一步，两颗心，仿佛就更贴近几分。

"老大，我过去看看。"羽姗和温庆天打了声招呼，也不待他说话，就急急地跑向那个踉跄而来的男人。

羽姗终于跑向了江绥之，小脸板着，训道："旁边都是专家老师们，你过来捣什么乱啊，赶紧回去。"

男人眨眼："你就不问问我怎么来了？"

她确实是好奇，就顺口问道："你怎么来了？"

"你这个火场女福尔摩斯这么拼命，我这个华生怎么可以缺席？"

"说人话。"

"我代表CM人寿保险公司带过来一些慰问品，感谢依旧奋战在扑救一线的消防救火人员。有人跟我说你们往这边来了，我就来看看。"

"这儿这么危险，他们居然没阻止你？"

江绥之玩笑道："或许是看我打着送慰问品的名义千里追妻，他们不忍阻止？"

"……"谁答应当你老婆了？

玩笑归玩笑，江绥之还是在羽姗的介绍下跟各位专家们打了声招呼。

温庆天瞧着两人的相处，眸色转深，隐约间明白了些什么。

或许，眼前的这人就是羽姗口中的那个指航灯。

没想到是以这样的方式见到徒孙的对象。

顶着周遭领导老师们巨大的压力，羽姗身后跟着一个拖油瓶，按照给她划定的路线进行勘验。

"下次你过来能不能提前通知一声？"

男人意味深长道："看来还能有下次啊。我记下了。"

羽姗这才惊觉自己失言，瞬间吃了个哑巴亏。

两人走走停停，羽姗工作起来就忘了其他。旁边有个深坑，她的脚步踩空，竟是直接往一侧栽去。

"小心！"江绥之溢出一声担忧，忙伸手去揽她的腰。

短短几秒，有惊无险，人成功被他捞到了怀里。

肢体接触，心脏不受控制地剧烈跳动。

羽姗一阵羞赧，下意识将他一推，努力平复着心绪的起伏："谢谢。"

江绥之嘴贫："为女朋友服务，应该的。"

接下去的勘验，两人有一搭没一搭地聊着。

羽姗眼观六路，不放过可疑的线索。

她问道："跟彭涛的家人联系上了吗？理赔工作进展得顺利吗？"

"这个有些复杂。我走访了一圈，发现彭涛的父母根本就不存在。还有他的……"

他的话，戛然而止。

因为他发现面前的小女人正神色严肃地盯着一棵遭受过大火摧残的焦树。

"树枝有劈裂痕迹。"她做好记录，并拍照取证，"可能是雷击导致的火灾。"

森林火灾中，雷击火比较常见。所以众人在火调时，也特意先将已有的一些火因考虑在内，重点查找相关线索。

她的这一发现，让众专家齐聚到了这边，围在一起讨论。

"15日晚间，曙光县是大风天气，伴随有雷电。再从火势蔓延情况来看，这棵树枝被劈裂的树处于起火点。结合种种情况，初步判定此次曙光森林火灾是因雷击火引起。"

"不过……这边有些不对劲！"一名专家指向了这棵树旁边被焚烧

过的杂草。

夕阳落幕。

即将入夜的森林，潜藏着不可知的危机。随时有可能复燃的危机，也让两名跟随守护的消防人员拿着消防装备，不敢有片刻松懈。

所有的照明灯齐齐照向那位专家所指的方向。

雷击树一路延伸过去，是焚烧过后的杂草。这边被焚烧的杂草相较周围被焚烧的杂草越发剧烈了几分，焦黑痕迹越发明显。而且这份明显，还表现在这些杂草的燃烧痕迹路线，竟形成了一条由下往上的线条。而这个线条走向，竟直接指向了上方的公路。

没错，这棵雷击树恰巧在公路边，他们的头顶上方十五米左右就是横亘曙光森林的公路。

"这条燃烧的痕迹路线，让我想到了一种可能性。"吴老教授蹙眉。

众人心头也滑过了一个猜测。

有人已经开始搜集现场的残留物，往盛着清水的器皿里丢，企图观察是否有油迹。

然而植被本身可以提取油的成分，被焚烧后经历了各种灭火装置的洗礼，成分复杂，想要判断出里头是否有助燃物，还需要进一步做更精准的实验。

这个时候，羽姗一下子就想到了江绥之。

她用手肘拐了拐身旁男人的胳膊："你帮忙闻闻，现场有没有助燃剂的味道。"

她还记得当初在金葵花幼儿园的灾后现场，他说过他的嗅觉比较灵敏。

江绥之给了她一个"还真是会物尽其用啊"的眼神，不过还是深深嗅了起来，尽量让自己能够帮上忙。

经历过火灾洗礼的这片森林融合了各种味道。泥土味、草味、化学药剂味、焦木味……刺鼻的味道，不深嗅的话倒也不太严重。可一深嗅，所有味道混合交杂，他的胃部瞬间涌起了一股不适感。而这股不适感最强烈的来源，竟是一股汽油味。

"呕——"他终是忍不住冲到一边，干哕了起来，脑门上也出了汗。

"怎么样？不舒服吗？这味道确实是有些难闻，如果你不舒服的话……"羽姗忙跑过去拍他的背，又手忙脚乱地去翻自己的随身背包，从里头翻出一瓶矿泉水。

"女友力"十足地拧开瓶盖之后，她将它递向他。

他笑笑，接了过来，喝了好几口。

"我闻到了类似汽油的味道。"这股味道他并不敢太过于肯定。它融合在了各种味道之中，并不明显，却在他深嗅之后加深了现场的难闻度，准确地刺激他的胃部。

即便在场的人已经做好了准备，可还是被他道出的这句话震了一下。

现场有助燃剂意味着什么，大家都清楚得很。森林火灾的后果，导致的是空气污染、生态环境的破坏、野生动物的死亡、稀有物种的灭绝、国家资源的流失、千万人心血的付诸东流。若真的有人意图纵火烧山……

抬眸，众人望向那条有别于旁边烧毁的植被的烧痕路线，最终遥遥望向头顶的公路。

"老大，我上去瞧瞧。"羽姗主动请缨。

"小心些！"温庆天叮嘱道。

"我也过去。"

"我也过去。"

另有两位专家也说道。

充当向导的老冯有些担忧："这边我们没有走过，也没踩出的小路，这天色也晚了，你们可得当心着些。"

三人准备妥当，一起沿着山坡往上方的公路方向走。

羽姗刚走了几步，便发现身后的背包没了着落，手上的工具箱也是一空。

回首，她望向将她的背包背到自己身上的江绥之。

"或许还有能用得着我的地方，我也跟过去看看吧。"末了，他又补充道，"身为男友附赠的免费服务。"

男人的眸眼璀璨，温润柔和。

羽姗望进他的眸中，倏尔一笑："那我就勉为其难批准你加入了。"

顺利到达头顶上方的公路之后，众人无须多找，就根据杂草燃烧的痕迹路线发现了线索。

公路右侧，有着深褐色的液体痕迹，沿着山坡一路往下流入了森林植被。这一发现，无疑加深了之前众人所持的怀疑。只不过，若是纵火，却也有着不合理之处。

"以这个分量来看，不像是纵火，倒像是机动车辆漏油。"

对液体进行采样，羽姗提出自己的观点。

一名专家点头："确实，若这个成分被鉴定出确实是助燃剂，我倾向于这些助燃剂是因漏油一路流淌到底下的森林植被。"

另一人说道："我通知森林公安，重点排查一下进出森林公路的车辆。若真的是车辆漏油才致使助燃剂残留在现场，总能够查出车主的。"

工作起来的时间总是过得格外快，甚至连身体的饥饿都容易被忽略。

一声咕噜声，打破了这过于严肃的话题。

羽姗的脸忍不住有些臊："饿了。"

"一整个下午消耗了那么多体力，饿是难免的。这都过了饭点了，说起来我也饿了。"一位专家笑呵呵地接口。

不知不觉已经夜里八点。

众人打电话跟还在底下继续勘验的钱老教授等人汇报结果，随后在公路这边等待。耿老作为曙光森林火灾的现场点指挥，有些忙，不过还是让底下人看顾着他们。知道他们几个在公路这边，已经有人开车过来接他们了。

"不是说好了不虐待自己的胃吗？背包里都不带点存货？"勘验算是告一段落，江绥之这才有时间关心她。他丝毫不避讳地翻拣她的背包，然而里头装了许多东西，却唯独没有装速食品。

"早上出门得急，塞了个面包，被我路上吃掉了。"羽姗替自己解释。

得，也算是有进步了，懂得带点干粮防身了。

只不过，依旧还是让人忍不住操心。

江绥之从裤兜里摸出两块压缩饼干，朝着她晃了晃。

她一喜："你准备挺充分的嘛。"说罢就去接。

岂料他却直接将那两块压缩饼干给了旁边的两位专家："两位老师，吃块饼干垫垫肚子。"

两位专家有心推拒，江绥之又补充了一句："我家羽姗孝敬的。"

噗！

羽姗敲打了一下他的手臂！

说什么孝敬不孝敬的！用两块饼干当孝敬礼，她可拿不出手。

见两位专家收下，江绥之这才不疾不徐地从另一个裤兜里掏出一个婴儿小拳头大小的面包。

"这是我今早做的山药牛奶面包，第一次做，味道还差了些，就只带了一个出来。原本早上是要送你那边的，可你出门得太早。"

羽姗是知道他报班学厨艺的事情的，于她而言，食物能果腹就行，他的厨艺已经能够极大地满足她的味蕾了。如今又看到了他烘焙的成果，一种淡淡的幸福感袭来，她笑着支使着他撕开包装纸："那我可得好好尝尝，给你的初次烘焙成果打个分。"

三月中旬的夜风带着凉意，他将她搂在自己的大衣内。

一切，似乎都显得格外温馨。

然而，静谧漆黑的远处却猛地出现一道火光，夜色中，那火光煞是显眼，冲上苍穹，爆出一声巨响，刺激得人呼吸为之一凝。

随后，其他两个方向竟相继开始出现了火光。

"不好！大火复燃了！"

曙光森林大火复燃，三条火线并进。站在高处的他们，登高望远，可以清楚地瞧见底下这片森林正发生的一切。

他们高喊着，让公路底下的一行人赶紧回去。

底下的温庆天等人应声，让他们注意安全。

大火复燃，这儿并不安全。几人收拾好工具，朝着一个方向狂奔。那个方向，有正开车赶来接他们的人。

飒飒西风呼啸着滑过脸庞，几人神色肃穆，奔跑时甚是狼狈。

江绥之牵着身旁女人的手，静谧无星的夜，他却仿佛在她身上瞧见了灼灼星辉……

有这样一群人，穿上战袍，在满地焦土中还原真相，在满是危机的森林火灾中砥砺前行。

他爱的女人，正是其中一员。

星河万顷，灼灼倩影，她与星辰皆璀璨。

他为之骄傲。

南渝曙光森林大火于三天后被彻底扑灭，崇安省应急管理厅对南渝市"3·15"曙光森林火灾的调查结果进行公布。

据调查，该起森林火灾是由雷击火引发，现场残留的汽油助燃，致使大火迅速蔓延扩大。助燃剂系赵某驾驶的机动车辆喷火漏油，在现场残留。

火借风势，借油势。

天灾与人祸，让这起火灾一发不可收拾。

网上是铺天盖地的相关新闻，当大家看到森林消防队伍和林业扑火队伍的同志们累瘫倒地就睡的画面时，心中不免心酸。

记者采访现场总指挥的一席话，也让人再次将焦点转到了那位牺牲的护林员彭涛身上。

"若非他的当机立断，唐朝年间的古建筑遗址保不住。而我们的消防同志也不能在灭火初期顺利扼断火势。"

然而，伴随着对彭涛的热议，网上开始出现一些不和谐的声音。

有人指出根本没有彭涛这个人，有人根据网上彭涛的照片指出此人跟他以前认识的混混很像。真真假假，暂无定论。有人却已经因着这些真真假假的话而发微博各种吐槽彭涛。

相关部门第一时间对此做出调查，发现彭涛在曙光森林消防站登记的个人信息确实系伪造。

英雄的过去暂无从知晓，可英雄逝去时做出的壮举，却不容置喙。

互联网不是法外之地，相关部门开始抓典型，对网上侮辱彭涛侮辱得最凶的几个博主进行了深入"教育"。

"你那天跟我说理赔不顺利，就是因为这个？"

羽姗关注着网上的动向，看到相关消息时，询问身旁的江绥之。

火调结束后，她就申请了三天假期，想留下来打探一下王涛的消息。江绥之以跟进彭涛的理赔案为由非得陪着她。

至于两人住的地方，则是护林员老冯家。

老冯两口子的儿女已经各自成家，和孩子们在市里居住。老家这边只有他们两人，平日里显得极为冷清。一知道羽姗正在打听民宿，他就将她拉到了自己家住。至于紧随羽姗的江绥之，也被热情相邀。

今日的风有些大，江绥之替她围上围巾："对，彭涛的身份信息对不上，理赔受益人也找不到。目前这个理赔案被搁置了。"

"如果受益人一直找不到，会怎样？"

"索赔时限是五年，届时将不再处理。"他向她解释道，"其实一般的人寿保险，都是受益人主动找到我们保险方，提供相关证明，我们再做出审核调查，确认是否理赔。像我们主动追着受益人跑的，是极少数情况。彭涛的情况特殊，CM 人寿也是希望能够借此打个好名声。若理赔受益人一直找不到的话，这事多半就无疾而终了。"

"小姑娘，小姑娘！你跟我打听的人，我终于想起来了！"

两人交谈间，一道老态却不失洪亮的声音从门外传来，老冯推开院子的大门，乍然见到正在院中的两人稍稍怔了怔。

羽姗一下子就激动起来："冯大爷，您知道王涛这个人？"

早先她就向在曙光森林消防站工作的护林员们打听过王涛这个人，只不过大家都没印象。有人倒是说自己五岁的孙子叫这个名，这些，明显和羽姗想要打听的这个王涛不是同一个人。

"刚刚我和老刘喝茶唠嗑，突然就想起了一件事。"老冯藏不住事，忙说了，"那是去年中秋，彭涛说父母出远门了，我喊他来我这里过节。喝多了几杯，他就开始说胡话，说自己不叫彭涛，叫王涛！他父母也不是出远门，其实早就过世了。他说这世上只有他一个人了，他不要叫王涛，他要重新开始。"

轰——

羽姗只觉得耳旁轰隆隆，震得她心脏狂跳。

彭涛，就是她想要找的王涛？

一旁的江绥之眼疾手快地扶住双腿有些发颤的羽姗，询问道："冯大爷，那彭涛喝醉后还说过什么没？您还能想起来多少？"

老冯犹豫了一下，还是说了："他说他亏欠一个人。那个人为了救他被佛像给砸了，当场就没了。他永远忘不了那人临死前劝他向善的话。他说，他要为那个人活着，要为那个人所坚持的事业活着。他说，看到'3·21'曙光森林火灾的新闻后，他终于明白自己要做什么了。"

接下去的话，无须多说，羽姗便能猜到了。

为了不再有森林大火，不再有死亡，不再有牺牲，王涛来到了这儿，当起了一个平凡却伟大的护林员。从此，再也没有王涛，只有彭涛。

他口中亏欠的那个人，那个被佛像给砸了的人，就是她的师父吗？

他说，师父临死前劝他向善。

那他那晚，应是做了错事。

羽姗想到网上有人说彭涛和他之前认识的混混很像，那么有没有可能，事实就是如此。而那晚王涛会在法福寺出现，可能……

脑中翻江倒海，羽姗的情绪难以自控。

"彭涛他，就是王涛。原来他就是王涛。"她喃喃着重复这句话。

那晚师父的死亡现场，究竟发生了什么，已经无从考证。王涛和李荣韦究竟在师父的意外身亡中担任了怎样的角色，已无从知晓。

三个当事人都已死亡，一切的真相，也只能交给岁月来铭记了。

可她还是忍不住做了一番猜想。

也许，是师父发现了在失火后的寺庙行窃的王涛，在制止他时佛像坍塌。他救了王涛，自己却倒在了血泊中。

而接了修缮寺庙活的李荣韦恰在周围转悠，目睹了这一切。他与王涛做了一番短暂的交流，自此相识。

想到家里老母幼女需要维持生计，李荣韦摘下了师父腕上的手表，又担心地上掉落的小铁锹上有王涛的指纹，便随手拿走了。而与郑伯的一撞，他将师父的腕表撞丢，却不敢去捡。腕表最终留在了郑伯手上。

而王涛，则四处漂泊。直到去年"3·21"曙光森林火灾，他才寻到了新的人生方向，成了护林员。

师父的死，让王涛成了彭涛，让曙光森林消防站多了一名优秀的护林员，让"3·15"曙光森林火灾的损失得以减少，让曙光森林得以保留唐朝年间的古建筑遗址。

求仁得仁，师父为他人而做出的牺牲，换来了一份人间大爱。

都说知错能改善莫大焉。

彭涛以他的方式来悔过，活出了一个不一样的人生。尽管这个不一样的人生只有短暂的一年。

可羽姗却还是想着，若他一开始就不犯错，师父就还能活着。

而师父若还能活着，对火调界而言，又怎知不会产生一份人间大爱？

她希望……

希望这世上能多些善意与良知，少些让人满含遗憾痛心疾首的事。

"既然受益人实际上并不存在，可不可以申请将彭涛的理赔金打给慈善机构呢？"羽姗突然问道。

江绥之想了下："这个确实可行。目前彭涛的公众形象是正面的，具有正能量的。理赔受益人不存在的情况下，保险公司无从赔付。若是将这笔钱打给慈善机构，相信CM高层不管是出于人性的善意，还是利益的考量，都能够接受。我会做出书面报告，争取说服他们。"

　　"好。"

　　羽姗点头。

　　既然彭涛真心悔过了，她只是希望他的这份悔过在他死后依旧能够帮助到更多的人。

　　若是师父知晓，也应是欣慰的吧。

　　——有人说火调岗位是适合养老的岗位，从我因伤不得不从一线退下来的那一刻开始，我就告诉自己：养老，不存在的！我誓要在火调行业延续我未竟的那份心之所向！

　　——只要我生命的最后一秒是坚守在火调岗位上，这一生就没什么遗憾了。

　　她的师父啊，至死，都在努力践行着他对火调事业的这份初心。并用他的死，引导他人改过自新，谱写了一曲与森林烈火搏斗的壮歌。

　　"谢谢您冯大爷，解开了我心里长达一年多的结。"羽姗道谢。

　　"甭跟大爷客气，其实我什么都没做。"老冯虽然不太明白彭涛的过往和这两人之间有什么关系，不过他作为一个上了年纪的人，却是极为关心另一件事，"你们小两口这次回去，是不是要将婚事给办了？昨天你趴桌上睡着的时候，我可是瞧见小伙子偷偷量你手指的尺寸了呢！"

　　这话一出，江绥之假作懊恼："看破不说破，冯大爷您就不能让我给她一份惊喜吗？"

　　"是我的错，哈哈哈哈。人老了，就喜欢看你们小年轻办喜事，能沾喜气呢！"

　　"那等我求婚成功定下婚期，可一定要邀请您。"

　　一旁的羽姗："……"

这恋爱才谈几天啊就想着结婚了，莫不是要坐火箭蹿上天啊？

"我就想看你为我披上婚纱的样子。"他附过身，在她耳旁轻声道，"至于坐火箭上天这种高难度的活儿，还是交给更专业的人士吧。"

羽姗这才惊觉自己刚刚忍不住将心里的吐槽给说出了声。

她瞪了他一眼，在他温柔似水的眸光下，瞪的这一眼却是无论如何都坚持不下去了。

"那你，嫁还是不嫁呢？"男人磁性的嗓音穿过她的耳膜，灌入她的心田。

他想娶的姑娘啊，有些与众不同。

穿上战袍，她站立于废墟，在满地焦土和危楼残垣中还原真相。

脱下战袍，她走向灯火阑珊处，洁白的嫁衣曳地生姿。

他想将她的美盛放在夜空下。

与她携手，一生不离。

星辉为她加冕，而他，甘愿对她俯首称臣。

战袍之下，她的荣光，他的骄傲。

【完】

后记

　　这部作品于2020年3月8日动笔，于2021年3月23日完成初稿，经历修改完善，最终于2022年尘埃落定。

　　其实我动笔写消防相关的作品，原因很简单：喜欢消防，受到消防救人之举的深深触动。后来，慢慢衍变成：想努力写尽消防的不同岗位，写尽对消防的那份初心。

　　很多人可能一提起消防行业，印象最深的就是奋战在一线的消防人员。火场拼杀，敢为最先，他们是值得人尊重与敬佩的，更是值得人学习与铭记的。因我笔力有限，怕把他们写轻了，所以我一直不敢动笔写一线参与抢险救援的消防人员。想先写消防其他岗位，循序渐进地过渡，储备知识，最后动笔。

　　这一次的消防作品，我写的是消防行业火调专员的火调故事。

　　在发生火灾之后，展开火调工作至关重要。有这样一群人，在焦土中前行，让废墟说话，能寻到常人所不能寻到的线索，能挖掘常人所无法挖掘的真相。他们就是穿梭于灾后废墟的火灾事故调查员。故事中的羽姗、刘浏等人，便是典型的代表。

我希望能写出火调人的美，消防人的飒。

涉及消防专业领域，即便我做了大量功课，也可能会有一些疏漏。若该书有幸能被该专业领域的老师看到，恳请原谅某些不足之处，感谢指正。

跟消防相关的作品，我想凑个九宫格，暂定写九部，希望我能尽我所能写尽那些生命的美好与沉重。

第一部《在暴雪时分嫁给你》：消防行业防火女参谋洛柠与殡葬行业大佬温瑜礼一起迎战消防警情。

第二部《风起时想见你》：退役消防员谢岑安投身消防器材行业，与影视公司女编剧周汀谱写爱的火花。

第三部《炽热的我们》：火灾事故调查员羽姗与人寿保险理赔师江绥之一起携手并进，于废墟中还原火灾真相，共同成长。

第四部《我是星火，我可燎原》：119接警员江姒与同为消防接警员的周从戎一起坚守消防生命线最前沿，抽丝剥茧寻找那些被岁月和灰烬掩埋的真相。

其余作品待定。

这是一群我很想写的人，希望能顺利。

感谢出版方，感谢为此书的上市付出努力的编辑老师。万分感谢！

同时，感谢消防，致敬消防！以及，感谢愿意花精力阅读此书的你！

谢谢！

恬剑灵

2022.11.7